Ça saigne encore

L'incroyable vie de Fiodor Mikhaïlovitch Dostoïevski

Paolo Nori

Ça saigne encore

L'incroyable vie de Fiodor Mikhaïlovitch Dostoïevski

roman

Traduit de l'italien par Nathalie Bauer
et du russe (passages inédits) par Paul Lequesne

Philippe Rey

Crédits bibliographiques des citations extraites des ouvrages de F. M. Dostoïevski :
© Éditions Actes Sud, traductions d'André Markowicz : *Les Carnets du sous-sol*, 1992 ; *Les Pauvres Gens*, 2001 ; *Notes d'hiver sur impressions d'été*, 1995 ; *Le Petit Héros*, 2000 ; *L'Idiot*, 1993 ; *Le Bourg de Stépantchikovo et sa population*, 2001 ; *Le Joueur*, 1991 ; *Crime et Châtiment*, 1996 ; *Les Démons*, 1995 ; *L'Adolescent*, 1998 ; *Les Frères Karamazov*, 2002.

Cette traduction a bénéficié du soutien du Centro per il libro e la lettura du ministère de la Culture italien.

CENTRO
PER IL LIBRO
E LA LETTURA

7, rue Rougemont – 75009 Paris
www.philippe-rey.fr

Il est arrivé qu'en 1849, Fiodor Mikhaïlovitch passe plusieurs jours chez moi, dans mon appartement, et durant ce séjour, chaque fois qu'il allait se coucher, il me demandait, au cas où il tomberait en léthargie, qu'on attendît au moins soixante-douze heures avant de l'enterrer. L'idée de pouvoir tomber en léthargie l'inquiétait toujours et l'effrayait.

Constantin Aleksandrovitch Troutovski[a]

(a) « Souvenirs sur Fiodor Dostoïevski », in *Rousskoe Obozrenie* (« Revue russe »), Moscou, janvier 1893. (*Toutes les notes, sauf mention particulière, sont de la Traductrice.*)

0
Ça saigne encore

0.1 Quel est l'intérêt

Quel est l'intérêt aujourd'hui, en 2021, de lire Dostoïevski ?

Pour quelle raison un individu de vingt, trente, quarante ou soixante-dix ans devrait-il, aujourd'hui, se mettre à lire ou à relire Dostoïevski ?

Voilà.

Cette question ne m'embarrasse nullement.

Ma réponse est la suivante : je l'ignore.

Quelle que soit la question qu'on me pose, je commence presque toujours par répondre : je l'ignore. Parfois, je poursuis.

Dans ce cas précis, si l'on me demandait quel est l'intérêt de lire ou de relire Dostoïevski aujourd'hui, en 2021, je dirais que je l'ignore.

Puis je poursuivrais.

Je dirais qu'un personnage secondaire de *Crime et Châtiment* dénommé Svidrigaïlov déclare à un moment donné qu'il n'y a rien de plus difficile que la franchise et rien de plus facile que la flatterie.

Et que si la franchise comporte ne serait-ce qu'un centième de fausse note, on perçoit aussitôt une dissonance, ce qui engendre une scène.

La flatterie, en revanche, est toujours agréable, y compris quand tout y est faux jusqu'à la dernière note, et on l'écoute non sans plaisir ; certes, ce plaisir est grossier, mais il demeure un plaisir, affirme Svidrigaïlov.

En relisant cette page, j'ai pensé à un écrivain italien dont j'ai été un peu l'ami jusqu'au jour où j'ai rédigé une critique d'un de ses romans : à l'époque où nous étions un peu amis, cet écrivain m'a raconté qu'il y avait dans son immeuble un concierge analphabète, qui ne savait ni lire ni écrire, et que ce concierge l'apostrophait en ces termes chaque fois que sortait un de ses livres : « Monsieur, votre dernier roman : magnifique ! »

Cet écrivain, un homme très intelligent et très sensible, d'une moralité exemplaire, serais-je tenté de dire, avait beau savoir que son concierge était analphabète, il était content d'entendre ces mots, m'a-t-il raconté.

C'était une façon formidable d'entamer la journée.

Donc, j'ignore quel est l'intérêt de lire Dostoïevski, mais je sais une chose : que nous le lisions ou pas, Dostoïevski nous a expliqué dans ses écrits, avant même que nous ne venions au monde, de quoi nous sommes faits. Et puis je sais tant bien que mal ce qui m'est arrivé, à moi, quand je me suis mis à lire Dostoïevski.

0.2 Se peut-il que ce soit vrai ?

J'ai entendu dire que, en vieillissant, on retourne en enfance. Se peut-il que ce soit vrai ? J'ai l'impression qu'une chose m'arrive depuis quelques années (j'ai déjà cinquante-six ans et quand j'aurai terminé d'écrire ce livre j'en aurai cinquante-sept[(a)]) : je me demande pourquoi je fais ce que je fais.

Je ne le fais pas comme ça, sans réfléchir, je le fais en me demandant : « Mais pourquoi je fais ça ? »

Comme ces enfants qui vous lancent, lorsque vous leur dites qu'il est l'heure de se coucher : « Pourquoi c'est l'heure de se coucher ? »

Et lorsque vous leur dites que manger des légumes est bon pour la santé : « Pourquoi manger des légumes est bon pour la santé ? »

Et lorsque vous leur dites qu'ils ne doivent pas regarder autant la télévision : « Pourquoi je ne peux pas regarder autant la télévision ? »

Eh bien, ces dernières années, c'est la même chose pour moi, ou presque.

Il y a deux ans, alors que j'en avais déjà cinquante-cinq, je me suis demandé pourquoi, dans ma vie, de tous les livres que j'avais lus, j'avais surtout lu des livres russes.

« Pourquoi ? » me suis-je interrogé.

Et je me suis souvenu du premier livre russe que j'ai lu, *Crime et Châtiment* de Dostoïevski.

0.3 L'endroit

Je devais avoir quinze ans lorsque j'ai lu *Crime et Châtiment* ; quarante et une années se sont écoulées depuis et je me rappelle du début jusqu'à la fin ma rencontre avec *Crime et Châtiment* ; je me rappelle la pièce où je me trouvais, ma chambre au dernier étage de notre maison de campagne, je me rappelle ma position, je me rappelle l'heure de la journée, je me rappelle ma stupeur

(a) Ce livre a été publié en Italie en 2021. Paolo Nori est né en 1963.

face à ce qui se produisait, je me rappelle que je me demandais : « Et moi ? »

Ce livre, comme les livres mémorables que j'ai rencontrés au cours de mon existence, a transformé un moment quelconque, parmi les innombrables moments que j'ai vécus depuis plus de cinquante-six ans, en un moment inoubliable, un moment où j'ai eu conscience d'être vivant, un moment où j'ai senti mon sang vibrer dans mes veines.

0.4 Pourquoi ?

Un écrivain russe, Vassili Rozanov, dépeint Dostoïevski comme un archer dans le désert, pourvu d'un carquois rempli de flèches qui vous font saigner quand elles vous touchent.

Eh bien moi, la première réaction que j'ai eue en comprenant de quoi parlait Dostoïevski dans *Crime et Châtiment*, alors que le héros, Raskolnikov, se demande s'il est comme un pou ou s'il est comme Napoléon, ça a été de me poser cette même question à l'âge de quinze ans : « Mais moi, me suis-je interrogé, je suis comme un pou ou je suis comme Napoléon ? »

Et j'ai eu, je m'en souviens parfaitement, la sensation suivante : l'objet que j'avais entre les mains, un livre publié cent douze ans plus tôt à trois mille kilomètres de distance, avait ouvert en moi une plaie qui continuerait longtemps de saigner. J'avais raison. Elle saigne encore. Pourquoi ?

0.5 Ce livre

À travers le récit de l'incroyable vie de Fiodor Mikhaïlovitch Dostoïevski, ingénieur sans vocation, traducteur humilié par ses propres éditeurs, génie précoce de la littérature russe, nouveau Gogol, meilleur que Gogol, aspirant révolutionnaire misérablement démasqué et condamné à mort, gracié et envoyé purger sa peine pour une durée de dix ans en Sibérie, réadmis ensuite dans la capitale, ce Saint-Pétersbourg dont le mythe, avec ses œuvres, contribuera à construire « la ville la plus abstraite et la plus préméditée de la planète[(a)1] », selon une célèbre définition de son homme du sous-sol, joueur inepte et désespéré, écrivain sans-le-sou, victime de méchants éditeurs, mari épris d'une sténographe de vingt-cinq ans sa cadette, père incrédule qui écrit à un ami : « Que n'avez-vous des enfants [...] ! Je vous jure bien que ce sont les ¾ du bonheur de vivre, tout le reste n'en recelant qu'un quart à peine[2] », maudit fou qui consigne sur le papier les questions que nous nous posons tous sans oser les avouer à personne, individu à l'aspect insignifiant, maladroit, chauve, un peu bossu, vieux depuis qu'il est jeune, malade, embrouillé, contradictoire, désespéré, ridicule, très semblable à nous, qui trouve le moyen de mourir au moment même où il connaît son plus grand succès, voilà, à travers le récit de cette vie romanesque, ce livre qui se prend pour un roman tente tout simplement de répondre à la question : pourquoi ?

Pourquoi ça saigne encore ?

0.6 À quoi ça sert ?

On pourrait, je m'en rends compte, me demander : « Mais toi, tu aimes saigner ? »

Dans un certain sens, oui.

Dans le sens où nous vivons, me semble-t-il, à une époque où seuls comptent les victoires et les vainqueurs, une époque où le participe présent « perdant » n'indique pas un état provisoire mais prend l'allure d'une insulte, une époque où il faut répondre à la

(a) Les notes bibliographiques sont regroupées par chapitre en fin de volume.

question « Comment vas-tu ? » (question qu'on ne cesse de vous poser) : « Très bien ! » avec un point d'exclamation, une époque où l'on doit dissimuler ses blessures et ses chagrins comme si l'on n'était pas fait également des unes et des autres.

Il existe en Sardaigne un village dénommé Seneghe qui se transforme quatre jours par an en village de la poésie, parce qu'un festival de poésie y a lieu et que les murs sont couverts de citations de poètes, par exemple de Wisława Szymborska, qui dit « J'aime mieux le ridicule d'écrire des poèmes que le ridicule de ne pas en écrire[3] », et la dernière fois où j'y suis allé, en 2016, j'ai repensé aux mots qu'avait écrits Zavattini à Franco Maria Ricci en 1967 : « Je suis pessimiste, mais je l'oublie[(a)]. »

Et j'ai eu le sentiment qu'on ne pouvait pas être pessimiste ces jours-là, à Seneghe, et j'ai songé à Angelo Maria Ripellino[(b)] qui, du temps où il se soignait dans un sanatorium, en République tchèque, désignait les autres malades et sa propre personne sous le terme « les néanmoins ».

« L'adverbe – avait écrit Ripellino – se change en substantif pour nous désigner, nous autres qui, marqués d'un numéro, bancals, froissés, ployés par les rafales de vent, opposions notre opiniâtreté à l'insolence de la maladie[4]. »

Quelle merveille, Ripellino…

Et j'ai pensé que, dans cette entreprise si difficile et si étrange qui consiste à vivre, les livres, les tableaux, les musiques qu'ont rencontrés ceux qui lisent des livres, qui vont voir des expositions, qui écoutent des symphonies, les ont aidés à être des néanmoins,

---

(a) Cesare Zavattini (1902-1989), écrivain, scénariste, poète, fut l'une des figures majeures du néoréalisme italien ; Franco Maria Ricci (1937-2020) était un célèbre éditeur, fondateur de la revue *FMR*.

(b) Poète, essayiste, spécialiste et traducteur de littérature slave (1923-1978).

à avoir conscience de leurs blessures, de leurs défauts, et à les accepter, car, comme le dit un chanteur canadien, c'est à travers les fissures qu'entre la lumière[5].

Cet état de néanmoins qui, je le crois, nous concerne tous, n'intervient pas seulement dans les moments décisifs de nos vies, quand nous sommes dans un sanatorium en République tchèque, je crois qu'il intervient également dans la vie quotidienne ; dans la mienne, du moins, il se manifeste lorsque j'éprouve un sentiment qui n'a pas de nom précis, ou qui en a un que j'ignore.

J'ai découvert ce sentiment un jour où j'allais chercher une fille à la gare, c'était la première fois qu'elle me rendait visite, à Parme – j'habitais Parme à l'époque – et, tandis que je me dirigeais vers la gare – cette fille me plaisait énormément –, tandis que je me dirigeais vers la gare, je me suis dit : « Mais où vas-tu ? Qu'est-ce que tu fiches là ? Retourne donc sur tes pas, rentre donc chez toi. »

C'était un mélange de timidité et d'embarras, du *timidarras*, pourrait-on dire – quel horrible nom, *timidarras* –, eh bien, vingt ans se sont écoulés depuis, cette fille est devenue la mère de ma fille, mais moi, je suis encore saisi de *timidarras* ; par exemple, chaque fois que je dois partir pour la Russie, je pense : « Qu'est-ce que tu fiches là ? », je me dis : « Où vas-tu ? » et encore : « Reste donc chez toi », pourtant je pars, et il me semble incroyable que, malgré ce *timidarras*, j'arrive à partir.

Quand j'ai commencé à écrire ce livre sur la vie de Dostoïevski, je me disais aussi : « Mais qu'est-ce que tu fiches ? Qu'est-ce que tu t'es mis dans la tête d'écrire ? Qu'est-ce que tu fabriques ? Arrête donc », et pourtant je n'arrête pas, maintenant je continue.

0.7 À quoi ça sert ?

Pendant que j'écrivais ce roman, en janvier 2020, j'ai participé à la réunion d'une revue qui s'intitule *Qualcosa*.

Le sujet du numéro de *Qualcosa* que nous préparions était le suivant : les histoires sentimentales qui se sont mal terminées ; les désastres sentimentaux, en gros.

Ce soir-là, nous autres, les vingt personnes que nous étions, en repensant à ces moments que nous avions tous traversés, où nous avions souffert par amour, pour ainsi dire, à ces jours extrêmement douloureux où nous étions si malheureux qu'il nous semblait n'avoir jamais été aussi mal de toute notre existence et où il nous paraissait impossible de l'être davantage, en y repensant après des années, ce soir-là nous en sommes presque arrivés à nous dire : « Ah, j'étais formidablement mal ! Ce que c'est bon d'être tellement vivant ! »

Voilà.

Un truc de ce genre.

1
Devenir Dostoïevski

1.1 Les bobards

Le premier texte de Dostoïevski que j'ai lu en cyrillique renferme un bobard.

Un mensonge, dirait-il peut-être.

Ces lignes se trouvent dans un livre qui s'intitule *Teksty i rissounki* (« Textes et dessins »), publié à Moscou en 1989 par la maison d'édition Rousski Iazyk (« Langue russe »), livre destiné aux étudiants de russe.

Il s'agit d'une note que Dostoïevski a écrite le 31 janvier 1873 dans l'album de souvenirs d'Olga Aleksandrovna Kozlova, une de ses connaissances de Pétersbourg.

À un moment donné Dostoïevski écrit :

« Pour moi, je ne sais pourquoi, souvenir signifie souffrance, et même, plus l'instant de ce souvenir est heureux, plus j'en éprouve de la souffrance. Dans le même temps, malgré toutes les pertes, j'aime la vie ardemment, j'aime la vie pour la vie et, sérieusement, je me prépare encore à *commencer* ma vie : j'ai bientôt cinquante ans et je n'arrive toujours pas à savoir si je termine mon existence ou si je commence seulement à vivre. Voilà le principal trait de mon caractère ; peut-être aussi de toute mon activité.

« Fiodor Dostoïevski

« 31 janvier 1873[1]. »

Très belles paroles et probablement vraies.

Le bobard, ou mensonge, concerne les nombres. Dostoïevski est né le 30 octobre (dans le calendrier julien en vigueur en Russie, le 11 novembre dans le calendrier grégorien) 1821, il n'avait donc pas quarante-neuf ans le 31 janvier 1873, mais cinquante et un. Il avait fêté ses cinquante ans depuis un moment.

Ça ne fait rien, comme le dirait le héros de son premier roman, Dévouchkine.

En réalité, j'aime les bobards, les mensonges ; il y a quelques années j'ai commencé à transcrire dans un petit cahier tous les bobards que je racontais : j'avais l'impression qu'ils me révéleraient un aspect de ma personnalité. Je l'ai conservé un moment, la plupart des bobards que je racontais concernaient le prix de mes achats.

La mère de ma fille, qui a un caractère plutôt décidé, une maîtrise d'histoire de l'Union soviétique, et que je surnomme Togliatti parce qu'elle est profondément, intimement, indubitablement persuadée d'être « le meilleur[(a)] », estime très important de faire des économies ; une fois tous les deux mois, l'hiver, elle reçoit les compliments du distributeur de gaz qui la ravitaille parce qu'elle a consommé beaucoup moins de gaz que la moyenne de ses clients. Et si je me dis que je lui raconte ces bobards pour son bien, pour la ménager, en réalité c'est peut-être pour éviter qu'elle ait une opinion de moi encore plus désastreuse que celle qu'elle

(a) Palmiro Togliatti (1893-1964), un des fondateurs et le secrétaire historique du parti communiste italien, stalinien, était surnommé « le meilleur ».

a déjà – et j'ai l'impression qu'elle ne me tient pas en grande considération.

Si je devais dire ce que Togliatti apprécie chez moi, c'est, je crois, ce que Bazarov, personnage extraordinaire de Tourgueniev (dans *Pères et Fils*) appréciait chez les Russes, « l'atroce opinion[2] » qu'ils ont d'eux-mêmes.

Mais je me trompe peut-être.

Moi, je ne comprends pas Togliatti, je ne l'ai jamais comprise, et c'est une des choses que j'aime chez elle.

J'ai abandonné ce petit cahier parce qu'il y avait trop d'informations à y noter ; je suis certainement pire que Dostoïevski, cependant le fait que Dostoïevski ait le même défaut que moi – raconter des bobards – me permet de résister aux accès de *timidarras* – « Comment peux-tu dévider ainsi la vie de Dostoïevski, pour qui te prends-tu ? Pour Arrigo Petacco[(a)] ? – et d'aller de l'avant comme si je savais très bien où je compte arriver.

1.2. Signé

La seconde (et dernière) femme de Dostoïevski, Anna Grigorievna Dostoïevskaïa (née Snitkina), rapporte dans ses mémoires que, de nombreuses années après la mort de Dostoïevski, le jeune musicien Serge Prokofiev, qui composait un opéra tiré du *Joueur* – roman qui, nous le verrons, est à l'origine de la rencontre d'Anna Griegorievna et de son futur mari –, lui avait demandé un conseil.

Au moment des adieux, après l'avoir remerciée de son aide, Prokofiev l'avait priée d'écrire quelques mots dans son album.

Il avait signalé à Anna Grigorievna qu'il s'agissait d'un album particulier, d'une personne individuelle, un compositeur russe,

(a) Historien, journaliste (1929-2018), il a consacré de nombreux ouvrages à la Seconde Guerre mondiale, notamment à Mussolini.

un certain Prokofiev, un original qui ne permettait aux gens de noter dans son album que des remarques relatives au soleil.

Anna Grigorievna avait pris la plume, elle avait réfléchi un moment, puis elle avait écrit :

« Le soleil de ma vie, c'est Fiodor Dostoïevski. Anna Dostoïevskaïa. 6 janvier 1917[3]. »

1.3 Déjà Dostoïevski

Anna Grigorievna Snitkina fait la connaissance de Dostoïevski en 1866, alors qu'elle est âgée de vingt ans et qu'il en a, lui, quarante-cinq. Il s'adresse à elle parce qu'il a besoin de dicter à une sténographe un roman qu'il doit absolument rédiger avant la fin du mois, *Le Joueur*.

Elle a lu ses livres, elle est, dirions-nous aujourd'hui, une de ses fans, une admiratrice :

« Depuis mon enfance, le nom de Dostoïevski, romancier préféré de mon père, m'était familier. Moi-même, en admiration devant son œuvre, j'avais versé d'abondantes larmes à la lecture de *Souvenirs de la maison des morts*. La perspective de faire la connaissance d'un écrivain de talent et de l'aider dans son travail me réjouissait et me transportait de plaisir[4]. »

Quand Anna rencontre son futur mari pour la première fois, il n'est pas simplement un possible employeur, il est Dostoïevski : il est déjà Dostoïevski.

1.4 Ne riez pas

Mais à quel moment Fiodor Mikhaïlovitch Dostoïevski, fils d'un médecin militaire, orphelin de mère depuis l'âge de quinze ans, ancien ingénieur sans vocation qui a donné sa démission à vingt-deux ans et refusé la modeste et tranquille carrière qui s'offrait à lui, devient le Fiodor Mikhaïlovitch Dostoïevski que nous connaissons, celui qui nous fait saigner, celui dont le correcteur automatique ne souligne pas le nom lorsque nous l'écrivons à l'ordinateur, parce qu'il le reconnaît, parce que ce n'est pas une erreur ?

Cela se produit à Saint-Pétersbourg, au début de juin 1845, dans un appartement situé au numéro 64 de la perspective Nevski, au coin de la Fontanka, un des canaux qui traversent le centre-ville.

Dans les premiers jours de juin 1845, Dostoïevski sortit de cette maison, regarda le ciel…

« … le jour lumineux, les gens qui passaient, et tout entier, de tout mon être je sentis qu'un moment solennel de ma vie venait de passer, un tournant pour jamais, que quelque chose venait de commencer de tout nouveau, mais de tel que je ne l'avais jamais envisagé dans mes rêves les plus passionnés. (Et j'étais alors un terrible rêveur.) “Est-il possible vraiment que je sois si grand”, me disais-je tout honteux dans une espèce de peureuse exaltation. Oh, ne riez pas, je n'ai jamais pensé être grand depuis, mais alors, pouvais-je y résister ? “Oh, je serai digne de ces louanges, et quels hommes, quels hommes ! Voilà où il y a des hommes ! Je mériterai, je m'efforcerai de devenir aussi admirable qu'eux, je demeurerai ‘fidèle’ !”

« […]

« Oh, comme je suis frivole, et si Biélinski savait ce qu'il y a en moi de choses misérables, honteuses ! Et tout le monde dit que ces hommes de lettres sont orgueilleux et pleins d'eux-mêmes ! D'ailleurs il n'y a que ces hommes-là en Russie, ils sont seuls, mais eux seuls ont la vérité, et la vérité, le bien, la justice l'emportent toujours et toujours triomphent du vice et du mal ; nous vaincrons ; oh ! vers eux, avec eux[5] ! »

Mais que s'était-il passé ? Et qui est ce Bielinski ? Qu'y a-t-il de misérable et de honteux chez Dostoïevski ? Qui sont ces hommes qu'on ne trouve qu'en Russie ? Que s'était-il produit ?

1.5 Un intermède

Deux points me désolent dans ce que je m'apprête à écrire : le premier, c'est que j'ai déjà écrit dans d'autres livres ce que je m'apprête à écrire ici (répéter les choses d'un livre à l'autre arrive aussi à Dostoïevski, mais davantage à moi) ; quant au second, ce que je m'apprête à écrire manque un peu de modestie pour une raison que j'exposerai plus loin.

Je me suis rappelé qu'un soir – j'avais tout juste commencé à cohabiter avec Togliatti et j'avais tout juste signé un contrat avec une grande maison d'édition du nom d'Einaudi –, en attendant le retour de Togliatti, je m'étais mis pour une mystérieuse raison à laver la vaisselle, chose que je ne faisais presque jamais, et que, tout en lavant la vaisselle, j'avais pensé : « C'est incroyable, je viens de signer un contrat avec une grande maison d'édition du nom d'Einaudi et je lave la vaisselle. Comme je suis humble ! » avais-je pensé, puis je m'étais interrompu, « mais tu es débile, ou quoi ? » avais-je pensé.

J'étais débile.

Je suis parfois débile, ou plutôt assez souvent.

Dans une pièce de théâtre intitulée *La Fondazione*, Raffaello Baldini, un formidable poète et dramaturge italien, met dans la bouche de son personnage principal la boutade suivante :

« Maestro Liverani ne cessait de lancer une boutade, à propos de boutades : “La bataille contre la connerie commence par soi-même”[6]. »

Voilà, bien que ce ne soit pas très intéressant, je dois avouer que je ne combats pas ma connerie, je la favorise. J'aime me rendre compte que je suis débile, ce sont des moments mémorables. Et, cela a beau manquer de modestie, j'ai l'impression que Dostoïevski éprouvait le même sentiment.

1.6 Le plus odieux chez Tourgueniev

Dans une lettre de 1867 au poète et membre de l'Académie des sciences Apollon Nikolaïevitch Maïkov, Dostoïevski raconte qu'il a rendu visite de mauvais gré à Tourgueniev, à Genève :

« … bien que repoussant cette visite, je résolus d'aller enfin le voir. Je me rendis chez lui à 12 heures et le trouvai en train de prendre son petit déjeuner. Je vous le dis sincèrement : auparavant, déjà, je n'aimais pas cet homme, personnellement. Le plus odieux est que je lui dois, depuis 67, depuis *Wisbaden* [sic], 50 thalers (que je ne lui ai toujours pas rendus !)[7]. »

Voilà.

Le plus odieux chez Tourgueniev, c'est que Dostoïevski lui doit de l'argent.

1.7 Un personnage de Tolstoï

S'il y a dans la littérature russe un personnage qui sait vivre, c'est à mon avis le frère d'Anna Karénine, Stépane Arkadiévitch Oblonski, dit Stiva, le chef de la première famille malheureuse que nous trouvons dans ce roman extraordinaire (l'adjectif

« extraordinaire » sera, je le crains, le plus récurrent dans ce livre, prenez patience).

Quand, dans la première partie d'*Anna Karénine*, Lévine quitte la campagne pour Moscou afin de demander la main de Kitty, la belle-sœur de Stiva Oblonski, Stiva l'emmène dîner dehors et, devant choisir entre deux de ses restaurants préférés, choisit celui auquel il doit le plus d'argent.

Le contraire de Dostoïevski, qui essaie d'éviter ses créditeurs – quel provincial – mais qui, au lieu de le dissimuler et de se le dissimuler, en est conscient et nous le dit : « Auparavant, déjà, je n'aimais pas cet homme [Tourgueniev], personnellement. Le plus odieux est que je lui dois, depuis 67, depuis *Wisbaden* [sic], 50 thalers (que je ne lui ai toujours pas rendus !). »

Dans un livre (extraordinaire) de Serena Vitale, *Le Bouton de Pouchkine*[8], une amie de Pouchkine, une femme très belle, très intelligente, très cultivée et très mondaine, comme Stiva, se confie à tout le monde, y compris à des personnes que Pouchkine ne toucherait même pas de sa canne, tant elles sont mauvaises, ignorantes et rebelles.

Lorsque Pouchkine lui demande ce qu'elle trouve à la conversation de ces individus, elle lui lance un regard surpris et répond, si mes souvenirs sont bons : « Tu ne sais pas ce que cet homme ignore ! »

Voilà, il me semble que Dostoïevski et ses personnages sont souvent surpris non par l'ignorance d'autrui, mais par leur propre ignorance, par leurs propres défauts, leur propre méchanceté, leurs propres limites et qu'ils les soulignent au lieu de les cacher : regardez, regardez ce spectacle.

Et ils ont raison : c'est un spectacle !

La découverte de leur débilité, de leur couillonnerie, dirait peut-être Baldini, est une grande découverte pour Dostoïevski et pour nous qui le lisons.

Mais procédons par ordre.

1.8 Que s'était-il passé ?

Revenons au moment où Dostoïevski n'est pas encore Dostoïevski, où il est un ingénieur qui a démissionné de son poste et qui entend faire un métier de sa passion, la littérature.

Il commence par des traductions.

Entre fin 1844 et début 1845, son frère Mikhaïl, son camarade d'études Oskar Petrovitch Patton et lui-même décident de traduire à trois – un tiers chacun –, de publier à compte d'auteur et de distribuer *Mathilde*, roman d'Eugène Sue.

Quelques semaines plus tard, Patton doit partir pour le Caucase, et le projet est abandonné.

Alors Dostoïevski traduit tout seul *La Dernière Aldini*, roman de George Sand paru dans la *Revue des Deux Mondes* en 1837.

Une fois la traduction achevée, il écrit à son frère : « Il m'est arrivé une affaire désagréable [...] Juge de l'horreur qui fut la mienne : le roman avait été traduit en 1837. Le diable si je le savais, j'étais fou[9]. »

Le grand critique russe Victor Chklovski écrit, dans une sorte d'essai autobiographique intitulé « Histoire de l'OPOIAZ » : « Si vous devez un jour recommencer votre vie, n'ayez pas peur des échecs[10]. »

1.9 Il n'avait pas peur

Il n'avait pas peur des échecs.

À l'époque, Dostoïevski emménage avec Dimitri Vassilievitch Grigorovitch, qui avait fait des études d'ingénieur comme lui, qui était comme lui passionné de littérature et qui, comme lui, deviendrait un homme de lettres.

Grigorovitch raconte qu'au moment où il emménage avec Dostoïevski, celui-ci vient d'achever la traduction du roman de Balzac *Eugénie Grandet*.

« Balzac, écrit Grigorovitch, était notre écrivain préféré ; je dis “notre”, car tous deux l'avions lu avec la même passion, le jugeant infiniment supérieur à tous les écrivains français[11]. »

De manière inattendue, une revue, *La Bibliothèque de lecture*, accepte de publier la traduction, et Dostoïevski en est ravi.

C'est le premier texte qu'il réussit à publier, la traduction d'un roman de son écrivain préféré, « la traduction est sans pareille[12] », écrit-il à son frère Mikhaïl.

Les revues russes, les *tolstye journaly* (grosses revues), à l'époque, et pendant tout le XXe siècle, publient aussi des romans entiers.

J'ai l'impression de voir Dostoïevski attendant la sortie de son premier texte imprimé et savourant à l'avance le moment où il lira, incrédule, son propre nom en caractères d'imprimerie. « Traduction de : Fiodor Mikhaïlovitch Dostoïevski. »

Lorsqu'il déniche enfin le dernier numéro de *La Bibliothèque de lecture*, il le parcourt à la recherche d'*Eugénie Grandet* et la trouve.

Quelle merveille !

Il cherche le nom du traducteur. En vain : il n'est pas mentionné.

Il tourne les pages et s'aperçoit que le roman qu'il a traduit a été réduit d'un tiers.

L'édition des rédacteurs russes de l'époque n'était pas impeccable d'un point de vue philologique, il faut le signaler.

Dostoïevski est très déçu, mais il ne renonce pas après cet échec.

Il n'avait pas peur des échecs.

1.10 *Les Pauvres Gens*

Au cours de cette période, Dostoïevski passe des journées entières et même des nuits à sa table, nous apprend Grigorovitch.

Quand ce dernier lui demande ce qu'il fait, Dostoïevski s'abstient de répondre, ou répond par monosyllabes, et l'on ne comprend rien à ses propos.

Puis, un matin, Dostoïevski appelle Grigorovitch dans sa chambre.

Un grand cahier à la main, il lui dit : « Assieds-toi, Grigorovitch, je viens juste de le recopier hier, je voudrais te le lire ; assieds-toi et ne m'interromps pas[13]. »

Et il lui lit, d'une traite, un roman, *Les Pauvres Gens*.

« J'avais toujours eu une haute opinion de Dostoïevski ; son érudition, sa connaissance de la littérature, ses jugements, le sérieux de son caractère m'en imposaient ; une question me venait souvent à l'esprit : comment se pouvait-il que j'eusse déjà réussi à écrire deux trois choses, que ces deux trois choses eussent été publiées, que je me tinsse déjà, d'une certaine manière, pour un homme de lettres, alors que Dostoïevski n'avait encore rien accompli dans ce domaine ? Dès les premières pages des *Pauvres Gens*, j'avais compris combien ce qu'avait écrit Dostoïevski était meilleur que tout ce que j'avais rédigé, moi, jusqu'alors ; cette conviction se renforçait à mesure que se prolongeait la lecture. Admiratif à l'extrême, je fus plusieurs fois tenté de me jeter à son cou ; ne me retenait que son aversion pour les effusions bruyantes et expressives ; je ne pouvais cependant rester placidement assis à ma place et de temps à autre interrompais la lecture par des exclamations enthousiastes[14]. »

À la fin de la lecture, Grigorovitch s'empare du manuscrit et l'apporte à l'un de ses amis, Nikolaï Nekrassov, un jeune poète (né en 1821 comme Dostoïevski) déjà très connu.

1.11 Cette nuit-là

Le soir, se souvient Dostoïevski, après avoir remis son manuscrit à Grigorovitch, il alla en banlieue rendre visite à l'un de ses vieux camarades.

Ils parlèrent toute la nuit des *Âmes mortes,* le roman de Gogol, et ils le lurent également.

« C'était alors courant dans la jeunesse, écrit Dostoïevski : on se rencontrait à deux ou trois – "Et si on lisait du Gogol, messieurs !" –, on s'asseyait et on lisait, et le cas échéant toute la nuit. C'était un temps où, dans la jeunesse, on était en grand, en très grand nombre comme pénétrés de quelque chose et dans l'attente de quelque chose[15]. »

Un peu comme si, aujourd'hui en Italie, des jeunes gens de vingt ans se réunissaient pour passer la soirée ensemble et que l'un d'eux lançât soudain : « Et si on lisait Foscolo[(a)], les amis ? » Les autres diraient : « Bien sûr, pourquoi n'y avons-nous pas pensé plus tôt, lisons Foscolo ! »

1.12 Très étrange

Il est très étrange, pour l'Italien que je suis, de constater combien les écrivains étaient importants en Russie ; pas seulement Dostoïevski, les écrivains russes en tant qu'écrivains, leur rôle social.

Tolstoï, par exemple, avait fondé une sorte de religion, il y avait des gens qui se conduisaient comme Tolstoï, qui se déplaçaient à

(a) Ugo Foscolo (1778-1827), un des plus célèbres poètes italiens de son époque, précurseur du romantisme.

vélo comme Tolstoï, qui mangeaient comme Tolstoï, il y avait des restaurants pour les Tolstoïens.

Comme si, aujourd'hui en Italie, il y avait des gens qui mangent ce que mange Roberto Saviano.

Ou Antonio Scurati.

Ou Michela Murgia.

Ou Paolo Nori, Dieu nous en préserve.

1.13 Ce qui compte plus que le sommeil

Quoi qu'il en soit, Dostoïevski et son ami lisent Gogol, *Les Âmes mortes*, et quand Dostoïevski rentre chez lui il est déjà 4 heures du matin ; nous sommes à la fin mai, époque des nuits blanches à Pétersbourg, le soleil ne se couche jamais, la nuit pétersbourgeoise est presque aussi lumineuse que le jour.

« Il faisait un magnifique temps tiède, écrit Dostoïevski, et revenu à mon logis je ne me couchai pas, j'ouvris la fenêtre et je m'y assis. Soudain coup de sonnette, à mon extrême surprise, et entrent Grigorovitch et Nekrassov qui se précipitent pour m'embrasser, dans un véritable enthousiasme et, tous deux, retenant presque leurs larmes. La veille au soir, ils étaient rentrés de bonne heure chez eux, avaient pris mon manuscrit et s'étaient mis à le lire, pour voir[16]. »

Ils envisagent d'en lire dix pages ; ils arrivent à la page dix, décident d'en lire dix de plus, puis, sans s'arrêter, ils passent toute la nuit à lire à voix haute, se relayant lorsque l'un d'eux est fatigué.

« "Il lit le passage de la mort de l'étudiant – me raconta ensuite Grigorovitch en tête à tête – et tout d'un coup, à cet endroit où le père court après le cercueil, je vois que la voix de Nekrassov se brise, une fois puis une autre, et soudain il n'y tient plus, il frappe le manuscrit de sa paume : 'Ah, l'animal !' L'animal, c'est vous. Et nous avons passé la nuit comme ça." Quand ils eurent fini (sept grandes feuilles d'imprimerie !) ils décidèrent d'une seule voix de venir me trouver séance tenante : "N'importe s'il dort, nous le réveillerons, *ça*, ça compte plus que le sommeil !" »

Nekrassov dit ensuite qu'il apportera le manuscrit à Vissarion Bielinski.

1.14 Vissarion Bielinski

Je crois que les journalistes les plus célèbres dans la Russie de l'époque n'étaient pas ceux qui commentaient la politique comme aujourd'hui en Italie, mais ceux qui commentaient, racontaient, soutenaient la littérature, et que Vissarion Bielinski était le plus célèbre de tous les journalistes célèbres de l'époque.

Dans la Russie du début du XIXe siècle, Vissarion Bielinski était l'équivalent de Marco Travaglio dans l'Italie d'aujourd'hui, si ce n'est que, contrairement à Marco Travaglio, il n'avait pas affaire à des hommes politiques tels que Berlusconi, Bersani, D'Alema, Renzi, Salvini, Di Maio ou Di Battista, il avait affaire à Pouchkine, Gogol, Lermontov, Tourgueniev, Dostoïevski, Herzen, Leskov, Aksakov, Gontcharov, Saltykov-Chtchedrine…

C'était une période, il est presque inutile de le souligner, extraordinaire.

1.15 Journal d'un écrivain

Plus de trente ans après, en 1877, dans le numéro de janvier d'une revue que Dostoïevski dirigerait tout seul, qui s'intitulait *Journal d'un écrivain* et recueillerait un succès extraordinaire, il écrirait :

« Tous nos critiques (et je suis la vie littéraire depuis près de quarante ans), et les défunts et ceux d'aujourd'hui, bref, tous ceux dont j'ai seulement gardé le souvenir, dès qu'ils entamaient, que ce soit aujourd'hui ou autrefois, un compte rendu de l'actualité littéraire un peu solennel (autrefois, par exemple, les revues publiaient en janvier des comptes rendus de toute l'année écoulée), ne manquaient jamais d'employer, plus ou moins mais avec grande dilection, la même entrée en matière : "De nos jours, où la littérature subit un tel déclin...", "En ce moment où la littérature russe connaît une telle stagnation...", "Dans l'atonie littéraire présente...", "Errant dans le désert des belles-lettres russes...", etc. Mille variations de la même idée. Or, en fait, ces quarante années ont vu paraître les dernières œuvres de Pouchkine, débuter et mourir Gogol, elles ont connu Lermontov, elles ont été celles d'Ostrovski, de Tourgueniev, de Gontcharov, et d'une dizaine d'autres, pour le moins, d'écrivains de très grand talent[17] »,

qui pourraient être, par exemple, Dostoïevski lui-même, Lev Tolstoï, Nikolaï Leskov, Aleksander Herzen, Sergueï Aksakov, Nikolaï Tchernychevski, Mikhaïl Saltykov-Chtchedrine, Fiodor Tioutchev, Nikolaï Nekrassov et Afanassi Fet, du moins, sans compter Kozma Proutkov[(a)], un célèbre aphoriste qui avait écrit : « Si tu as une fontaine, ferme-la ; laisse aussi la fontaine se reposer », « Crache aux yeux de qui prétend qu'on peut embrasser l'immensité » et « Si tu veux être heureux, sois-le ! »

(a) Kozma Proutkov était le pseudonyme d'Alexeï Konstantinovitch Tolstoï (1817-1875) et de ses trois cousins Jemtchoujnikov.

1.16 Mais retournons au mois de mai 1845

Nekrassov, donc, apporte le manuscrit à Bielinski.

« Un nouveau Gogol nous est né ! » lui crie-t-il en entrant chez lui, muni des *Pauvres Gens*.

« Les Gogol, chez vous, ça pousse comme des champignons », répond Bielinski, qui accepte toutefois le manuscrit.

Quand Nekrassov revient le voir, le lendemain soir, Bielinski est tout agité : « Amenez-le, amenez-le au plus vite ! »

Et Nekrassov le lui amène.

1.17 D'un trait

« Je me souviens qu'au premier regard je fus très frappé de son physique, son nez, son front, je me l'étais représenté, je ne sais pourquoi, tout à fait autre "ce formidable et terrible critique", écrit Dostoïevski. Il m'accueillit avec une gravité et une retenue extraordinaires. "Soit, c'est ce qui se doit", pensai-je, mais je crois qu'une minute ne s'était pas passée qu'il changea du tout au tout : la gravité n'était pas le fait de l'homme, du grand critique accueillant un écrivain débutant de vingt-deux ans[(a)], mais, pour ainsi dire, de son respect des sentiments qu'il voulait m'exprimer au plus vite, des graves paroles qu'il avait la plus grande hâte de m'adresser. Il parla avec flamme, les yeux étincelants : "Mais comprenez-vous vous-même – me répéta-t-il plusieurs fois et montant aux tons aigus selon son habitude – ce que vous avez écrit là !" Sa voix se faisait toujours aiguë quand il parlait sous l'empire d'un fort sentiment. "Vous avez pu écrire cela avec votre sensibilité spontanée d'artiste, mais vous êtes-vous clairement rendu compte vous-même de la terrible vérité que vous nous avez

(a) En réalité, il en a vingt-trois (*NdA*).

montrée ? Il n'est pas possible qu'un garçon de vingt ans comme vous ait déjà compris cela. Mais votre malheureux fonctionnaire, mais il s'est tellement dépersonnalisé au service, il s'est mené si loin lui-même qu'il n'ose même pas, dans son humilité, se considérer comme malheureux, qu'il tient presque pour mauvais esprit la moindre plainte, qu'il n'ose même pas se reconnaître le droit au malheur et que lorsqu'un homme bon, son grand chef, lui fait don de ces cent roubles, il est écrasé, anéanti de stupéfaction qu'un homme comme lui puisse être plaint par 'Leur Excellence', non par Son Excellence, mais 'Leur Excellence', comme vous lui faites dire ! Et ce bouton qui se détache, et cette minute où il baise la main du général, mais ce n'est plus de la compassion qu'on éprouve pour cet infortuné, c'est de l'effroi, de l'effroi ! Il y a quelque chose d'effrayant dans cette gratitude ! C'est une tragédie ! Vous avez mis le doigt sur le fond même du drame, vous avez d'un coup mis en lumière l'essentiel. Nous autres, publicistes et critiques, nous ne faisons que raisonner, nous tâchons d'expliquer cela avec des mots, et vous, artistes, d'un trait, d'un seul coup, vous faites voir en image ce qui est l'essence même, de telle sorte qu'on peut le toucher de la main, de telle sorte que le lecteur le moins capable de raisonnement doit comprendre tout immédiatement ! Voilà le secret de la création, voilà la vérité de l'art ! Voilà le service de l'artiste à la vérité ! La vérité vous est révélée et annoncée comme artiste, elle vous est octroyée comme un don, sachez apprécier ce don et restez-y fidèle et vous serez un grand écrivain !"[18]... »

1.18 Au lit

Lorsque Dostoïevski sort de chez Bielinski, il se retrouve dans la perspective Nevski, devant le numéro 64, au coin de la Fontanka, et s'aperçoit, comme nous l'avons déjà dit, « qu'un moment solennel de ma vie venait de passer, un tournant pour jamais, que quelque chose venait de commencer de tout nouveau, mais de tel que je ne l'avais jamais envisagé dans mes rêves les plus passionnés. (Et j'étais alors un terrible rêveur.)[19] ».

Ce bâtiment, qui s'appelait à l'époque la Maison Lopatine, était en 1845 l'un des plus grands de Pétersbourg : il renfermait dix-huit appartements, et on pouvait y « vivre de longues années sans savoir qui [étaient] ses voisins », comme l'a écrit Bielinski[20].

La dernière fois que je suis passé devant, elle était revêtue d'une couleur qui hésitait entre le rose shocking et le cyclamen ; il y avait au rez-de-chaussée un établissement qui, à un regard extérieur, ressemblait à une banque ou à une société financière, et j'ai cru comprendre qu'on louait des chambres à l'étage. J'ai cherché sur Internet « 64, perspective Nevski » et c'est vrai : aujourd'hui, en 2021, il est possible de coucher dans la maison où Dostoïevski est devenu Dostoïevski.

1.19 Un roman

Selon Balzac, l'écrivain préféré de Dostoïevski et de Grigorovitch, un roman doit être une chose inouïe.

Quand on écrit un roman, d'une part on éprouve probablement l'envie d'écrire une œuvre inouïe, d'autre part on s'attend que le monde réagisse à l'œuvre inouïe qu'on lui offre.

1.20 Le monde

Que se passe-t-il quand un roman inouï apparaît ?

Pas un beau roman, pas un roman passable, pas un joli roman ; les romanciers n'écrivent pas pour créer un joli roman, ils écrivent pour créer une chose qui n'existait pas encore, une chose qu'on n'a jamais dite, que personne n'a jamais entendue, une chose inouïe : et que se passe-t-il quand un roman inouï apparaît ?

Il se passe, je crois, ce qui s'est passé quand j'ai senti une plaie s'ouvrir en moi pendant que je lisais *Crime et Châtiment*.

Tel est l'effet que devrait produire l'apparition d'un roman, et cela n'arrive pas seulement avec les romans : cela m'est arrivé à l'automne 1988, le jour où, viale San Michele à Parme, j'ai entendu lire en russe un poème d'Anna Akhmatova – j'entendais la langue russe, le son qu'émet la langue russe, pour la première fois. Ce poème, « Le roi aux yeux gris », a produit l'effet suivant : la pièce où nous étions s'est peinte en bleu, tout m'a soudain semblé léger et j'ai compris très clairement, sans aucun doute possible, que j'étudierais le russe jusqu'à la fin de mes jours.

À plusieurs reprises, par la suite, tandis que j'écoutais au pied d'une estrade quelqu'un commenter un livre, lire un poème ou chanter une chanson, j'ai eu le sentiment de ne former qu'une seule bête avec les autres auditeurs, avec le public : nous respirions à l'unisson.

Tel est peut-être l'effet des romans : ils règlent la fréquence de vos respirations, ils guident le flux de votre sang, ils gouvernent votre système nerveux, et l'individu qui décide consciemment d'écrire un roman s'attend au moins inconsciemment, je crois, à régler les respirations, à guider le flux du sang, à gouverner les systèmes nerveux.

C'est pourquoi le moment qui précède la sortie d'un premier roman est un moment terrible pour son auteur : il lui semble qu'il va se muer en un être capable de faire une chose que de rares personnes sont en mesure de faire.

1.21 Je ne suis pas susceptible

De tous les romans de Dostoïevski qui ont obtenu du succès, *Les Pauvres Gens*, son premier roman, est peut-être le moins lu aujourd'hui ; voilà pourquoi je ne suis pas saisi d'accès de *timidarras* au moment de le raconter ; ces accès viendront, je le crains, lorsqu'il s'agira d'évoquer *Crime et Châtiment*, *L'Idiot* ou *Les Frères Karamazov* (« Tu te crois capable d'expliquer *Les Frères Karamazov* ? Pour qui te prends-tu ? Laisse tomber ! »).

Les Pauvres Gens sont un roman épistolaire, composé de cinquante-quatre lettres, qu'un pauvre fonctionnaire d'un certain âge, Makar Dévouchkine, échange, entre le 8 avril et le 30 septembre, avec une pauvre et jeune orpheline, Varvara (dite Varenka) Dobrossiolova, qui habite en face de chez lui, dans un groupe de misérables maisons, non loin de la Fontanka.

« Vous exprimez le désir, mon âme, de connaître les détails de mon petit train-train, et tout ce qui m'entoure. Je m'empresse avec joie d'accomplir votre vœu, ma bonne amie. Je commencerai par le début, mon âme : ça fera plus ordonné. D'abord, dans notre immeuble, dans la grande entrée, les escaliers sont tout à fait potables ; surtout l'escalier d'apparat – il est propre, clair, large, rien que de la fonte et de l'acajou. Mais, l'escalier de service, ne cherchez pas à le voir : un escalier à vis, humide, sale, les marches sont cassées et les murs tellement gras, que la main se colle quand on s'appuie dessus. Sur chaque palier, des malles, des chaises et des armoires cassées ; il y a des vasques avec toutes les immondices, la saleté, les ordures, les coquilles d'œufs et les vessies de poissons ; ça sent mauvais… bref, ce n'est pas joli-joli[21]. »

À l'intérieur :

« Imaginez, plus ou moins, un long couloir, complètement sombre, et pas propre », écrit Makar. « À main droite, vous avez un mur continu, et, à main gauche, toujours des portes, des portes, comme des meublés qui s'étirent, comme ça, à la file. Bon, et, donc ces meublés, ils sont en location, et, dans chacun, il y a une petite chambrette ; dans chaque chambrette, on est à deux, à trois. Ne demandez pas le calme, c'est une arche de Noé !

Remarquez, ce sont surtout des gens bien, toujours, comme ça, instruits, savants. […] Notre logeuse, c'est une petite vieille minuscule et pas propre, – elle passe toute la journée en mules et robe de chambre, et toute la journée elle crie. »

L'habitation :

« Elle est commode, on ne peut pas dire, c'est vrai, mais on s'y sent comme étouffer, c'est-à-dire, ce n'est pas que ça sente mauvais, mais enfin, comment dire, il règne une sorte d'odeur de pourriture, quelque chose comme d'aigre et de doux terriblement. La première fois, l'impression est très mauvaise, mais ce n'est rien ; il suffit de rester deux ou trois minutes chez nous pour que ça passe, et, on ne le sent pas, comme tout passe, parce que, soi-même, on se met comme à sentir mauvais, et vos habits, ils sentent, vos mains elles sentent, bref, tout qui sent, – bon, et on s'y fait. Chez nous, les canaris, ils meurent net. Le quartier-maître, voilà le quatrième qu'il achète, – ils ne peuvent pas vivre dans notre air, un point c'est tout. »

Dans ce logement, Makar s'est installé d'une façon assez originale : il vit derrière une cloison de la cuisine commune qui, à l'entendre, est spacieuse et lumineuse. Et il ajoute :

« Certes, le matin, ça sent un peu le graillon, quand on fait frire du poisson ou de la viande, ça fait des taches, ça inonde partout. »

De surcroît,

« Dans notre cuisine, sur des cordes, on suspend du vieux linge ; et comme ma chambre n'est pas loin, c'est-à-dire qu'elle est presque attenante à la cuisine, l'odeur du linge me dérange un peu ; mais ce n'est rien. »

Les colocataires de Makar non plus ne sont pas riches, ils sont pauvres, toutefois ils sont tous plus riches que lui, parce qu'ils ont de quoi louer une chambre particulière. L'avantage du recoin de Makar, derrière la cloison, à l'intérieur de la cuisine, où flotte l'odeur du poisson et du linge, réside dans le fait qu'il est bon marché. Ainsi, Makar a tout loisir de boire du thé, qu'il ne buvait pas auparavant et qu'il ne boirait pas à présent si cela ne tenait qu'à lui, or…

« … ne pas prendre de thé, ça fait comme un peu honte ; ici, tout le monde a de quoi, ce qui fait qu'on a honte. À cause des autres, on en prend, Varenka, pour la galerie, pour le ton ; mais, moi, ça m'est égal, je ne suis pas susceptible. »

1.22 Comment Makar écrit

Ce Makar Dévouchkine aimerait améliorer son style, dont il a un peu honte. « Moi, je n'en ai pas de talent », écrit-il. « Je peux noircir dix feuilles, ça ne donne rien du tout, je n'arrive à rien décrire. J'ai déjà essayé ! » Et pourtant, ce livre, le roman qui, selon Bielinski, a permis à Dostoïevski de surpasser Gogol, se compose presque entièrement du style de Makar, qui évoque celui de Sancho Pancha, tout en façons de parler, en proverbes et en diminutifs.

Au fil de la correspondance, par exemple, il appelle Varvara « mon inestimable », « mon âme », « ma petite colombe », « mon petit ange », « ma toute mignonne », « mon petit oisillon », « mon petit cœur », « ma petite gentille », « ma pauvre petite orpheline », « ma petite enfant », « ma bonne amie », « ma petite biche », « mon trésor », « ma vie », « Varenka », « *matotchka* », soit une variante populaire, paysanne, du plus commun *matiouchka*, qui signifie littéralement « petite mère », expression qu'on réservait et qu'on réserve encore, en Russie, aux femmes auxquelles on tient et qui, en général, mais pas nécessairement, sont plus âgées.

Si cette appellation, *matotchka*, était commune dans la langue parlée, elle ne l'était pas dans la langue écrite ; Dostoïevski a été le premier à l'utiliser dans ses livres, ce qui sera remarqué, et pas seulement par les dictionnaires, comme nous le verrons.

1.23 L'un des héros des *Pauvres Gens*

L'un des héros des *Pauvres Gens* est un personnage qui, comme dans une comédie de Boulgakov, n'apparaît jamais, bien qu'il soit l'un des héros (le héros, dans la comédie de Boulgakov) : Alexandre Sergueïevitch Pouchkine.

Dans les pages où elle relate sa vie précédente, Varenka avoue être tombée amoureuse d'un jeune instituteur, Pokrovski, et avoir dépensé tout son argent pour lui offrir un recueil des œuvres de Pouchkine en guise de cadeau d'anniversaire. Plus tard, lorsqu'elle comprend que Makar Dévouchkine a la passion de l'écriture, elle lui envoie un livre, *Les Récits de Belkine*. Dévouchkine lit un de ces récits, « Le Maître de poste », et réagit de la sorte :

« Maintenant [...] je vous dirai, mon âme, ça arrive donc, n'est-ce pas, qu'on vive et qu'on ne sache pas qu'un livre comme ça existe, juste à côté, ou, toute votre vie, elle est montrée comme dans le creux de la main. Et ce que moi-même je n'avais jamais réalisé avant, eh bien, petit à petit, ça m'est revenu en mémoire, et, là, on se met à fouiller, et on voit clair. Et puis, voilà aussi pourquoi je l'ai aimé, votre livre : il y a des œuvres, elles peuvent être tout ce que vous voulez, vous avez beau les lire, on pourrait vous taper dessus, parfois – c'est tellement futé que c'est comme si on n'y comprenait trop rien. Moi, par exemple – je manque un peu de finesse, c'est par nature que je manque de finesse, ce qui fait que je ne peux lire d'œuvres trop graves ; et ça, je le lis – c'est comme si je l'avais écrit moi-même, comme si, n'est-ce pas, plus ou moins, c'était mon propre cœur, tel qu'il est, bien ou mal, qu'il a montré aux gens, complètement, et qu'il décrit dans ses moindres détails – voilà ! et c'est tout simple, en fait, mon Dieu ; hein, quoi, je vous jure, moi-même j'aurais pu l'écrire ; pourquoi je ne l'aurais pas écrit ? »

s'interroge Dévouchkine.

Et à la fin, je ne veux pas dire comment se terminent *Les Pauvres Gens*, mais à la fin, ce qui reste, le dernier objet à être nommé, dans ce premier roman de Dostoïevski, est un recueil de nouvelles d'Alexandre Sergueïevitch Pouchkine, *Les Récits de Belkine*.

Un peu comme dans la biographie de Dostoïevski.

L'un des premiers lieux où se rend Dostoïevski, à son arrivée à Saint-Pétersbourg en 1837, n'est autre que la maison où Pouchkine – qui a péri dans un duel en janvier de la même année, à l'âge de trente-sept ans – vivait encore, quelques mois plus tôt.

En cette année 1837, Dostoïevski est endeuillé par la mort de sa mère ; quelques années plus tard, il dira que, s'il n'avait pas porté le deuil de sa mère, il aurait porté celui de Pouchkine.

Et le dernier texte que Dostoïevski écrit, son dernier extraordinaire succès, le dernier d'une longue série d'échecs et de succès, est un discours très célèbre sur Pouchkine, dans lequel il dit que « jamais encore aucun écrivain russe, ni avant lui ni après, ne s'est aussi intimement, aussi filialement uni à son peuple que Pouchkine[22] ».

Qu'avait donc fait Pouchkine de si important pour mériter de telles attentions ?

Je vais essayer de l'expliquer, mais je veux d'abord dire deux ou trois autres choses à propos des *Pauvres Gens* et raconter ce qu'il se passe à la sortie du roman.

1.24 Les nommer

Dès le début, Dostoïevski écrit des choses qu'on a du mal non seulement à écrire, mais aussi à nommer, et non seulement à nommer, mais aussi à penser.

Les enfants, par exemple, lorsqu'ils meurent.

Le premier roman, *Les Pauvres Gens*, le premier cercueil d'enfant.

Ainsi, les Gorchkov, une des familles qui vivent avec Dévouchkine, perdent leur fils aîné, un enfant de neuf ans. On ignore de quoi il est mort, peut-être de scarlatine. Un petit cercueil, simple, joli. Sa sœur, six ans, garde le silence, appuyée dessus, un bonbon dans une main. Sérieuse, songeuse.

« Oh, je n'aime pas ça, Varenka, quand un enfant reste pensif », écrit Dévouchkine.

1.25 L'avenir

Un cinéaste russe du nom de Koulechov a mené un jour une expérience destinée à devenir célèbre dans l'histoire du montage (il s'agit de l'« effet Koulechov »).

Il a filmé quatorze séquences : quelques secondes du gros plan d'un acteur, Ivan Mosjoukine, le regard au lointain ; quelques secondes d'une assiette de soupe fumante ; quelques secondes d'une enfant allongée, comme morte, à l'intérieur d'un cercueil ; quelques secondes d'une jeune femme couchée sur un divan, les yeux langoureusement tournés vers la caméra.

Après quoi, il a monté les séquences de cette façon : gros plan de l'acteur-soupe fumante ; gros plan de l'acteur-fillette dans le cercueil ; gros plan de l'acteur-jeune femme sur le divan.

L'acteur, Mosjoukine, affichait dans le premier montage une expression affamée ; dans le second, une expression désespérée ; dans le troisième, une expression amoureuse ; mais c'était toujours la même tête, et l'expérience de Koulechov prouve ceci : la signification qu'on attribue à une chose change selon ce qui l'entoure. Elle nous rappelle le paradoxe de Mommsen, qui dit que, dans certaines occasions, l'avenir projette son ombre sur le passé, et c'est ce qui se produit dans les trois séquences de Koulechov : le visage de Mosjoukine adopte l'ombre de ce qui lui succède (c'est-à-dire de ce qui vient après lui), il adopte la couleur de l'avenir, d'une certaine façon.

On retrouve ce phénomène dans le rapport entre la biographie de Dostoïevski et les œuvres qu'il écrit.

En d'autres termes, il arrive à Dostoïevski, comme à tout le monde, d'écrire des choses qui reflètent ce qu'il a vécu dans le passé. Mais ce n'est pas tout : ce qu'il a écrit dans le passé se réalise parfois dans l'avenir.

1.26 La misère

Le pauvre Dévouchkine ne cesse d'offrir des cadeaux à la pauvre Varenka, des fleurs, des bonbons ; pour elle, il renonce à boire du thé, s'attire les moqueries, contracte des dettes, si bien qu'il est obligé de feindre l'indifférence quand il passe devant un mendiant qui lui dit « Au nom du Christ », et cette scène me rappelle que ma fille, enfant, tenait à ce que je fasse l'aumône à tous les mendiants que nous croisions, chose dont je m'abstenais et qui me mettait très mal à l'aise, mais ça n'a rien à voir, bref, lorsqu'elle apprend que le pauvre Dévouchkine est ruiné, Varenka lui donne le peu qu'elle possède, des kopecks, des centimes, et cette misère, ces deux pauvres me ramènent à l'esprit ce qu'on lit dans les mémoires de la seconde femme de Dostoïevski, Anna, à savoir que, à la fin 1867, à Genève, son mari l'emmenait en promenade le soir, vers 7 heures ; pour lui éviter de se fatiguer (elle était enceinte), Fiodor Mikhaïlovitch s'arrêtait souvent devant les vitrines éclairées des magasins de luxe et lui montrait les bijoux qu'il lui aurait achetés s'il avait été riche.

« Je dois à la vérité de dire qu'il avait un goût très élevé et très sûr, et que les choses qui lui plaisaient étaient réellement admirables[23] », écrit Anna Dostoïevskaïa.

1.27 Les enfants

Et quand, dans ce roman écrit en 1845, on lit l'histoire de l'enfant et du petit cercueil neuf fabriqué tout exprès, on songe à la naissance de la fille aînée de Dostoïevski (Sonia, appelée ainsi en l'honneur de Sonia Marmeladova, l'héroïne de *Crime et Châtiment* qui exerçait le métier de prostituée, Dostoïevski et sa femme avaient un sacré courage), et à la lettre que Dostoïevski envoie à Maïkov en mars 1868 :

« L'enfant vient d'avoir un mois, or elle a exactement mes expressions, ma physionomie ronde, mes rides au front, et elle est là, couchée, on croirait qu'elle invente un roman ! écrit-il. Et je ne parle pas de ses traits. Son front est étrangement semblable au mien. On en conclurait, logiquement, qu'elle n'est pas très jolie (car je ne suis *bel homme* qu'aux yeux d'Anna Grigorievna, et pour de bon, je vous le dis !). Mais vous qui êtes peintre, vous savez pertinemment que l'on peut avoir le visage ingrat de quelqu'un et être soi-même très jolie[24]. »

Surtout, on songe à ce qu'écrit Anna Grigorievna, ces jours-là, à Genève en 1868 :

« Pour mon plus grand bonheur, Fiodor Mikhaïlovitch se montra un père tendre. Il tenait absolument à me voir mettre la petite dans son bain ; il m'aidait à l'emmailloter dans une couverture dont il fixait lui-même les épingles de sûreté ; il la portait, la berçait dans ses bras et quittait son travail pour accourir auprès d'elle dès qu'il entendait sa petite voix. Sa première question en se réveillant ou en rentrant à la maison était pour elle : – Sonia se porte-t-elle bien ? A-t-elle bien dormi ? bien pris le sein[25] ? »

Fiodor Mikhaïlovitch passait des heures à côté de son berceau, lui chantant des chansons, lui parlant. Il était persuadé qu'elle l'avait reconnu quand elle avait trois mois, et c'est ce qu'il écrivit à Maïkov le 18 mai 1868 :

« Ce petit être âgé de trois mois, si pitoyable, si minuscule, était déjà pour moi une personne et un tempérament. Elle commençait à me reconnaître, à m'aimer et me souriait quand je m'approchais. Quand, de ma voix ridicule, je lui chantais des chansons, elle aimait les écouter. Elle ne pleurait ni ne grimaçait quand je l'embrassais ; elle cessait de pleurer quand je m'approchais[26]. »

La femme de Dostoïevski poursuit : « Il ne nous fut pas donné de jouir longtemps de ce bonheur sans nuages. Au début de mai, le temps était magnifique, et, sur les conseils du docteur, nous allions nous promener chaque jour avec notre chère petite au "Jardin des Anglais" où elle dormait deux ou trois heures dans sa voiture. Mais un malheureux jour, à la suite d'un brusque changement de température, le vent du nord se mit à souffler ; notre petite fille prit froid et, dans la nuit, se mit à tousser. Nous nous adressâmes immédiatement au meilleur docteur, qui vint la voir chaque jour, et chaque jour nous assura qu'elle guérirait. Trois heures avant sa mort, il disait encore qu'elle allait mieux.

Malgré ces affirmations répétées, mon mari, qui ne pouvait plus travailler, ne quittait presque pas le berceau. Nous étions tous deux atrocement inquiets et visités par de sombres pressentiments. Notre petite Sonia s'éteignit dans la journée du 12 mai. Je n'ai pas la force d'exprimer ici le désespoir qui s'empara de nous lorsque nous la vîmes immobile. À mon chagrin sans limites, venait s'ajouter l'inquiétude terrible que je ressentais à l'égard de mon malheureux mari, extraordinairement frappé par cette mort. Il souffrait, il pleurait, il criait, il sanglotait comme une femme devant le corps glacé de sa bien-aimée fillette ; il couvrait sa petite figure pâle et ses mains minuscules de brûlants baisers. Je n'ai jamais vu pareille désolation. Comment avons-nous pu supporter ce malheur ? Deux jours durant, nous ne nous quittâmes pas une minute, faisant ensemble les démarches nécessaires pour obtenir l'autorisation d'enterrer notre chère petite et veillant ensemble aux préparatifs. Nous l'avons vêtue ensemble d'une robe de satin blanc avant de la déposer dans un petit cercueil tapissé de satin blanc aussi, et nous avons pleuré ensemble, pleuré, pleuré sans pouvoir nous contenir. Mon mari défait, amaigri par la douleur éprouvée au cours de cette terrible semaine, mon pauvre mari faisait peur. Le troisième jour, nous conduisîmes notre trésor à l'église russe, puis au cimetière de "Plainpalais" où on l'enterra dans la partie réservée aux enfants. Au bout de quelques jours, la tombe surmontée d'une croix de marbre blanc fut entourée de cyprès. Chaque jour, nous allions porter des fleurs et pleurer[27]... »

1.28 L'aspect

Dans sa biographie intitulée *Dostoevskij bez gljanca*[28] (« Dostoïevski sans clinquant »), Pavel Fokine reconstruit la vie de Dostoïevski à partir des témoignages de ses contemporains.

Un de ses camarades d'enfance, Stepan Dmitrievitch Ianovski, décrit l'aspect de Dostoïevski l'année où il publia son premier roman.

« Voici, parfaitement fidèle, le portrait physique de Fiodor Mikhaïlovitch, tel qu'il était en 1846 : il était plus petit que la moyenne, ossu et en particulier large d'épaules et de poitrine ; il avait la tête bien proportionnée, mais le front extrêmement développé, avec des éminences frontales singulièrement proéminentes, des yeux petits, gris clair et d'une extraordinaire vivacité, des lèvres minces, constamment serrées qui donnaient à l'ensemble du visage une intense expression de bonté et de douceur ; ses cheveux étaient plus que blonds, presque blancs et excessivement fins et souples ; ses mains et ses pieds d'une grandeur remarquable. Il était vêtu proprement et, on peut le dire, avec élégance ; il portait une redingote noire joliment taillée dans un excellent drap, un gilet de casimir noir, du linge de Hollande d'une blancheur irréprochable et un haut-de-forme de chez Zimmerman ; s'il était un détail qui rompait l'harmonie de sa toilette, c'étaient ses chaussures assez médiocres, et aussi son allure un peu gauche, qui n'était pas celle d'un ancien élève d'une école militaire, mais plutôt d'un séminariste au sortir de ses études[29]… »

Cette description nous amène trois pensées à l'esprit : primo, nous retrouverons le haut-de-forme de chez Zimmermann en très mauvais état au début de *Crime et Châtiment* ; deuzio, face au portrait de Dostoïevski habillé de la sorte, en écrivain, on a l'impression d'entendre la chanson de Franco Battiato « Deve sentirsi imbarazzato un vigile nella divisa il primo giorno di lavoro[(a)] » (« Un agent de police se sent sûrement gêné dans son uniforme à son premier jour de travail ») ; tertio, l'un des personnages du premier roman de Tiziano Scarpa, *L'Œil de vieux*[30], est un étudiant qui rédige une thèse sur les piètres figures chez Dostoïevski, et il semble qu'il n'y ait aucun doute : ce monsieur s'apprête à se ridiculiser à plusieurs reprises.

Le premier livre de Dostoïevski, *Les Pauvres Gens*, publié justement en 1846, à l'époque où Ianovski le voit coiffé de son haut-de-forme de chez Zimmermann, renferme lui aussi un tas de piètres figures, et le monsieur qui se ridiculise n'est autre que Dévouchkine, le héros – lequel, comme nous l'avons déjà dit, s'endette pour offrir des cadeaux à sa jeune amie, n'a pas de quoi faire ressemeler ses bottes ou acheter les boutons qui lui manquent (et il lui en manque), a honte de la tenue dans laquelle il est obligé d'aller travailler. Et un jour, début septembre, il lui arrive une chose terrible.

1.29 Une biographie

On trouve dans le livre de Fokine une autre description extérieure, celle de Khristina Danilovna Altchevskaïa, elle aussi publiciste et mémorialiste, qui dépeint Dostoïevski quelques années plus tard, après sa condamnation à mort et son exil :

« Devant moi se tenait un homme de taille médiocre, maigre, à la mise négligée. Je ne l'aurais pas qualifié de vieillard : ni calvitie, ni cheveux blancs, nul signe ordinaire de vieillesse ; il eût été même difficile de déterminer quel âge il avait ; en revanche,

(a) Franco Battiato était un célèbre auteur, compositeur et interprète italien (1945-2021).

quand on regardait ce visage douloureux, ces yeux caves, petits et éteints, ces rides marquées, comme si chacune possédait sa propre biographie, on pouvait affirmer avec assurance que cet individu avait beaucoup médité, beaucoup souffert, beaucoup enduré[31]. »

1.30 La chose terrible

La chose terrible qui est arrivée à Makar Dévouchkine, le héros des *Pauvres Gens*, qui exerce le métier de copiste (comme Akaki Akakiévitch, le héros du *Manteau* de Gogol) est la suivante : en recopiant un document très important, que lui a confié son chef, il a sauté une ligne. Le lendemain, on le convoque chez « Son Excellence », c'est-à-dire chez la personne le plus haut placée de ce ministère, chez le général, et on lui dit : « Manquement au service ! négligence ! source d'ennuis ! »

Il voudrait ouvrir la bouche, mais il ne peut pas.

Il voudrait demander pardon, mais il ne peut pas.

Il voudrait s'enfuir, mais il ne s'y hasarde pas.

C'est alors que se produit une chose si terrible que Dévouchkine arrive à peine « à en tenir la plume, tellement [il a] honte ». Et il explique :

« Mon petit bouton – que le diable le prenne – le petit bouton qui ne tenait qu'à un fil, – d'un coup, il a cédé, il a sauté, il s'est mis à bondir (visiblement, je l'avais touché, sans faire exprès), il a tinté, il a roulé, et directement, le sale petit bouton, jusqu'aux pieds de Son Excellence, et, ça, au milieu du silence général ! Voilà ce que c'était, toute ma justification, mes excuses, toute ma réponse, tout ce que je m'apprêtais à dire à Son Excellence ! Les conséquences ont été effrayantes ! Son Excellence a tout de suite porté son attention à mon apparence et à mon costume. »

Conscient de son aspect, Dévouchkine se jette à la poursuite de son bouton, sans grand succès :

« … il tournait, il virait, je n'arrivais pas à le rattraper, bref, je me suis distingué par mon habileté », écrit-il. « Là, j'ai senti que mes dernières forces m'abandonnaient, que, ça y était, tout était perdu, tout ! Toute ma réputation était perdue, tout l'homme dans son entier ! »

Il finit par attraper son bouton, il se relève, et note : « Eh quoi, imbécile comme tu es, tu aurais pu rester, au moins, les mains sur la couture du pantalon ! » Au lieu de ça, il tente de fixer le bouton aux fils arrachés « comme s'il pouvait se recoller ; et je souriais, encore, et je souriais », écrit-il.

1.31 Son Excellence

Son Excellence commence par tourner le dos à Makar Dévouchkine, comme pour éviter de le regarder, puis il lui lance un nouveau coup d'œil et dit au chef de bureau : « Comment ça ?… regardez de quoi il a l'air !… comme il est ?… qu'est-ce qu'il est ?… » Le chef de bureau répond : « Jamais eu de remarque, jamais de remarque en rien, de conduite exemplaire, salaire suffisant, correspondant au grade… » Alors Son Excellence reprend : « Mais, le soulager, un peu… Donnez-lui une avance… » « C'est déjà fait », lui répond-on, « c'est déjà fait, il a pris une avance pour tant de temps. Les circonstances, visiblement, mais, de bonne conduite, et aucune remarque, jamais de remarque de rien. » Dévouchkine écrit à Varvara qu'il aurait alors voulu disparaître sous terre (mille fois, dans les romans de Dostoïevski, le héros voudrait disparaître sous terre !). Or, s'adressant à lui, Son Excellence s'exclame : « Dévouchkine, approchez ici, recopiez cela une nouvelle fois, sans erreur ; et écoutez… » Puis il distribue aux autres des instructions et les renvoie. Tout le monde se disperse, laissant Dévouchkine en tête à tête avec Son Excellence.

1.32 Un général

Une fois les autres sortis, Son Excellence tire en toute hâte son portefeuille de sa poche et, du portefeuille, un billet de cent roubles, avant de dire à Dévouchkine : « Voilà, tout ce que je peux, considérez comme vous voulez… » et de le lui tendre. Troublé, Dévouchkine lui saisit la main. Son Excellence rougit et serre la sienne, « comme celle de son égal, comme si j'étais un pareil que lui-même, un général », écrit Dévouchkine.

Enfin Son Excellence conclut : « Allez, tout ce que je peux… Ne faites plus d'erreurs, cette fois, ça va aller. »

1.33 Avant la publication des *Pauvres Gens*

Selon Grigorovitch, le colocataire de Dostoïevski, il s'était produit chez ce dernier un énorme changement après que Bielinski avait lu le manuscrit des *Pauvres Gens* :

« Au moment où l'on imprimait *Les Pauvres Gens*, il se trouvait constamment dans un état d'excitation nerveuse extrême[32] », rapporte-t-il.

Un changement évident, à en juger aussi par sa correspondance.

Le 16 novembre 1845, Fiodor Mikhaïlovitch Dostoïevski écrit à son frère, Mikhaïl :

« Eh bien, frère, je pense que jamais ma gloire ne connaîtra son apogée d'aujourd'hui. Partout, une révérence inouïe, la curiosité à mon égard est formidable. J'ai fait la connaissance d'une kyrielle de gens éminemment respectables. Le prince Odoïevski me prie de lui faire l'heur d'une visite, et le comte Sollogoub s'arrache les cheveux de désespoir. […] Tous me reçoivent comme une merveille. Je ne peux ouvrir la bouche, sans qu'à tous les coins on répète que Dostoïev(ski) a dit ceci ou cela, que Dostoïev(ski) veut faire ceci ou cela. Bielinski m'aime au-delà de toute expression. Ces derniers jours, le poète Tourgueniev[(a)] (tu en as sans doute entendu parler) est rentré de Paris et, d'emblée, s'est pris pour moi d'un tel attachement, d'une telle amitié que Bielinski l'explique par le fait que Tourgueniev est amoureux de moi. Mais, frère, ce que c'est que cet homme ! J'ai bien failli, moi aussi, m'en enticher. Poète, talentueux, aristocrate, bel homme, riche, intelligent, cultivé, vingt-cinq ans[(b)] […] J'ai une foule d'idées ; et je ne dois pas en souffler mot, fût-ce à Tourgueniev, p(ar) ex(emple), pour éviter que demain, à tous les coins de rue de Pétersbourg, on sache que Dostoïev(ski) a écrit ceci ou cela. Eh bien, frère, si j'entreprenais de t'énumérer tous mes succès, je n'arriverais pas à trouver assez de papier. Goliadkine[(c)] marche à merveille ; ce sera mon *chef-d'œuvre*[*(d)33]. »

Le Double ne sera pas son chef-d'œuvre, comme nous le verrons, mais avant de pénétrer dans la vie de Dostoïevski écrivain professionnel, c'est-à-dire avant de raconter ce qu'il arrive à partir de 1846 (année où sont publiés ses deux premiers romans, *Les Pauvres Gens* et *Le Double*), je m'autorise un bref intermède ; et avant ce bref intermède, je veux terminer la première partie de cette espèce de roman par le post-scriptum qui conclut la lettre de Dostoïevski à son frère Mikhaïl du 16 novembre 1845 : « Je relis ma lettre et me trouve, 1) ignare, 2) vantard. »

(a) Il deviendra célèbre moins comme poète que comme romancier (*NdA*).
(b) En réalité, il en avait vingt-sept (*NdA*).
(c) C'est-à-dire son roman suivant, *Le Double* (*NdA*).
(d) Les termes en italique suivis d'un astérisque sont en français dans le texte.

2
Intermède

2.1 Avions

Pendant plusieurs années, dans ma jeunesse, de l'âge de vingt-deux ans à l'âge de vingt-cinq ans, j'ai travaillé à l'étranger, en Algérie et en Irak ; je lisais déjà des romans russes, mais je prenais souvent l'avion, y compris sur de longs trajets, et durant ces voyages en avion je lisais également des romans, je ne sais comment dire, « de voyage en avion », ces bestsellers internationaux que proposent, ou que proposaient à l'époque, les librairies des aéroports et que, je dois l'avouer, j'appréciais. Un auteur, Frederick Forsyth, m'a ainsi aidé deux ou trois fois – avec *L'Alternative du diable* et *Le Dossier Odessa*, si mes souvenirs sont bons – à rallier Alger ou Bagdad ; et quand, quinze ans plus tard, à la fin des années quatre-vingt-dix, après avoir obtenu une maîtrise de russe et commencé à écrire des romans, j'ai déniché dans une librairie un de ses livres de politique-fiction datant du début des années quatre-vingt-dix, dont l'action se déroule en Russie en 1999, je l'ai acheté, je l'ai lu et, franchement, je l'ai trouvé très bizarre, pas tant par sa composition – il était toujours captivant, bien écrit et magnifiquement agencé – que par la façon dont il décrivait les Russes.

Dans le livre en question, qui s'intitule *Icône*[1], les Russes n'avaient pas d'argent, contrairement aux Américains et aux Anglais qui étaient tous riches, dans ce livre.

Les Russes n'avaient pas d'amis et ne s'aimaient pas entre eux, contrairement aux Américains et aux Anglais qui ne cessaient de s'inviter à dîner. Dans *Icône*, les Russes étaient antisémites, contrairement aux Américains et aux Anglais qui se déclaraient, pour leur part, des amis d'Israël et du peuple hébreu. Dans *Icône*, les Russes étaient aussi stupides, contrairement aux Américains et aux Anglais, très rusés. Les Russes étaient également peu sympathiques, alors que les Américains et les Anglais racontaient des blagues qui faisaient rire tout le monde ; et la bière des Russes était mauvaise, alors que la bière des Américains et celle des Anglais étaient bonnes, si bien que, lorsqu'un Américain ou un Anglais rencontraient un Russe dans la rue, ils lui offraient une bouteille de bière parce que, comme la nation dont ils provenaient, ils étaient gentils.

Le Russe, qui était pauvre et qui n'était pas habitué à ces gestes de gentillesse anglo-saxonne, commençait par remercier, tout ému, puis éprouvait une gratitude qui se transformait toutefois très vite en haine, parce que les Russes, comme tous les Slaves dans ce livre, étaient méchants, à la différence des Américains et des Anglais qui avaient la gentillesse dans leur ADN, comme le prouve aussi l'histoire – et cela est en résumé le début du livre que j'ai lu il y a quelques années.

Et puis les services secrets russes, dans ce livre, tuaient un tas de gens, surtout des Russes, tandis que les services secrets occidentaux ne tuaient personne. Et quand on découvrait par hasard des papiers requérant une intervention des services secrets occidentaux, intervention qui risquait d'être violente, que faisaient les services secrets occidentaux ? Ils allaient à l'église, s'agenouillaient, « Fais que ce ne soit pas vrai, Seigneur », se mettaient-ils à prier. « Fais que ce ne soit pas vrai. Fais que ces papiers soient faux, Seigneur, s'il Te plaît », disaient les responsables des services secrets occidentaux dans ce livre, alors que les responsables des services secrets russes employaient, dans leurs réunions, un langage vulgaire, chose qui peut sembler étrange à des lecteurs occidentaux, mais qui dépend du fait que la vulgarité est très répandue en Russie, expliquait ce livre qui s'intitule *Icône* et qui a été un best-seller très populaire dans les aéroports de l'Ouest.

Et puis, dans ce livre, dans ce thriller international, les Occidentaux qui se livraient aux Russes étaient des alcooliques incompétents qui, pour un motif inexplicable, s'étaient retrouvés à la tête des services secrets occidentaux, alors que les Russes qui livraient des informations aux Occidentaux étaient des pères de famille très sobres qui détestaient le système soviétique, à leurs yeux injuste, et qui s'étaient adressés aux Occidentaux pour une seule raison : ils avaient un enfant malade qu'on pouvait soigner uniquement avec des médicaments américains très particuliers, que les agents occidentaux leur offraient sans rien demander en échange, si bien que l'agent russe en question décidait par la suite de trahir l'Union soviétique, ce qui dans son cas n'était pas à proprement parler une trahison, non, c'était pour une bonne cause, on le comprend dans ce livre que j'avais à un moment donné jugé un peu manichéen, avec ses gentils Occidentaux et ses méchants Orientaux – mais non, en fin de compte, il y avait aussi un Occidental alcoolique et un gentil Russe.

Et puis, objectivement, je dois l'avouer, Forsyth fait preuve dans ce livre de grandes qualités d'imagination, parce que l'histoire se termine d'une façon que je n'aurais jamais imaginée.

En effet, pour éviter la dérive nazie où glissait la Russie en 1999 – à quelques mois des élections, la victoire électorale d'un bloc nazi et antisémite était désormais certaine –, les services secrets britanniques avaient organisé une arnaque en l'espace de quelques mois avec l'aide involontaire du métropolite russe (lequel, étant russe, passait pour un couillon) et réussi en trois semaines, avec un seul agent, à retourner la situation comme une crêpe ; et, comme ils avaient parfaitement compris que le pays de couillons qu'était la Russie ne pouvait en aucun cas être gouverné démocratiquement, les services secrets anglo-saxons étaient parvenus à localiser et à placer sur le trône le descendant direct du dernier tsar Nicolas II, lequel tsar Nicolas II, je le regrette, étant lui aussi russe était lui aussi un couillon, on le comprenait dans ce livre.

Et son unique descendant direct ou presque direct, quoi qu'il en soit le plus adapté – surprise, surprise –, était un Anglais, qui s'installait à la fin sur le trône de toutes les Russies de façon que le roman s'achève glorieusement.

Voilà.

Tel est, d'après moi, le résumé le plus objectif possible que je suis capable de faire d'*Icône*, de Frederick Forsyth, un livre qui me semble aujourd'hui encore très intéressant parce qu'il nous éclaire un peu sur les relations que nous autres Occidentaux entretenons d'habitude avec les Russes.

À savoir : avant tout, les Russes sont, pour la plupart d'entre nous, différents de nous ; deuxièmement, pour la plupart d'entre nous, ils ne sont pas très intelligents ; troisièmement, ils sont méchants.

Si je devais employer un terme familier de la langue qui s'agite en moi quand je m'agite : pour la plupart des Occidentaux que nous sommes, les Russes sont des nouilles.

Alors.

La rédaction de ce livre a occupé une période de mon existence et de celle de mes contemporains dont on se souviendra comme de la période du coronavirus, ou de la pandémie.

Durant cette période, je me suis souvent retrouvé dans ma maison de Casalecchio di Reno, enfermé avec Dostoïevski et le bruit de mon réfrigérateur, tandis que, dehors, de l'autre côté de mes fenêtres, tout le monde parlait du coronavirus ; le soir, une fois mon travail terminé, j'allais moi aussi voir ce qui s'était passé sur les réseaux sociaux, où il y avait de très nombreuses personnes effrayées, et quelques-unes seulement pas du tout, par exemple un de mes amis du nom de Matteo B. Bianchi, qui a demandé en ligne ces jours-là quel était le contraire d'hypocondriaque ; parce que, avec la diffusion du coronavirus, il avait l'impression d'être justement cela, a-t-il écrit : le contraire d'un hypocondriaque.

Une fille lui a répondu que, selon elle, le contraire d'hypocondriaque était *hypercondriaque*, et ce mot m'a plu, je l'ai adopté en tant que néologisme ; en effet, ai-je pensé, pour ce qui est de la peur du coronavirus et de tous les virus en général, je suis *hypercondriaque*, presque téméraire.

Comme tout le monde, j'ai été à plusieurs reprises en danger de mort, « entre la porte et la planche », comme on dit à Parme, et, je m'en souviens très bien, la première fois que cela s'est produit, j'ai pensé : « Non, je vais guérir maintenant. »

Et en ce qui concerne les Russes, la peur que suscitent les Russes, les prétendues stupidité et méchanceté des Russes, les supposés lourdeur et ennui de la littérature russe, je sais, moi, depuis le jour où j'ai lu *Crime et Châtiment* et où s'est ouverte en moi la plaie que j'ai là, sous la cage thoracique, je sais qu'ils ne sont pas méchants, je sais qu'ils ne sont pas ennuyeux, je sais qu'ils sont doués, je sais que, heureusement, la Russie, les Russes et la littérature russe existent.

Voilà.

Maintenant nous pouvons continuer.

3
Une vie difficile

3.1 Toujours à son frère

Le roman *Les Pauvres Gens* sort en janvier 1846 dans le *Recueil pétersbourgeois*, l'almanach de Nekrassov.

Aussitôt après, le 1er février 1846, Dostoïevski écrit à son frère Mikhaïl :

« Présentement, je t'envoie l'almanach. *Les Pauvres Gens* sont parus le 15. Eh bien, frère ! De quelles invectives ils furent partout accueillis ! Dans *L'Illustration*, j'ai lu, non une critique, mais des injures. Et, dans *L'Abeille du Nord*, Dieu sait ce que c'était. Mais je me rappelle comment Gogol fut accueilli et nous savons tous ce qu'il en fut de Pouchkine. Même le public est enragé : les ¾ des lecteurs m'invectivent, mais ¼ (et encore, à peine) m'encense furieusement. Cela a déclenché les *débats** les plus effroyables.

« On m'insulte, on m'insulte tant et plus, il n'empêche qu'on me lit. (L'almanach se vend anormalement bien, c'est formidable. On peut espérer que, dans deux semaines, il n'y en aura plus un seul exemplaire.) C'était la même chose pour Gogol. On l'a injurié, injurié tant et plus, il n'empêche qu'on le lisait et, à présent, on s'est réconcilié avec lui et on s'est mis à l'encenser.

Je leur ai quand même lancé un fameux os à ronger. Qu'ils s'y fassent leurs crocs, ce ramassis d'idiots bâtit ma renommée. Se couvrir de honte, à l'instar de *L'Abeille du Nord*, est le summum de l'opprobre. Que de frénétique bêtise ! En revanche, quelles louanges j'entends, frère ! Figure-toi que tous les nôtres, Bielinski compris, ont trouvé que je laissais même Gogol loin derrière. Dans *La Bibliothèque pour la lecture*, où Nikitenko fait la critique, il y aura une gigantesque analyse des *Pauvres Gens*, en ma faveur. Bielinski lui donnera le carillon en mars. Odoïevski écrit un article spécialement sur *Les Pauvres Gens*. Sollogoub, qui compte parmi mes relations, aussi. J'ai fait mon entrée, frère, dans le grand monde et, dans quelque trois mois, je te narrerai personnellement toutes mes aventures.

« Notre public a de l'instinct, comme n'importe quelle foule, mais il n'a pas d'instruction. Les gens ne comprennent pas qu'on puisse écrire dans ce style. En toutes choses, ils sont accoutumés à voir pointer le museau de l'auteur ; or je n'ai pas montré le mien. Comment pourraient-ils deviner que c'est Dévouchkine qui parle, et non moi, et que Dévouchkine ne peut s'exprimer autrement. Ils jugent le roman trop délayé, alors qu'il ne contient pas un mot de trop. On trouve en moi un courant nouveau, original (Bielinski et autres), consistant en ce que je procède par l'Analyse et non la Synthèse, c'est-à-dire que je vais en profondeur et, passant en revue atome après atome, je me mets en quête du tout ; Gogol, lui, prend immédiatement le tout, c'est pourquoi il est moins profond que moi. Tu liras et verras toi-même. Mais mon avenir est brillantissime, frère[1] ! »

3.2 Un comte

Vladimir Aleksandrovitch Sollogoub, un comte qui était aussi écrivain et dramaturge, et qui sera nommé quelques années plus tard historiographe de cour, avait lu début 1846 *Les Pauvres Gens* et y avait vu « un talent si original, une telle simplicité et une telle force que ce petit roman [le] transporta d'enthousiasme ». Et il poursuit :

« Après l'avoir lu, je m'en fus sans plus attendre voir l'éditeur de la revue, Andreï Alexandrovitch Kraïevski, me semble-t-il, pour me renseigner sur son auteur ; il me dit qu'il s'appelait Dostoïevski et me donna son adresse. Je m'y rendis aussitôt et trouvai, dans un petit appartement d'une rue éloignée de Pétersbourg, dans le quartier des Sables, je crois, un jeune homme pâle à la mine souffrante. Il portait un veston d'intérieur passablement élimé, aux manches étrangement courtes, comme taillées pour un autre. Quand je me fus présenté et lui eus exprimé en termes enthousiastes la profonde impression mêlée d'étonnement qu'avait produite sur moi son roman, si peu semblable à tout ce qui s'écrivait alors, il parut devenir confus, embarrassé, et m'offrit l'unique fauteuil, vieux et démodé, qui se trouvât dans la pièce. J'y pris place et nous entamâmes la conservation. À dire vrai, ce fut moi qui parlai le plus – j'ai toujours eu cette faiblesse. Dostoïevski répondait avec modestie à mes questions, avec modestie et même réticence. J'avais tout de suite vu qu'il était d'une nature timide, réservée et fière, mais au plus haut point talentueuse et sympathique. Après être resté une vingtaine de minutes en sa compagnie, je me levai et l'invitai à venir chez moi, pour déjeuner sans façon.

« Dostoïevski parut tout bonnement pris d'effroi.

« "Non, comte, pardonnez-moi, dit-il d'un air désemparé en frottant ses mains l'une contre l'autre, mais au vrai, je n'ai jamais de ma vie fréquenté le grand monde, et je ne saurai en aucun cas oser…

« – Mais qui vous parle de grand monde, très cher Fiodor Mikhaïlovitch, mon épouse et moi lui appartenons en effet, nous le fréquentons, mais nous ne le laissons pas entrer chez nous !"

« Dostoïevski éclata de rire, mais demeura inflexible et il fallut encore deux mois pour qu'il se décidât un jour à paraître dans ma ménagerie[2]. »

3.3 Changer de route

Avdotia Iaklovlevna Panaïeva, écrivaine et mémorialiste russe qui, selon certains, servira de modèle à la figure de Nastassia Filippovna dans *L'Idiot*, épouse de l'écrivain Ivan Panaïev, puis, à partir de 1846, de Nekrassov, le poète qui avait apporté le manuscrit des *Pauvres Gens* à Bielinski, Avdotia Iaklovlevna Panaïeva, donc, écrit :

« En raison de sa jeunesse et de son tempérament nerveux, il ne savait guère se maîtriser et exprimait de manière trop explicite son amour-propre d'auteur et l'opinion que lui-même avait de son talent d'écrivain. Abasourdi par le succès inattendu de ses premiers pas dans la carrière littéraire et couvert d'éloges par des gens compétents en ce domaine, l'homme impressionnable qu'il était ne parvenait pas à dissimuler sa fierté devant d'autres jeunes littérateurs dont les premières œuvres étaient restées discrètes. Ces jeunes gens présents dans le cercle, il ne faisait pas bon de devenir leur cible, or Dostoïevski, pour son malheur, en fournissait une excellente tant était grande son irritabilité et hautain le ton qu'il adoptait pour laisser entendre qu'il leur était infiniment supérieur par son talent. On n'hésitait pas alors à lui casser du sucre sur le dos, à exciter son amour-propre en lui lançant des piques lors des conversations. Tourgueniev en particulier était maître en cet art : il entraînait exprès Dostoïevski dans la controverse et le poussait au dernier degré d'irritation. L'autre s'emportait comme un furieux et défendait avec passion des opinions parfois absurdes sur des choses qu'il avait dites dans le feu de la discussion et que Tourgueniev relevait aussitôt pour se moquer…

« Un jour Tourgueniev, en présence de Dostoïevski, décrivit sa rencontre en province avec un individu qui s'imaginait être un génie, et dépeignit avec maestria le côté ridicule du personnage. Dostoïevski était pâle comme un linge et, tout tremblant, se sauva sans attendre la fin du récit. Je fis la remarque à tous : pourquoi tourmenter ainsi Dostoïevski ? Mais Tourgueniev était de l'humeur la plus gaie, il captivait les autres, si bien que personne n'avait accordé d'importance au départ précipité de l'écrivain. Tourgueniev se mit à composer des vers humoristiques sur Dévouchkine, le héros des *Pauvres Gens*, comme si celui-ci adressait un poème de remerciement à leur auteur pour avoir informé toute la Russie de son existence, et dans ces vers se répétait fréquemment le mot *matotchka*.

« À partir de ce soir-là, Dostoïevski ne se montra plus chez nous et même évita toute rencontre au-dehors avec l'un ou l'autre de notre cercle. Une fois, le croisant dans la rue, Panaïev voulut l'arrêter et lui demander pourquoi on ne l'avait pas vu depuis si longtemps, mais Dostoïevski s'empressa de gagner l'autre côté[3]. »

Une vie difficile.

3.4 Une critique

Depuis cette époque, depuis le mois de janvier 1846 jusqu'à ce jour, nombreux ont été les avis et les critiques concernant cet ouvrage.

L'un des plus récents provient d'un prénommé Annibale qui, le 18 avril 2014, a livré sur le site www.amazon.com cette recension du premier roman de Dostoïevski, *Les Pauvres Gens* : « Reçu le livre dans les délais fixés, emballage très soigné, excellente qualité, mon fils conseille ce vendeur à tout le monde, cordialement, Annibale. »

3.5 Pouchkine

Et maintenant nous pouvons parler de Pouchkine.

4
Pouchkine

4.1 Alexandre Sergueïevitch Pouchkine

Alexandre Pouchkine, né en 1799 et donc homme du XIXe siècle, peut être considéré comme le père de la littérature russe, un peu comme Dante Alighieri est celui de la littérature italienne, même si l'importance de Pouchkine, en Russie, surpasse celle de Dante, pourtant immense, en Italie.

Comme nous l'avons vu, Fiodor Dostoïevski arrive à Pétersbourg à l'âge de quinze ans, à la mi-mai 1837, et l'un des premiers lieux qu'il va visiter avec son frère n'est autre que la maison où Pouchkine a passé ses derniers mois, au numéro 12 du quai Moïka, et où il est mort, le 29 janvier 1837, après avoir agonisé deux jours à cause d'une blessure infligée lors d'un duel par un militaire français qu'il soupçonnait de courtiser sa femme.

Cette maison a été par la suite transformée en musée, que visitent chaque année des centaines de milliers de Russes, qui entendent raconter pour la énième fois l'histoire du poète, sa mort tragique, et qui, pour la énième fois, en sont bouleversés.

Nous autres Italiens ne pouvons pas comprendre ce que Pouchkine a été, si nous ne connaissons pas le russe, car

Pouchkine a été avant tout un poète, et lire la poésie en traduction est, comment dire, tout autre chose.

Il y a, bien sûr, ses œuvres en prose, fruit de la maturité (s'il est possible d'employer ce mot pour un homme qui meurt à l'âge de trente-sept ans) de Pouchkine : *Récits de feu Ivan Petrovitch Belkine*, *La Dame de pique*, *La Fille du capitaine*.

C'est peu, mais c'est énorme et, si vous vous mettez à les lire, si vous tombez sur une traduction comme il se doit, il est possible que vous disiez vous aussi, comme Makar Dévouchkine dans *Les Pauvres Gens*, que vous êtes amoureux de ce petit livre.

4.2 Des romans russes ?

L'héroïne de *La Dame de pique* (récit de Pouchkine publié en 1834), Anna Fedotovna, est une comtesse russe qui a vécu au XVIIIe siècle à Paris, où elle était célèbre sous le surnom de « *la Vénus moscovite** », où elle a rendu Richelieu fou d'amour, où elle a perdu aux cartes un tas d'argent et où elle a appris du comte de Saint-Germain un moyen d'en regagner.

Au début du récit, Anna Fedotovna a quatre-vingts ans, elle habite dans le centre de Saint-Pétersbourg, rue Gorochovaïa, une très belle maison (qui existe encore), entourée de ses « nombreux domestiques, engraissés et vieillis dans ses antichambres, qui en prenaient à leur aise[1] » et dont chacun « la plumait à l'envi ».

Au début du récit, se présente dans le salon d'Anna Fedotovna son petit-fils, qui se prénomme Pavel et qu'elle appelle Paul. Elle lui lance : « *Paul**, envoyez-moi un nouveau roman ; n'importe lequel, pourvu qu'il ne soit pas dans le goût du jour.

« – Qu'entendez-vous par là, *grand-maman** ?

« – Je veux dire un roman où le héros n'étrangle ni son père, ni sa mère, et où il n'y ait pas de noyés. J'ai une peur atroce des noyés. »

Paul lui répond : « Ne voudriez-vous pas des romans russes ? »

Et elle lui dit : « Est-ce qu'il y a des romans russes ? »

4.3 Toujours cette manie de divaguer

Une partie des lecteurs de ce livre, je crois, ne sont pas diplômés en russe. Ce n'est pas un défaut, c'est la condition de la grande majorité.

Moi, par exemple, je lis des livres, mais, d'après moi, les gens qui lisent des livres ne sont pas nécessairement meilleurs que ceux qui n'en lisent pas et, parmi les gens qui lisent des livres, moi, j'ai essentiellement lu des livres russes ; mais, parmi les gens qui lisent des livres, ceux qui lisent des livres russes ne sont pas meilleurs que ceux qui ne lisent pas de livres russes, à mon avis.

En d'autres termes, je crois que la littérature russe est la plus belle en absolu, néanmoins je n'entends pas convaincre tout le monde, et le sentiment que j'éprouve à l'égard de ceux qui, par exemple, n'ont jamais lu Pouchkine, Gogol, Lermontov, Leskov, Dostoïevski, Tolstoï, Tchekhov, Boulgakov, Khlebnikov, Harms, Ilf et Petrov, les frères Strougatski ou Venedikt Erofiev, n'est autre que de l'envie, car, s'ils décidaient un jour de se mettre en route, ils découvriraient des merveilles. Voilà. Je tenais à le dire.

4.4 Romans russes

Je crois, comme je l'ai déjà dit, qu'une partie des lecteurs de ce livre ne sont pas diplômés en russe et que ce n'est pas un défaut.

Je crois que les lecteurs de ce livre sont un peu effrayés par la littérature russe et par l'œuvre de Dostoïevski en particulier. Ils pensent peut-être qu'il s'agit d'œuvres importantes, intelligentes, qui abordent des thèmes nobles, philosophie, religion, mais qui sont difficiles, ennuyeuses, compliquées, ils croient qu'on doit accomplir des efforts, qu'il faut du temps pour étudier Dostoïevski, pour le méditer.

Il est possible que certains de ces lecteurs aient lu Nabokov et qu'ils partagent l'opinion de Nabokov, selon laquelle Dostoïevski est un charlatan, un écrivain vulgaire, un comique qui obtient un énorme succès parce que le public – c'est bien connu – a des goûts vulgaires, que le public n'est pas raffiné.

Voilà.

Non.

Non, Dostoïevski n'est pas compliqué, il n'est pas réservé aux intellectuels, il n'est pas vulgaire.

Ou plutôt, il est également vulgaire (comme nos journées) et il est également destiné aux intellectuels, mais c'est aussi un écrivain qui se lit avec cette passion même que vous avez éprouvée lorsque vous avez lu Dumas à l'âge de quinze ans, si vous avez lu Dumas à l'âge de quinze ans.

Nabokov, grand écrivain, se trompe sur le compte de Dostoïevski.

Certains d'entre vous pourraient se demander qui je suis, moi, pour contester Nabokov – personne –, si ce n'est que Nabokov, le pauvre, se trompe sur le compte de Dostoïevski ; sur Dostoïevski, c'est Boulgakov qui a raison.

4.5 Je proteste

De ces journées que j'ai passées à écrire ce roman et que Togliatti, la Bataille et moi avons passées à la maison presque sans sortir (la Bataille est notre fille), sans aller au cinéma, sans aller dans une librairie, sans aller à la bibliothèque, sans aller en classe, sans aller à la salle de sport, sans prendre un autobus ou un train, de ces journées-là j'oublierai certainement de nombreuses choses, mais pas toutes.

Je me rappellerai, je crois, le jour où nous avons commandé un repas au restaurant indien ; ça ne s'est pas très bien passé, nous avons été malades et, après le dîner, constatant notre malaise, nous nous sommes interrogés et j'ai dit : « D'après moi, les lentilles étaient de deuxième fraîcheur. »

Nous avons ri, parce que Togliatti et la Bataille ont toutes deux lu *Le Maître et Marguerite* de Boulgakov et, dans *Le Maître et Marguerite*, il y a une histoire de deuxième fraîcheur dont on se souvient toute son existence, après qu'on l'a lue.

Des multiples après-midi que j'ai passés chez moi, dans ma jeunesse, j'en ai oublié un bon nombre, mais je m'en rappelle un.

C'était après le déjeuner, tout le monde dormait, sauf moi, et, comme je n'avais rien à lire, j'ai pris l'anthologie de mon frère qui était, à mon avis, en troisième, je l'ai feuilletée et je suis tombé dans un théâtre de Moscou où se trouvaient un homme vêtu d'une veste à carreaux, un chat de la taille d'un hippopotame (qui se dit en russe, je m'en souviens depuis ce jour-là, бегемот – béhémoth) et les Moscovites qui étaient toujours les mêmes depuis des siècles. Je n'avais encore jamais entendu parler de cet écrivain, c'était un certain Mikhaïl Afanassievitch Boulgakov, né à Kiev en 1891, mort à Moscou en 1940.

Le lendemain, je suis allé chercher ce roman, je l'ai lu immédiatement et j'ai vu que ce Béhémoth veut à un moment donné entrer avec un de ses collègues dénommé Koroviev à l'Union des Écrivains, un club très privé dans le Moscou de ces années-là ; une femme les arrête à l'entrée et leur demande s'ils sont écrivains, ils répondent par l'affirmative et elle réclame leurs attestations, alors Koroviev dit que, selon lui, Dostoïevski n'a certainement pas d'attestation, mais qu'il est sans aucun doute un écrivain.

La femme réplique : « Vous n'êtes pas Dostoïevski », et Koroviev lance : « Ma foi, allez savoir, allez savoir. » La femme dit : « Dostoïevski est mort », et il répond : « Je proteste ! Dostoïevski est immortel[2] ! »

4.6 Le XVIIIe siècle

Je dois probablement avoir déjà dit, peut-être plus d'une fois, qu'une partie des lecteurs de ce livre n'ont pas de diplôme de littérature russe.

Je crois donc que, si je leur demandais de m'indiquer un écrivain russe du XVIIIe siècle, ils ne sauraient pas me répondre.

Car, en réalité, la littérature russe n'existait pas au XVIIIe siècle.

Ou plutôt, elle existait, mais c'était une littérature d'imitation, elle n'était pas fondée sur une tradition nationale ; les romanciers russes du XVIIIe siècle (le plus connu est un historien du nom de Karamzine) imitaient des modèles français, parce que, pour un Russe, écrire un roman était une activité exotique ; personne ne voulait devenir un écrivain russe à l'époque, pour la raison qu'il n'y avait pas d'écrivains russes, il n'y avait pas de modèles à imiter.

De même, jusqu'aux années cinquante du XXe siècle, personne ne voulait devenir astronaute en Italie, parce qu'il n'y avait pas d'astronautes. Ou, au XVIIIe siècle, personne ne voulait devenir footballeur, parce qu'il n'y avait pas de footballeurs.

Et puis il y avait en Russie une situation très étrange qui contribuait à cette absence de littérature nationale : les personnes qui savaient lire et écrire, les nobles, les gens instruits, connaissaient mal le russe et beaucoup mieux le français.

Et quand les écrivains russes du début du XXe siècle écrivaient en russe, ils avaient l'air de traduire du français, ils écrivaient en russe des romans français, d'une certaine façon, par leur structure et par leurs thèmes. Le dicible, dans les romans russes du XVIIIe et du début du XIXe siècle était un dicible français.

Un phénomène analogue s'est peut-être produit en Italie il n'y a pas très longtemps, quelques dizaines d'années : à cette époque-là, en effet, ont commencé à paraître des romans bourrés de « sacrément », de « foutrement » et de « bon Dieu », soit des romans écrits par des Italiens, dont l'action se déroulait en Italie, mais qui étaient, à l'évidence, américains de formation.

Bien entendu, cela ne concerne pas seulement la littérature, cela concerne également la langue que nous parlons tous les jours et qui glisse à notre insu vers une langue nouvelle.

Il y a quelque temps, lors d'une rencontre à laquelle j'étais invité à Parme, une dizaine de personnes devaient choisir des mots qui leur étaient insupportables ; au nombre de ces personnes figurait le secrétaire de la mairie de Parme, qui a mentionné le mot *stakeholders*[a].

Je n'avais alors jamais entendu ce terme, j'ignorais ce qu'il signifiait, aussi l'ai-je interrogé et il me l'a expliqué, mais je n'ai pas très bien compris et aujourd'hui encore, à qui me demanderait si vous, qui lisez ce livre, êtes des *stakeholders*, je serais incapable de répondre, êtes-vous des *stakeholders* ?

Vous n'avez pas l'air de *stakeholders*, mais cela ne veut rien dire, parce qu'il ne m'est jamais arrivé de me trouver, que sais-je ?, dans un train, à bord d'un autobus ou à vélo, de voir un groupe d'individus et de penser : « Tiens, des *stakeholders* ! »

Revenons plutôt à la Russie et aux écrivains russes du XVIIIe siècle.

Aujourd'hui, presque personne ne lit les romanciers russes du XVIIIe siècle, pas même en Russie.

Le romancier le plus connu en ce temps-là, nous l'avons déjà dit, était un historien du nom de Karamzine, son roman le plus célèbre s'intitulait *La Pauvre Lise* : c'est l'histoire d'une jeune fille séduite et abandonnée, et on dirait un roman sentimental français, parce que les Russes cultivés, à l'époque, ne lisaient pas et n'écrivaient pas en russe, ils lisaient et écrivaient principalement en français (cela aussi, nous l'avons déjà dit), et dans les familles

---

(a) « Partie prenante » ou « partie intéressée ». L'italien a intégré ces dernières années de nombreux mots et expressions anglais.

également, quand ils discutaient, ils n'appelaient pas leur grand-mère, par exemple, *babouchka*, ils l'appelaient *grand-maman**, comme Paul, qu'ils n'appelaient pas Pavel, qu'ils appelaient Paul.

Le premier roman russe à proprement parler, le livre dont jaillissent Tolstoï, Dostoïevski, Lermontov, Tourgueniev et tous ceux que nous connaissons et lisons, est un roman en vers intitulé *Eugène Onéguine*, du nom de son héros, et Pouchkine commence à l'écrire dans les années vingt du XIXe siècle.

Son intrigue est très simple : cet Eugène, Evgueni, qui vit à Pétersbourg, est un homme élégant, admiré, un *lion**, dirait peut-être Balzac, un homme jeune, noble, beau et riche, cet Evgueni, donc, est soudain obligé de regagner la province car un de ses oncles agonise.

Il est irrité à la perspective de passer là-bas des journées assommantes à soigner un moribond et à penser : « Satan ne te prendra-t-il pas[3] ? »

Mais il a de la chance : lorsqu'il se présente, son oncle est déjà mort.

Dans sa chance, toutefois, il joue de malchance : il doit s'attarder un peu sur place à cause des démarches de la succession, je ne sais pas bien, et il s'ennuie terriblement.

En réalité, le fait qu'Evgueni s'ennuie ne relève pas vraiment de la malchance : il s'ennuyait déjà à Pétersbourg, parce que l'ennui, le spleen, dans ces années-là, les années vingt du XIXe siècle, était très à la mode, dit-on.

Il semble que les jeunes gens les plus élégants, à Moscou et à Pétersbourg, ne pouvaient s'empêcher de s'ennuyer durant cette période. Apparemment, quand on était jeune et qu'on ne s'ennuyait pas, il y a deux cents ans, on était un peu ringard ; s'ennuyer équivalait un peu à aller en vacances en Sardaigne, sur la Costa Smeralda deux siècles plus tard, une chance dont il fallait faire étalage, si l'on peut dire.

En réalité, Onéguine n'est pas plus mal en province que dans la capitale, car, entre les portraits des tsars aux murs, entre les poêles revêtus de faïences multicolores, au milieu de toutes ces choses démodées, Onéguine bâille exactement de la même façon que dans la capitale et, comme dans la capitale, il ne peut s'empêcher, en province, d'éviter son prochain, à une exception près : Vladimir Lenski.

Vladimir Lenski est un peu le seul individu à qui Onéguine réussit à parler : c'est le seul, peut-être, qu'il autorise à l'approcher, même s'il ne le considère pas vraiment, je ne sais comment dire, digne de lui.

4.7 Vladimir Lenski et sa fiancée

Vladimir Lenski, écrit Pouchkine, est un beau garçon, dans la fleur de la jeunesse, disciple de Kant, idéaliste, poète, qui croit que son âme sœur attend le moment de s'unir à lui, qui croit que ses amis supporteraient n'importe quoi pour défendre son honneur, qui croit qu'un groupe d'individus élus par la Providence offriront au monde un avenir heureux.

Il écrit des poèmes où il chante « Le *vague*, les *brumeux lointains* / et puis les roses romantiques ; [...] La fleur fanée de son printemps », et il a tout juste dix-huit ans.

Il est riche, jeune, intelligent et, quand il est dans le monde, ses voisins lui disent combien la vie de célibataire est ennuyeuse, puis prient leur fille de chanter.

Or, il s'est déjà livré à sa fiancée, Olga, à qui il sera à jamais fidèle, et les autres jeunes filles ne suscitent guère son intérêt – intérêt qu'éveille en revanche Onéguine, si blasé, si différent de lui ; et comme ils n'ont ni l'un ni l'autre rien à faire, ils se lient d'amitié.

Pouchkine décrit cette Olga, cette fiancée, dans le deuxième chapitre du roman : « Des yeux bleu ciel, des boucles blondes, /

tout en Olga, – ses joues bien rondes, / sa voix, ses moindres mouvements, / vous… Mais n'importe quel roman / nous en présente la peinture », écrit Pouchkine.

Gogol reprend un peu ce procédé dans *Les Âmes mortes*, quand il commence par décrire l'hôtel où loge Tchitchikov, avant de s'interrompre et de déclarer : bref, c'est un hôtel semblable aux hôtels de n'importe quel endroit où vous êtes allés.

4.8 La sœur

La sœur d'Olga se prénomme Tatiana, et elle n'est pas aussi belle qu'Olga, elle est sauvage, triste, taciturne, elle passe le plus clair de son temps à la fenêtre à regarder dehors : « La songerie […] ornait ses veilles, son repos. »

Après s'être rendu avec Lenski chez les Larine et avoir vu Olga et Tatiana, Onéguine dit à Lenski : « Moi, si j'étais poète, / c'est l'autre que j'aurais choisie », c'est-à-dire Tatiana.

Pouchkine écrit ce deuxième chapitre en 1823 ; un peu moins de soixante ans plus tard, en 1880, Dostoïevski dira dans un discours mémorable qu'il y a un défaut dans *Eugène Onéguine*, à savoir son titre. Ce livre ne devrait pas s'intituler *Eugène Onéguine*, mais *Tatiana*, parce que c'est elle, la vraie héroïne du roman, selon Dostoïevski.

4.9 Qu'arrive-t-il à Tatiana ?

Il arrive à Tatiana une chose étrange, à la vue d'Onéguine : elle tombe amoureuse.

Elle n'était jamais tombée amoureuse, et elle tombe amoureuse de la façon dont on tombe amoureux quand on n'est jamais tombé amoureux, elle en perd le sommeil, elle prie sa *niania* d'ouvrir la fenêtre et lui demande : « Dis-moi ta vie, toi, autrefois. / Tu étais amoureuse, toi ? »

4.10 Quel métier, la niania

Niania, comme de nombreux lecteurs le savent sûrement, signifie en russe « nourrice », « nounou », « bonne d'enfants », ce terme désigne la personne qui, au XIXe siècle, prenait soin des marmots et avec laquelle de multiples nobles russes du XIXe siècle, continuaient d'avoir des relations à l'âge adulte.

Les nianias, qui étaient souvent des serves de la glèbe, vivaient dans la demeure de leurs maîtres : Pouchkine, par exemple, passe l'automne 1824 à Mikhaïlovskoïe, le domaine familial, non loin de Pskov, en compagnie de sa *niania*, qui s'appelait Arina Rodionovna.

Cette année-là, en 1824, Pouchkine se met à rédiger justement un article qui s'intitule « Sur les causes qui ont ralenti le progrès de notre littérature[4] ». Je rappelle qu'à cette époque, en 1824, la littérature russe n'existait pratiquement pas.

Il n'y avait rien de ce que nous lisons aujourd'hui.

L'*Eugène Onéguine*, que Pouchkine venait de commencer, n'existait pas, la prose de Pouchkine n'existait pas, la prose de Gogol n'existait pas (Gogol avait quinze ans en 1824), celle de Lermontov n'existait pas (il avait dix ans), ni celle de Tourgueniev (six ans), ni celle de Dostoïevski (trois ans), ni celle de Tolstoï (qui naîtrait quatre ans plus tard, en 1828), ni celle de Tchekhov (qui naîtrait trente-six ans plus tard, en 1860), ni celle de Boulgakov (qui naîtrait soixante-sept ans plus tard, en 1891).

Dans cet article, Pouchkine écrit que la littérature russe bute sur un obstacle principal qui en ralentit le cours, soit le fait que les Russes cultivés n'emploient pas la langue russe, mais la langue française ; qu'ils ont puisé depuis l'enfance tous leurs concepts, toutes leurs idées et toutes leurs connaissances dans des livres étrangers ; qu'ils se sont habitués à penser dans une autre langue (le français) ; que la science, la politique et la philosophie n'ont pas encore parlé le russe, car il n'existe pas encore de langue russe métaphysique, non concrète, non liée à la vie quotidienne, à la biographie des hommes et des femmes, à leurs journées, à leurs objets ; enfin, que les Russes cultivés, ceux qui savent écrire, sont obligés dans leur correspondance aussi d'utiliser des périphrases empruntées à d'autres langues pour expliquer jusqu'aux expériences et aux sentiments les plus ordinaires.

Dans cette note, Pouchkine cite deux vers du poète et dramaturge russe Dimitri Petrovitch Gortchakov (1758-1824) : « Et enfin, je regarde au pays d'où je vins : des revues par milliers, mais de livre pas un[5] ! »

En cet automne 1824, Pouchkine passe beaucoup de temps, le soir, avec sa *niania*, Arina Rodionovna, serve de la glèbe, analphabète, qui non seulement n'a jamais lu de livre, mais aussi n'a jamais pris une feuille de papier en main, et ce n'est pas Pouchkine qui raconte des histoires à sa *niania*, c'est la *niania* qui (re)raconte à Pouchkine les fables qu'elle lui racontait lorsqu'il était petit, et Pouchkine est enchanté par ces fables et par cette langue.

4.11 Une femme qui ressemble à Arina Rodionovna

De toutes les personnes que j'ai rencontrées dans ma vie, celle qui ressemble le plus à Arina Rodionovna n'est autre que ma grand-mère Carmela.

Ma grand-mère Carmela, qui était née en 1915, était la seizième de dix-sept frères et sœurs, et elle a fréquenté l'école jusqu'en neuvième. Elle avait vu le jour à Basilicanova, un village de la province de Parme, et avait pour langue maternelle – la langue que parlaient les membres de sa famille et ses compatriotes en 1915 – le dialecte parmesan, qui était une langue concrète, liée à la vie quotidienne, à la biographie des hommes et des femmes, à leurs journées, à leurs objets. Ma grand-mère a rencontré pour la première fois la langue des Italiens cultivés, l'italien, sur les bancs de l'école : pour elle, l'italien a d'abord été une langue écrite, puis une langue parlée – pas parfaitement : elle n'a jamais été capable de prononcer des mots tels que *boiler*[(a)], elle n'avait pas les organes phonatoires adaptés, elle a toujours appelé le *boiler* le « bolide ».

Ce qui est singulier en Russie, c'est que, malgré son immensité, elle ne possède pas de dialectes et que, pour Arina Rodionovna et pour tous les Russes, le russe est une langue parlée avant d'être une langue écrite (les Russes ne disposent de l'alphabet qu'à partir du IXe siècle, avec la mission de Cyrille et Méthode).

En 1863, dans *Notes d'hiver sur impressions d'été*, Dostoïevski écrit : « Sans Arina Rodionovna, la nounou de Pouchkine, eh bien, peut-être, nous n'aurions pas Pouchkine[6] », et à Pskov, le chef-lieu de la région où était située la maison de Mikhaïlovskoïe, on a fait un monument à cette dame, cette serve de la glèbe qui, probablement, n'avait même pas de nom de famille.

Un fichu sur la tête, des bottes de paysanne aux pieds.

On dirait ma grand-mère, quand elle allait au potager ramasser des pommes de terre, puis qu'elle me lançait le soir : « J'ai attrapé une suée, Paolo. »

Moi, je ne suis pas un spécialiste de Pouchkine, je suis un passionné, mais si je devais dire en trois lignes ce que Pouchkine a fait, si je devais dire pourquoi Pouchkine revêt autant d'importance pour la littérature et la culture russes, je dirais que, dans son roman en vers *Eugène Onéguine*, dans ses œuvres théâtrales, le *Boris Godounov*, dans ses œuvres en prose, à commencer par les *Récits de feu Ivan Petrovitch Belkine*, je dirais qu'il a pris la langue que les ignares parlaient en Russie depuis des millénaires et qu'il l'a haussée à un niveau littéraire.

(a) Anglicisme pour « chauffe-eau ».

Ivan Tourgueniev a déclaré dans un discours tenu à Moscou en 1880 :

« Mais il ne fait pas de doute qu'il a créé notre langue poétique, notre langue littéraire, et que nous et nos descendants n'avons plus qu'à suivre le chemin tracé par son génie.

« […] il a dû à lui seul accomplir deux besognes que dans d'autres pays au moins un siècle entier sépare, à savoir établir une langue et fonder une littérature[7]. »

Et un extraordinaire poète d'avant-garde, Vélimir Khlebnikov, écrit au début du XXe siècle, un vers que j'aime rappeler : « Ô pouchkinitudes d'un midi qui se pâme[8] ! »

Et un autre poète, Alexandre Blok, il y a cent ans, le 10 février 1921, tient à l'Institut de littérature de Petrograd un discours qui commence ainsi : « Des noms lugubres d'empereurs, de généraux, d'inventeurs d'engins de mort, de tortionnaires et de martyrs de la vie. Et à côté d'eux, ce nom tout de légèreté : Pouchkine[9]. »

Et chaque fois que je relis ces lignes de Blok, je pense que moi, aujourd'hui, en Émilie, dans cette cuisine, à quoi je pense ?

Est-ce que je pense à un empereur, à un chef de guerre, à un inventeur d'instruments de mort ?

Non, je pense à un poète.

Et je me souviens d'un monsieur du nom d'Andreï Donatovitch Siniavski, qui, condamné à sept ans de travaux forcés pour avoir publié des écrits à l'étranger sous le pseudonyme d'Abram Tertz, reçoit l'autorisation d'écrire du goulag, où il se trouve, deux lettres par mois à son épouse et qui lui écrit des textes sur Pouchkine.

Sa femme publiera ces lettres dans un volume intitulé *Promenades avec Pouchkine*.

Siniavski dira à propos de ces *Promenades* qu'elles se veulent une déclaration d'amour à Pouchkine et de gratitude à son ombre qui l'a sauvé du camp de concentration.

Dans les promenades, Siniavski nous raconte ce qui arrive quand Tatiana, amoureuse d'Onéguine, décide de lui écrire une lettre pour lui avouer son amour.

Une chose inouïe. Une jeune fille qui écrit à un homme en lui avouant son amour.

« Quand nous ouvrons la lettre de Tatiana, nous sombrons. Nous sombrons dans un être, comme dans un fleuve qui nous emporte en son courant libre et tourbillonnant, lavant les contours d'une âme tout entière exprimée par le flot du discours[10] », écrit Tertz-Siniavski.

Il convient toutefois de préciser que la lettre de Tatiana à Onéguine qu'on trouve dans le roman de Pouchkine n'est pas vraiment la lettre que Tatiana a écrite à Pouchkine, car Tatiana l'a écrite en français ; Pouchkine, dit-il, l'a traduite et l'a mise en vers.

4.12 Un dialogue

« Dis-moi ta vie, toi, autrefois. / Tu étais amoureuse, toi ? » a demandé Tatiana à sa *niania*, et celle-ci a répondu : « Moi, amoureuse ? Allez, arrête ! / On n'avait pas d'amour chez nous. [...]

– Pourtant, nounou, ton mariage ? reprend-elle.

– Oh, il le fallait. Mais d'années d'âge, / j'en avais plus que mon Ivan. / Et moi, j'avais juste treize ans. [...]

– Ah, ça m'oppresse, ma gentille, / nounou, l'angoisse me reprend. [...]

– Dis-moi, tu as besoin de quoi ?... / Que je t'asperge d'eau bénite ? / Un front en feu...

– J'ai le cœur lourd, / tu sais, nounou... C'est de l'amour...

– Dieu te protège, ma petite ! » Et la nourrice prie.

Puis Tatiana la renvoie et, munie d'une plume et de papier, écrit « une lettre désunie ».

4.13 La poésie

Pendant que je rédigeais ce livre, j'ai fait une rencontre en ligne, sur Zoom (il y avait toujours cette espèce de confinement qu'on appelle, dans la nouvelle langue italienne, un *lockdown*), j'ai fait une rencontre avec des *stakeholders* qui n'étaient autres que des étudiants de l'université de l'est du Piémont, et nous avons notamment parlé du fait que, d'après la théorie du critique russe Victor Chklovski, le processus qui crée l'art, la poésie, consiste à regarder le monde, notre quotidien, notre maison, notre rue, nos gestes, nos habitudes, nos routines, les actes que nous accomplissons tous les jours, comme si nous les voyions et les accomplissions pour la première fois.

À cette occasion, un *stakeholder*, un étudiant de littérature russe, m'a demandé ce que je pensais du dernier billet de Maïakovski, celui où Maïakovski disait que la vie quotidienne l'avait emporté sur l'amour, et j'ai pensé à Youri Lotman, le grand sémiologue, qui écrit qu'à l'époque dont nous parlons, l'automne 1824, alors qu'il reste en tête à tête avec Arina Rodionovna à Mikhaïlovskoïe, Pouchkine abandonne l'idée romantique selon laquelle le poète doit être un homme bizarre, et se convertit à l'idée selon laquelle le poète est « simplement un homme[11] ».

Par conséquent, le concept de poétique change pour Pouchkine, et pour la littérature russe, ai-je envie de dire.

Ce qui est habituel, quotidien, devient poétique, et l'exceptionnel apparaît désormais à Pouchkine excessif, théâtral, privé de vérité et de poésie.

Selon Lotman, il estime à présent que la poésie et les origines de la beauté résident là même où le romantique ne voyait que routine, prose et banalité.

Et j'ai l'impression que Pouchkine contient déjà la révolution qu'un groupe de critiques, qu'on qualifiera avec mépris de « formalistes », apportera un siècle plus tard, au début du XIXe siècle, dans la littérature.

L'un d'eux, Victor Chklovski, me semble bien dire ce que j'essaie de dire dans un article intitulé « Mille harengs », qu'on trouve dans le livre *La marche du cheval*[12].

4.14 Mille harengs

Dans les manuels, les problèmes sont disposés en bon ordre. Certains problèmes nécessitent une équation à une seule inconnue; d'autres, par la suite, en requièrent une au second degré.

Les solutions sont alignées en colonnes à la fin :

4835	5 moutons.
4836	17 robinets.
4837	13 jours.
4836	1 000 harengs.

Selon Chklovski, celui qui commence l'étude des mathématiques directement par les solutions et tente de distinguer un sens dans les colonnes très soignées est un misérable.

Ce sont les problèmes, leur déroulement qui importent, non leurs solutions.

Les théoriciens qui ne s'intéressent, dans les œuvres d'art, qu'aux idées et aux conclusions, et non à la structure des œuvres, sont dans la même situation que ceux qui, voulant étudier les mathématiques, étudient les colonnes des réponses.

Dans leur esprit se forme la colonne suivante, écrit Chklovski :

Romantiques = renoncement religieux.
Dostoïevski = recherche de Dieu.
Rozanov = problème de sexe.
Dix-huitième année… renoncement religieux.
Vingtième année… problème de sexe.
Vingt et unième année… installation dans le nord de la Sibérie.

Mais, écrit Chklovski, il existe, pour les théoriciens de l'art, des chaires universitaires ainsi qu'il existe des morues pour les séchoirs : du reste, les pauvres bougres, ils n'ennuient personne.

4.15 Les pauvres bougres

Je dois l'avouer, je suis un de ces pauvres bougres, j'enseigne à l'université.
Et j'aime être un pauvre bougre.
J'aime être un misérable.
Mais qu'est-ce que je viens faire là-dedans ?
Rien.
Poursuivons donc.

4.16 Poursuivons

Tatiana envoie (par l'intermédiaire d'un domestique) sa lettre à Onéguine et attend la réponse. Un jour s'écoule, rien ; deux jours, rien. Le troisième jour se présente Lenski, auquel Tatiana demande des nouvelles de son ami : il n'en a pas. Le soir, à la fenêtre, elle se surprend à tracer les lettres « E. O. » ; soudain elle entend le galop d'un cheval. Elle regarde à l'extérieur : Onéguine.

Tatiana se précipite dans le jardin. Onéguine la rejoint.

Onéguine lui dit : « Vous m'avez écrit, je pense. » C'est ainsi que cela commence. Puis : « Ne niez pas. »

Cela revient à dire : « Je vous ai prise sur le fait, vous êtes en tort. »

« Ne niez pas. »

Tatiana n'a pas la moindre intention de le nier.

Alors Onéguine poursuit et reconnaît que cette lettre l'a touché.

Et il ajoute :

« [...] Je me dois de vous payer / par un aveu aussi sincère ; / ma confession est devant vous : / jugez ce que je vous avoue. / Si dans un cercle domestique / mes jours j'avais voulu borner ; / si un destin plus sympathique / m'avait promis à l'hyménée ; / si les fonctions d'époux, de père, / pouvaient, un tant soit peu, me plaire, / c'est vous, je vous le garantis, / qui eussiez fait mon seul parti. / Sans promettre monts et merveilles, / trouvant mon idéal perdu, / je vous aurais sans doute élue / compagne de mes sombres veilles / en gage d'un bonheur promis, / heureux... autant qu'il m'est permis. »

Et il continue : « Mais le bonheur me reste hostile ; / on ne m'a pas créé pour lui ; / vos perfections sont inutiles, / indigne est l'homme que je suis. / Sur mon honneur, je vous assure – / l'hymen serait notre torture ; / vous aimerais-je ? – accoutumé / je cesserai de vous aimer ; / vous pleurerez ; vos pauvres larmes, / loin de pouvoir toucher mon cœur, / accroîtront juste sa fureur ; / vous pouvez donc juger des charmes / que le mariage nous promet – / allez savoir – à tout jamais. / C'est bien la pire chose au monde, / l'hymen, s'il faut que l'épousée / soit délaissée et se morfonde / près d'un mari qui l'a blessée ; / que le mari, morne coupable, / maudisse un sort inévitable, / et, enfermé dans son courroux, enrage, froidement jaloux ! / [...] Je vous porte l'amour d'un frère, / voire un amour plus fort encor. / Écoutez ce conseil utile : / Souvent une âme juvénile / changera ses songes légers. / [...] Vous aimerez encor. Mais quoi... / À l'avenir soyez plus sage ; un autre aurait compris plus mal ; tant de candeur sera fatal. »

Il tend le bras à Tatiana, la raccompagne chez elle, et bien le bonsoir.

Quelques jours plus tard, le jeune poète Lenski persuade Onéguine de retourner chez Olga et Tatiana ; c'est la fête de Tatiana.

Onéguine s'y rend et, selon son habitude, s'y ennuie.

Sauf que ce n'est pas le genre d'ennui qui lui plaît, l'ennui métaphysique, romantique, c'est un ennui lourd, campagnard, vulgaire, et Onéguine s'en agace, il s'emporte, en rejette la faute sur celui qui l'a invité, Lenski, et décide de se venger : il fait la cour à Olga, danse avec elle, sous les yeux de Lenski qui enrage et rentre chez lui.

Le lendemain matin, Lenski envoie une de ses connaissances, Zaretski, chez Onéguine avec ce qu'on appelait à l'époque un « cartel », c'est-à-dire une provocation en duel, et Onéguine accepte. Ils s'affrontent en duel, et Onéguine tue Lenski.

Fin.

Fin de Lenski, poète idéaliste russo-allemand, qui a vécu dix-huit ans et a péri quelques jours avant son mariage avec Olga Larina.

Laquelle Olga Larina, au chapitre suivant, est déjà mariée à un uhlan.

Cela me rappelle un poème d'Ernesto Ragazzoni, qui est en quelque sorte un résumé du *Jeune Werther* de Goethe (inspiré, semble-t-il, par William Thackeray) et que nous placerons dans le paragraphe suivant, car ce paragraphe-ci est déjà très long (et ce chapitre aussi, mais nous reviendrons bientôt à Dostoïevski).

4.17 Les souffrances du jeune Werther (d'Ernesto Ragazzoni)

Le jeune Werther aimait Charlotte,
ce qui suscitait de grands murmures.
Savez-vous comment il s'éprit d'elle ?
Un jour il la vit beurrer du pain.

Mais Charlotte avait un mari, et Werther
était, au fond, convenable et correct ;
jamais (pour rien au monde) il n'eût voulu
manquer de respect à la belle.

Il maudit donc sa sale étoile ;
des ennuis, hurla-t-il, il était la cible,
puis, un jour, il se fit sauter la cervelle
et les histoires qu'il y avait dedans.

Il expirait tout juste quand Charlotte le vit,
et une larme de ses beaux yeux bleus jaillit ;
puis, de retour chez elle (la brave femme),
elle recommença à beurrer son pain[13].

4.18 Une épouse

Onéguine disparaît, Olga épouse le uhlan, et l'on ne sait que faire de Tatiana, l'aînée, qui ne s'est pas encore mariée, qui a refusé tous les partis. C'est alors qu'une voisine conseille à sa mère de l'emmener à Moscou, à la foire aux bons partis.

Elles vont à Moscou, à la foire aux bons partis.

Pendant ce temps, Onéguine se promène et – difficile à croire – il s'ennuie, mais il s'ennuie énormément ; au bout d'un certain temps, au bout de plusieurs années, il rebrousse chemin et, à son retour en ville, se rend immédiatement à un bal chez un gros général, une de ses connaissances ; là, il aperçoit une très belle dame, coiffée d'un béret framboise, qui bavarde aimablement avec tout le monde. Il demande au général : « Qui est-ce ? »

Le gros général répond : « Je te présente dans l'instant [...] Ma femme. » Et Onéguine : « Tu es marié ?... / – Oui, imagine... / – Depuis quand ? – Deux ans à peu près... / – Et avec qui ? – Une Larine... / – Quoi, Tatiana ? – Tu la connais ? »

4.19 Pire

Alors Onéguine écrit une lettre à Tatiana, dans laquelle il la prie de l'excuser du trouble qu'il va lui causer et lui dit qu'il s'est trompé.

Il a refusé sa proposition pour éviter de perdre son odieuse liberté et il se rend compte maintenant que la regarder, lui voler un sourire, un regard, se torturer devant elle constituent une béatitude.

Il s'en remet à elle par écrit : « ... mes jours vous appartiennent / et je me livre à mon destin. »

Pas de réponse.

Il écrit une deuxième lettre, une troisième, une quatrième, en vain.

Il rencontre Tatiana, qui fait semblant de rien.

Il s'enferme chez lui et passe l'hiver à lire. Quand il sort, au printemps, il se précipite chez la jeune femme, qu'il surprend occupée à lire une de ses lettres, en larmes.

À sa vue, Tatiana lui dit : « J'étais plus jeune alors, plus belle, / me semble-t-il – et, plus que tout, / je vous aimais, et pourtant, quelle / réponse ai-je trouvée en vous ? / Rien que de la froideur. / [...] Je sais qu'il est dans votre cœur / de la fierté et de l'honneur. / À quoi bon feindre ? je vous aime, / mais j'appartiens à mon époux / et lui serai fidèle en tout. »

Elle s'en va.
Et Onéguine reste là.
Comme une morue dans un séchoir.
Soudain il entend tinter les éperons du mari, le gros général.
Pouchkine abandonne son Evgueni dans ce moment embarrassant.
Il le plante là pour toujours, largué par la femme qu'il aime, surpris par le mari.
Le pauvre.
Pire qu'une morue dans un séchoir.

4.20 Très simple

L'attitude de Tatiana est pratiquement à l'opposé de celle d'Anna Karénine et, en fin de compte, *Eugène Onéguine* est une histoire très simple : au début, Tatiana aime Onéguine, qui ne l'aime pas ; à la fin, Onéguine aime Tatiana, qui ne l'aime pas.

D'après Victor Chklovski,

« [C'est sur ce schéma que sont constuits les rapports d'Evgueni Oneguine et Tatiana], les causes de l'asynchronisme de leur passion l'un pour l'autre étant par ailleurs exposées par le biais d'un jeu de motivations psychologiques complexe. Boiardo use du même procédé en recourant au motif du sortilège. Dans son *Roland amoureux*, Renaud est amoureux d'Angélique, mais il boit par hasard l'eau d'une source enchantée et oublie tout à coup son amour. Entre-temps, Angélique, s'étant abreuvée de l'eau d'une autre source douée de propriétés contraires, a conçu pour Renaud un amour ardent au lieu de la haine qu'il lui inspirait. Le tableau dès lors est le suivant : Renaud fuit Angélique, elle le poursuit de pays en pays. Puis, ayant couru ainsi le monde entier, Renaud, toujours pousuivi par Angélique, tombe à nouveau dans la même forêt abritant les sources enchantées, tous deux en boivent l'eau à nouveau et leurs rôles s'échangent : Angélique se met à haïr Renaud tandis que celui-ci se met à l'aimer. Ici, le jeu de motivations est presque mis à nu[14]. »

C'est exactement ce qu'il se produit dans *Eugène Onéguine*, mais sans sources enchantées, au cœur de la Russie et dans une langue qu'il vaudrait la peine, je crois, d'étudier ne serait-ce que pour pouvoir lire *Onéguine* dans le texte.

5
Cela devient très difficile

5.1 Quinze kopecks

Le 23 avril 1849, à 3 heures du matin, Dostoïevski regagne son domicile, au numéro 8 de la perspective Voznessenski, dans la Dom Chil, au cœur de Pétersbourg, à sept minutes à pied du cavalier de bronze, le monument que Catherine II a dédié à Pierre Ier et autour duquel a eu lieu, en décembre 1825, la première révolution russe, celle des décembristes, étouffée dans le sang par l'entrée en scène de Nicolas Ier qui, vingt-quatre ans plus tard, règne encore sur toutes les Russies (toutes les Russies sont au nombre de trois : la petite Russie, à savoir l'Ukraine, la Russie blanche, ou Biélorussie, la Russie russe, ou Russie).

Au printemps 1847, Dostoïevski a pris en location une chambre au dernier étage de cet immeuble.

C'est ici qu'il a écrit *Les Nuits blanches*, ici qu'il écrit *Nétotchka Nezvanova*, le grand roman qu'il estime bien supérieur à son premier livre, *Les Pauvres Gens*, grâce auquel il a obtenu une notoriété qui, commence-t-il à penser, pourrait être éphémère.

Tout est peut-être déjà terminé, au bout de trois années : 1846-1849.

En cette nuit du mois d'avril 1849, Dostoïevski s'est endormi depuis moins d'une heure quand le cliquetis d'un sabre le réveille. Il ouvre les yeux et constate qu'il y a des gens dans sa chambre.

Une belle voix aimable lui ordonne de se lever.

Il découvre un commissaire de police et un colonel en uniforme bleu. C'est le colonel qui a parlé. Dostoïevski demande ce qui se passe, et le colonel le prie d'une voix encore plus aimable de s'habiller.

Il y a aussi un soldat sur le seuil, armé d'un sabre : c'est lui qui l'a réveillé.

On fouille dans ses livres, on ramasse ses papiers et ses lettres, on cherche dans la cheminée, on remue la cendre avec le tuyau de sa pipe.

Sur la table se trouve une pièce de quinze kopecks, vieille et un peu déformée.

Le commissaire l'observe attentivement, puis la tend au colonel.

« Ce ne serait pas une fausse ? » interroge Dostoïevski.

Le commissaire répond : « Hum… C'est tout de même à vérifier[1]. »

La pièce est ajoutée à la liasse de papiers.

On descend dans la rue, on pousse Dostoïevski dans une voiture, on le conduit au commissariat du Jardin d'été.

Mais que s'est-il passé ?

5.2 *Le Double*

À la fin du mois de novembre 1845, Vissarion Bielinski a organisé chez lui, dans la perspective Nevski – où il a accueilli pour la première fois Dostoïevski après avoir lu *Les Pauvres Gens* –, une soirée comportant la lecture publique (par l'auteur) du deuxième roman de Dostoïevski, *Le Double* (sous-titre : *Poème pétersbourgeois*).

Sont présents, outre le maître de maison, Tourgueniev, Grigorovitch et d'autres.

La lecture n'est pas un grand succès.

On commence à remettre en cause l'extraordinaire talent de Dostoïevski.

Certains soulèvent des doutes également sur son premier roman ; ce n'était pas le grand chef-d'œuvre qu'on a prétendu. Quelques années plus tard, Tourgueniev dira que « son encensement outre mesure des *Pauvres Gens* fut l'une des premières bévues de Bielinski et la preuve de l'affaiblissement qui commençait déjà d'affecter son organisme[2] ».

Mais ces considérations surgiront par la suite : en 1845, Bielinski et ses disciples considèrent encore *Les Pauvres Gens* comme un chef-d'œuvre.

Pas *Le Double.*

S'il apprécie le fond, Bielinski lui-même estime qu'il faut revoir la forme.

Ce qui est étrange avec ce roman, avec ce « poème pétersbourgeois », c'est qu'il s'agit peut-être d'un roman de Dostoïevski susceptible de plaire aux lecteurs qui n'aiment pas les romans de Dostoïevski, et il y en a beaucoup, par exemple, parmi les plus connus, Vladimir Nabokov, qui voyait dans *Le Double* le livre le plus réussi de Dostoïevski.

Vice versa, *Le Double* risque de déplaire aux lecteurs qui aiment Dostoïevski (et il y en a encore plus).

Ainsi, ce livre n'a pas réussi à me plaire, bien que je l'aie lu trois fois.

Son idée m'échappe.

5.3 Toujours Nabokov

On raconte que Nabokov avait répondu un jour à un interlocuteur qui l'interrogeait sur le message de son nouveau roman :

« Un message ? Je ne suis tout de même pas un facteur, pour délivrer un message. »

Il en va de même pour l'idée ; je ne suis pas certain qu'il y ait dans un roman une idée : une seule.

Des années durant, j'ai pensé que *L'Idiot*, de Dostoïevski, était un roman construit sur l'idée que la beauté sauverait le monde ; puis je l'ai relu il y a quelques mois et je me suis aperçu que cette phrase, que je croyais avoir été prononcée plusieurs fois par le prince Mychkine, n'est pas de Mychkine.

Elle apparaît à deux reprises ; d'abord, Hippolyte demande à Mychkine : « C'est vrai, prince, que vous avez dit, une fois : "C'est la beauté qui sauvera le monde" ? », et le prince ne répond pas. Ensuite Aglaïa dit à Mychkine : « … si vous vous mettez [...] à dire que "la beauté sauvera le monde", eh bien [...] je vous préviens : ne vous montrez plus devant moi. » Et Mychkine garde le silence. Il est même possible qu'il n'ait jamais prononcé cette phrase, qu'on la lui ait juste attribuée – nous l'ignorons : rien à voir avec une idée centrale.

Mais nous y arriverons dans une vingtaine d'années ; pour le moment, nous sommes encore en 1846.

Le Double sort et reçoit un mauvais accueil, y compris auprès des amis de Dostoïevski qui trouvent que la forme n'est pas adaptée au fond, quant à lui très beau.

Ce qu'est ce très beau fond, je suis incapable de le dire.

Peut-être l'idée du double qui, d'après Leonid Grossman[3], obsédera Dostoïevski durant toute son existence et que Dostoïevski ne parviendra à développer de façon accomplie que dans son dernier roman, *Les Frères Karamazov*, lesquels, en fait, sont très lointains.

Mais, et cela ne regarde que moi, je n'ai pas l'impression que l'idée du double soit une idée aussi nouvelle, aussi révolutionnaire, aussi dostoïevskienne que ça ; et puis ce qui me laisse le plus perplexe à propos du *Double*, c'est que je n'ai plaisir ni à le lire ni à le relire.

Certes, il y a des choses que j'apprécie ; par exemple, le contraste entre le minuscule Goliadkine, le fonctionnaire héros du roman, et la terrifiante Pétersbourg.

« La nuit était affreuse, une nuit de novembre – mouillée, brumeuse, pluvieuse, neigeuse, porteuse d'inflammations, de rhumes, d'états fébriles, d'angines, de fièvres en tout genre et de toutes les sortes – bref, de tous les dons d'un mois de novembre à Pétersbourg », écrit Dostoïevski dans *Le Double*, et quand ce Goliadkine, ce personnage si peu compréhensible (pour moi), dit à un moment donné : « Il était clair qu'on cherchait à soudoyer, fouiller, ensorceler, deviner, espionner, qu'enfin on aspirait à perdre définitivement le sieur Goliadkine[4] », j'y vois une préfiguration de l'homme du sous-sol lorsqu'il déclare : « Moi, je suis seul, et eux, ils sont *tous*[5] », mais j'ai l'impression que l'homme du sous-sol, vingt ans plus tard, exprime cette idée sous une forme mémorable, qui me touche, me blesse et me concerne beaucoup plus que ne me concerne le monde de Goliadkine, lequel demeure pour moi, malgré mes relectures et malgré l'avis du très honorable Monsieur Nabokov, un personnage abstrait, peu compréhensible.

Moi, j'ai même honte de l'avouer, je n'ai jamais compris si le double de ce Goliadkine existe vraiment, ou pas. Je n'ai rien compris à ce roman, alors que j'ai le sentiment d'avoir très bien compris l'homme du sous-sol.

Mais il est encore tôt pour l'homme du sous-sol.

En 1846, après *Le Double*, sort « Monsieur Prokhartchine », une nouvelle dont personne ne loue quoi que ce soit, pas même le fond.

C'est vraiment un faux pas, qui s'explique un peu par les conditions difficiles dans lesquelles Dostoïevski est contraint de l'écrire.

Le héros, comme dans *Les Pauvres Gens* et comme dans *Le Manteau* de Gogol, est un *tchinovnik*, soit un employé, un fonctionnaire : pour une mystérieuse raison, dans le cas de « Monsieur Prokhartchine », les censeurs interdisent à Dostoïevski d'utiliser le mot *tchinovnik*, qui signifie « employé », « fonctionnaire ».

Quoi qu'il en soit, Dostoïevski lui-même est mécontent de cette nouvelle. Début 1847, il écrit déjà son ouvrage suivant, un roman bref, intitulé *La Logeuse*, qui sortira dans l'année.

« J'écris ma *Logeuse* – écrit-il à son frère Mikhaïl. Le résultat est déjà meilleur que *Les Pauvres Gens*. C'est le même genre. Ma plume est mue par une source d'inspiration qui me jaillit tout droit de l'âme. Rien à voir avec "Prokhartchine" qui m'a fait souffrir tout l'été[6]. »

L'écrivain français André Gide, qui voue une passion à Dostoïevski, écrit en 1908, dans sa critique de la correspondance tout juste traduite en français, que Dostoïevski est peut-être le pire épistolier de tous les temps.

Dans certains cas, on a envie de lui donner raison. Mais au-delà de la forme (« ma plume est mue par une source d'inspiration qui me jaillit tout droit de l'âme »), il convient de souligner l'idée qu'a Dostoïevski de ce qu'il a écrit en 1846 : « Monsieur Prokhartchine » est plus ou moins une cochonnerie, en tout cas, ce n'est pas un ouvrage inspiré. *La Logeuse*, elle, est un ouvrage inspiré (tout droit de l'âme).

5.4 Encore Bielinski

En 1847, Vissarion Grigorievitch Bielinski écrit à propos du court roman de son ami et protégé Fiodor Mikhaïlovitch Dostoïevski, *La Logeuse*, tout juste sorti : « Dans tout ce récit, il n'est pas un mot ou une expression qui soient simples et vivants : tout est recherché, guindé, boursouflé et factice[7]. »

Bref, nous n'y sommes pas.

Nous n'y sommes pas du tout.

Nous n'y sommes absolument pas.

Ça ne va pas.

Ce n'est pas ainsi qu'on procède.

Pas le moins du monde.

5.5 Une rencontre dans la perspective

Dans une célèbre nouvelle datant de 1835, « La Perspective Nevski », Nikolaï Gogol écrit :

« Mais les aventures les plus extraordinaires sont celles qui se déroulent dans la perspective Nevski. Oh ! n'ayez jamais confiance en ce que vous y voyez ! Je m'enveloppe toujours bien soigneusement dans mon manteau, lorsque je traverse la perspective Nevski, et tâche de ne pas regarder de trop près ceux que j'y rencontre. Tout n'est que mensonge ici, tout n'est que rêve, et la réalité est complètement différente des apparences qu'elle revêt.

« Vous vous imaginez que ce monsieur qui se promène dans des habits si élégants est fort riche ? Pas du tout : il ne possède que ces vêtements. Vous croyez que ces deux personnages obèses, arrêtés devant cette église, discutent de son architecture ? Détrompez-vous : ils admirent ces deux corbeaux qui se tiennent si étrangement l'un en face de l'autre. Vous pouvez croire que cet homme qui agite ses bras, très excité, raconte comment sa femme a jeté par la fenêtre un billet doux à un officier inconnu. Mais non ! il parle de La Fayette. Vous croyez que ces dames… Mais ayez encore moins confiance en ces dames qu'en qui que ce soit[8]. »

La perspective Nevski est la rue principale de Saint-Pétersbourg, celle qui va de la Neva à la Neva (la Neva est le fleuve de Saint-Pétersbourg), coupant en deux le centre et longeant la gare de Moscou (la gare où arrivent les trains de Moscou), passant devant la maison où Dostoïevski est devenu écrivain, devant le plus grand marché couvert de la ville (Gostiny Dvor), devant la première bibliothèque russe, fondée par Catherine II (la Poublitchnaïa), devant la plus grande librairie russe (Dom Knigi, qui était à l'origine l'immeuble des Singer, ceux des machines à coudre), devant la cathédrale de Kazan, espèce de copie en plus petit de la cathédrale Saint-Pierre de Rome, devant le café d'où Alexandre Pouchkine était parti, le 29 janvier 1837, pour le duel au cours duquel il serait touché mortellement, devant le palais d'Hiver, domicile de la famille royale dont la prise a donné le signal de départ à la révolution de 1917 et qui est aujourd'hui le siège, entre autres, du plus célèbre musée de Russie, l'Ermitage, et tant d'autres choses.

Au printemps 1846, dans la perspective Nevski, un jeune homme en manteau et haut-de-forme s'approche de Dostoïevski et lui demande : « Permettez-moi de vous demander : quel sera le sujet de votre prochain roman[9] ? »

Il s'appelait Mikhaïl Vassilievitch Petrachevski, il avait le même âge que Dostoïevski et en 1840, à dix-neuf ans, il avait commencé à travailler sur un manuscrit intitulé *Mes aphorismes, ou concepts fragmentaires sur tout, élaborés par moi-même.*

Depuis l'adolescence, au lycée, Petrachevski passait pour un libre penseur, et il n'était pas bien vu à l'époque, en Russie, d'être un libre penseur ; le qualificatif de « libre penseur » dans la Russie du XIXe siècle équivalait au qualificatif de « démocrate » dans l'Italie des années trente du XXe siècle : ce n'était pas un compliment.

Petrachevski exerçait le métier de traducteur au ministère des Affaires étrangères et, grâce à cet emploi, avait accès à des livres interdits.

Il était libéral, républicain, athée, socialiste, et il cultivait des aspirations révolutionnaires.

Au cours des réunions qui se tenaient chez lui, réunions où on lisait Fourier et Proudhon, parlait de phalanstères et de progressivité des impôts, Petrachevski aurait, semble-t-il, déclaré : « Nous avons condamné à mort le mode de vie social contemporain et il faut mettre notre sentence à exécution[10]. » Cela faisait longtemps qu'il ne partageait pas cette façon de vivre : un jour, raconte-t-on, il était entré dans la cathédrale de Kazan, habillé en femme, et s'était assis parmi les fidèles en feignant de prier. Mais son aspect singulier et sa barbe noire avaient éveillé les soupçons de ses voisines, qui s'étaient adressées à un garde, lequel s'était approché et lui avait dit : « Chère Madame, vous avez l'air d'un monsieur déguisé. » Petrachevski aurait répondu : « Cher Monsieur, eh bien moi, j'ai l'impression que vous êtes une femme déguisée. » Troublé, le garde n'aurait pas su que rétorquer, et Petrachevski avait profité de cet instant de confusion pour filer et regagner son domicile.

Il habitait une petite maison en bois dans le quartier Kolomna, à Pétersbourg, quartier que Gogol (toujours lui) décrit ainsi dans « Le Portrait », publié pour la première fois en 1835 :

« Vous connaissez [...] le quartier de Kolomna. Il ne ressemble à aucun des autres quartiers de Pétersbourg. Ce n'est ni la capitale ni la province. Dès qu'on y pénètre, tout désir, toute ardeur juvénile, vous abandonne. L'avenir ne pénètre point en ce lieu ; tout y est silence et retraite. C'est le refuge des "laissés-pour-compte" de la grande ville : fonctionnaires retraités, veuves, petites gens qui, entretenant d'agréables relations avec le Sénat, se condamnent à vivoter presque éternellement en ce lieu ;

cuisinières en rupture de fourneaux, qui, après avoir, à longueur de journée, musé dans tous les marchés et bavardé avec tous les garçons épiciers, rapportent chaque soir chez elles pour cinq kopecks de café et pour quatre de sucre ; enfin toute une catégorie d'individus qu'on peut qualifier de "cendreux", car leur costume, leur visage, leur chevelure, leurs yeux ont un aspect trouble et gris, comme ces journées incertaines, ni orageuses ni ensoleillées, où les contours des objets s'estompent dans la brume. À cette catégorie appartiennent les gagistes de théâtre à la retraite ; les conseillers titulaires dans le même cas ; les anciens disciples de Mars à l'œil crevé ou à la lèvre enflée. Ce sont là des êtres totalement apathiques, qui marchent sans jamais lever les yeux, ne soufflent jamais mot et ne pensent jamais à rien. Leur chambre n'est jamais encombrée ; parfois même elle ne recèle qu'un flacon d'eau-de-vie qu'ils sirotent tout doucement du matin au soir ; cette lente absorption leur épargne l'ivresse tapageuse que de trop brusques libations dominicales provoquent chez les apprentis allemands, ces étudiants de la rue Bourgeoise, rois incontestés du trottoir après minuit sonné.

« Quel quartier béni pour les piétons que ce Kolomna ! Il est bien rare qu'une voiture de maître s'y aventure ; seule la patache des comédiens trouble de son tintamarre le silence général. Quelques fiacres s'y traînent paresseusement, le plus souvent à vide ou chargés de foin à l'intention de la rosse barbue qui les tire. On peut y trouver un appartement pour cinq roubles par mois, y compris même le café du matin. Les veuves titulaires d'une pension constituent l'aristocratie du lieu : elles ont une conduite fort décente, balaient soigneusement leur chambre, déplorent avec leurs amies la cherté du bœuf et des choux ; elles sont souvent pourvues d'une toute jeune fille, créature effacée, muette, mais parfois agréable à voir, d'un affreux toutou et d'une pendule dont le balancier va et vient avec mélancolie. Viennent ensuite les comédiens que la modicité de leur traitement confine en cette thébaïde. Indépendants comme tous les artistes, ils savent jouir de la vie : drapés dans leur robe de chambre, ils réparent des pistolets, fabriquent toutes sortes d'objets en carton fort utiles dans les ménages, jouent aux cartes ou aux échecs avec l'ami qui vient les voir ; ils passent ainsi la matinée, et la soirée presque de même, sauf qu'ils ajoutent parfois un punch à ces agréables occupations.

« Après les gros bonnets, le menu fretin. Il est aussi difficile de l'énumérer que de dénombrer les innombrables insectes qui pullulent dans du vieux vinaigre. Il y a là des vieilles qui prient, des vieilles qui s'enivrent ; d'autres qui prient et s'enivrent à la fois ; des vieilles enfin qui joignent Dieu sait comment les deux bouts ; on les voit traîner, comme des fourmis, d'infâmes guenilles du pont Kalinkine jusqu'au carreau des fripiers, où elles ont grand-peine à en tirer quinze kopecks. Bref, la lie de l'humanité grouille en ce quartier, une île si marmiteuse que le plus charitable des économistes renoncerait à en améliorer la situation[11]. »

Tel était, selon Gogol, le quartier Kolomna en 1835. Onze ans plus tard, en 1846, une petite maison en bois de Kolomna accueillait tous les vendredis des philanthropes, passionnés d'économie, de socialisme et de révolution, au nombre desquels comptait un jeune écrivain sur la voie du déclin, Fiodor Mikhaïlovitch Dostoïevski.

5.6 Le cercle

À l'automne 1846, Dostoïevski emménage sur l'île Vassilievski, de l'autre côté de la Neva, derrière le palais d'Hiver, dans une des trois perspectives qui traversent l'île en longueur, le Bolchoï prospekt.

Je signale au passage que j'ai vécu moi aussi, plus d'une fois et pendant une période assez longue, dans le Bolchoï Prospekt de l'île Vassilievski, et je le signale non pour me mettre en avant, mais pour dire que, lorsqu'on est passionné de littérature et qu'on se rend à Pétersbourg, on se retrouve presque forcément dans les parages de la maison de Gogol, des maisons de Pouchkine, de Tourgueniev, de Lermontov, de Saltykov-Chtchédrine, de Harms, de Blok, de Biély, de Nabokov, d'Anna Akhmatova, de Brodsky, de Dovladov, etc., etc. Fin de la remarque de passage.

À l'automne 1846, dans la maison du Bolchoï Prospekt de l'île Vassilievski, Dostoïevski et ses colocataires fondèrent une espèce de communauté qu'ils appelèrent « Association ».

L'atmosphère amicale qu'on respirait dans cette espèce de maison d'étudiants, écrit Evguenia Pavlovna Saroukhanian, auteur de « Dostoïevski à Pétersbourg[12] », aida Dostoïevski à surmonter ses insuccès littéraires, ainsi que la crise que traversaient ses relations avec Bielinski et ses soutiens.

Les membres de l'Association s'efforçaient de vivre dans l'esprit de Fourier et selon les idées socialistes qui agitaient alors la jeunesse non seulement russe (deux ans plus tard sortirait en Allemagne, au milieu de l'histoire que nous racontons, un petit livre à l'incipit éloquent : « Un spectre hante l'Europe : le spectre du communisme »).

Dostoïevski et ses colocataires fréquentaient les réunions du vendredi au domicile de Petrachevski, durant lesquelles on évoquait une nouvelle société, divisée, selon l'enseignement de Fourier, en phalanges, ou associations, hébergées dans des édifices particuliers du nom de phalanstères.

Au cours de l'hiver 1847-1848, Petrachevski construisit dans une petite propriété de sa famille, à Demorovka (il y possédait cent cinquante âmes, ou serfs de la glèbe), un phalanstère destiné aux paysans, mais, à la veille du jour prévu pour leur installation, les paysans l'incendièrent.

Petrachevski pensa donc, écrit Evguenia Saroukhanian, qu'un peu de temps était encore nécessaire pour que ses contemporains, pervertis par un mode de vie non naturel, comprennent Fourier.

Les réunions du vendredi avaient commencé plusieurs mois avant que Petrachevski fasse la connaissance de Dostoïevski, pendant l'hiver 1845 : y participaient de jeunes socialistes utopistes, opposés à la servitude de la glèbe, partisans d'un gouvernement républicain qui remplacerait le gouvernement tyrannique (du tsar Nicolas Ier).

En 1846, Petrachevski œuvre à la rédaction de la seconde édition du *Dictionnaire de poche des mots étrangers entrés dans le corps de la langue russe*[13].

Il établit, par exemple, les définitions de « Matérialisme », « Mysticisme », « Morale », « Droit naturel ».

Le « mysticisme », selon Petrachevski, serait « un immense égarement, existant depuis des temps immémoriaux et plus que tout entravant les progrès de l'esprit humain ».

Les « matérialistes », d'après lui, étaient « des gens qui ont réfléchi de même manière sur la matière et sur l'esprit et se sont convaincus qu'il n'y avait rien dans le monde, que de la matière[14]. »

À en croire Alexandre Herzen, les représentants du cercle de Petrachevski avaient « surpris toute la Russie[15] » avec leur dictionnaire ; toutefois la seconde édition (celle à laquelle avait collaboré Petrachevski), publiée en avril 1846 à deux mille exemplaires et dédiée au frère du tsar, le prince Mikhaïl Pavlovitch, fut interdite par la censure quelques jours après sa sortie, et tous les exemplaires, à l'exception des trois cent cinquante déjà vendus, furent confisqués et brûlés, comme le phalanstère de Demorovka.

« Dostoïevski à Pétersbourg » date de 1970, et il n'est pas étonnant qu'Evguenia Saroukhanian formule un jugement positif sur les membres du cercle de Petrachevski, ni qu'elle souligne que

« Lénine considérait que l'intelligentsia socialiste-révolutionnaire tenait son origine "du cercle de Petrachevski, en gros"[16] ».

En revanche, si l'on considère ce qu'on a lu (que les « gens qui ont réfléchi de même manière sur la matière et sur l'esprit [...] se sont convaincus qu'il n'y avait rien dans le monde, que de la matière »), on ne peut qu'être surpris en apprenant que « Fiodor Mikhaïlovitch Dostoïevski devint l'un des petrachevskistes les plus passionnés ».

Le témoignage d'un contemporain éclaire, ou complique, ce tableau.

5.7 Le poète Apollon Maïkov

Le poète Apollon Nikolaïevitch Maïkov, né en 1821 comme Dostoïevski, écrit :

« Un soir Dostoïevski arrive chez moi, à mon appartement de la maison Anitchkov[a], dans un état de grande agitation, et me dit qu'il a quelque chose d'important à me demander.

« "Vous êtes conscient, bien sûr, que Petrachevski est un bavard, un homme peu sérieux, et qu'il ne peut rien sortir de concret de ses entreprises. C'est pourquoi plusieurs personnes réfléchies de son cercle ont décidé de s'en détacher (mais secrètement et sans en informer les autres) pour constituer une société secrète distincte disposant d'une imprimerie clandestine pour publier différents livres et même des revues si c'est possible. Nous avions des doutes sur vous, car vous êtes trop orgueilleux (c'était bien à Fédor Mikhaïlovitch de me reprocher mon orgueil !)

« – Comment ça ?

(a) Au numéro 48 de la rue Sadovaïa, près de la place aux Foins (*NdA*).

« – Eh bien, vous ne reconnaissez pas d'autorités, vous êtes en désaccord, par exemple, avec Spechnev (qui prêchait le fouriérisme).

« – Je ne m'intéresse pas trop à l'économie politique. Mais c'est vrai, je trouve que Spechnev dit des bêtises. Mais et alors ?

« – Il faut, pour une cause commune, savoir se maîtriser. Ainsi, nous sommes sept : Spechnev, Mordvinov, Mombelli, Pavel Filippov, Grigoriev, Vladimir Milioutine et moi, et c'est vous que nous avons choisi pour huitième. Acceptez-vous d'entrer dans notre société ?

« – Mais quel est son but ?

« – Dans le but, bien sûr, de provoquer une révolution en Russie. Nous avons déjà une presse : nous l'avons commandée par pièces détachées en différents endroits, sur des dessins de Mordvinov. Tout est prêt.

« – Non seulement je ne souhaite pas entrer dans votre société, mais je vous conseille, à vous, de vous en éloigner. Quels hommes politiques faisons-nous ? Nous sommes des poètes, des artistes, pas des hommes d'action, et en outre sans le sou. Pensez-vous que nous ayons l'étoffe de révolutionnaires ?"

« Dostoïevski se mit prêcher longuement avec feu, en agitant les bras dans sa chemise rouge au col déboutonné.

« Nous débattîmes un long moment, puis enfin fatigués nous allâmes nous coucher.

« Le lendemain matin Dostoïevski me demanda :

« "Alors ?

« – Pareil qu'hier soir. Je me suis réveillé plus tôt que vous et j'ai réfléchi. Pour ma part, je refuse et, je le répète, si c'est encore possible, rompez avec eux et éloignez-vous-en !

« – Bon, ça c'est mon affaire. Mais sachez une chose. Tout ce qui a été dit hier n'est connu que de sept personnes. Vous êtes la huitième, il ne doit pas y en avoir de neuvième !

« – En ce qui touche ce point, tenez, voici ma main ! Je resterai muet."

« Voilà quelle fut notre conversation[17]. »

5.8 1848

Dans la biographie que Leonid Grossman a consacrée à Dostoïevski, on apprend que, le 21 février 1848, le tsar Nicolas Ier reçut une enveloppe de l'ambassade de Russie en France portant la mention « Très important ». Elle contenait un message sur une feuille de papier : « Tout est fini ! Le roi a abdiqué[18]... »

À Paris, les révolutionnaires avaient pris le contrôle de la ville, et Louis-Philippe, renonçant à étouffer la révolte par les armes, avait abdiqué. La Deuxième République avait commencé.

La première conséquence de ces événements en Russie, lit-on dans le livre de Grossman, fut la suivante : Nicolas entra dans la salle de bal du palais d'Hiver au moment de la mazurka, muni de la dépêche parisienne et, interrompant les musiciens, s'exclama : « Sellez vos chevaux, messieurs ! La république est proclamée en France ! »

Trois jours plus tard, il ordonna qu'on mobilise l'armée, mais, comme la révolte s'était entre-temps étendue à l'Autriche, à la Prusse, à la Hongrie, à une partie de l'Allemagne et de l'Italie, il renonça à déclarer la guerre à l'Europe et se concentra sur la Russie.

Ainsi, la semaine suivante, le 27 février 1848, Nicolas enjoignit au Troisième Bureau de s'intéresser aux lycéens, aux juristes, aux étudiants qui se rassemblaient tous les vendredis au domicile de Petrachevski, puis de lui rapporter la façon dont ceux-ci se conduisaient et ce qu'ils pensaient en général.

5.9 Ce qu'ils pensaient

L'un des membres le plus influents du cercle de Petrachevski, objet de l'estime de Bakounine et modèle, probablement, du héros d'un (extraordinaire) roman de la maturité de Dostoïevski, *Les Démons*, dont nous parlerons, Nikolaï Spechnev, considérait qu'il était de son devoir de diffuser de toutes ses forces « le socialisme, l'athéisme, le terrorisme, tout ce qu'il y a de bon au monde[19] ».

À l'époque, me semble-t-il, le mot « terrorisme » produisait l'effet contraire de celui que produisait, de l'autre côté de la barricade, l'expression « libre pensée », et il est impressionnant aujourd'hui de lire qu'un homme aux aspirations aussi raisonnables que la fin de l'esclavage, la démocratie et la liberté voyait dans le terrorisme l'une des bonnes choses qui existent au monde.

Mais que voulaient vraiment ces révolutionnaires des années quarante ?

Parmi les livres interdits qui se trouvaient chez Dostoïevski au printemps 1848 figurait un ouvrage de Pierre-Joseph Proudhon.

En 1840, dans son livre le plus célèbre, sans doute, *Qu'est-ce que la propriété ou Recherches sur le principe du Droit et du Gouvernement*, Proudhon non seulement affirme d'une façon admirablement synthétique que « la propriété, c'est le vol », mais aussi dit ce qu'être gouverné signifie, et il le dit d'une façon qui me paraît mémorable et que je me permets de recopier un peu plus bas, aussitôt après avoir ajouté un détail totalement négligeable, à savoir que, dans ma jeunesse (j'ai été jeune de l'âge de trente-trois ans à l'âge de quarante et un ans), ce passage était le texte du dernier morceau qu'exécutait, en concert, le groupe dans lequel je jouais de la trompette :

« Être gouverné, c'est être gardé à vue, inspecté, espionné, dirigé, légiféré, réglementé, parqué, endoctriné, prêché, contrôlé, estimé, apprécié, censuré, commandé, par des êtres qui n'ont ni le titre, ni la science, ni la vertu... Être gouverné, c'est être, à chaque opération, à chaque transaction, à chaque mouvement, noté, enregistré, recensé, tarifé, timbré, toisé, coté, cotisé, patenté, licencié, autorisé, apostillé, admonesté, empêché, réformé, redressé, corrigé. C'est, sous prétexte d'utilité publique, et au nom de l'intérêt général, être mis à contribution, exercé, rançonné, exploité, monopolisé, concussionné, pressuré, mystifié, volé ; puis, à la moindre résistance, au premier mot de plainte, réprimé, amendé, vilipendé, vexé, traqué, houspillé, assommé, désarmé, garrotté, emprisonné, fusillé, mitraillé, jugé, condamné, déporté, sacrifié, vendu, trahi, et pour comble, joué, berné, outragé, déshonoré. »

5.10 La réunion

Le 15 avril 1849, au domicile de Petrachevski, à Kolomna, se réunissent une vingtaine de membres du cercle.

Dostoïevski lit une lettre aujourd'hui célèbre. À ce moment-là, rares sont ceux qui l'ont lue : elle a été interdite.

C'est la lettre que Bielinski a écrite à Gogol après avoir lu son dernier livre, *Passages choisis de ma correspondance avec mes amis*.

La lettre, qui remontait à juillet 1847, n'a pas été publiée, et Dostoïevski en a reçu une copie clandestine, de Moscou, quelques jours plus tôt.

Entre-temps, Bielinski est mort (le 7 juin 1848), alors que Gogol est encore en vie et que toute la Russie attend de sa part un livre décisif, la seconde partie des *Âmes mortes,* le poème en prose qui, en 1842, a bouleversé l'idée que les Russes avaient d'eux-mêmes.

La lecture de cette lettre causa une grande impression sur les disciples de Petrachevski.

L'un d'eux écrirait : « La lettre suscita un enthousiasme général chez les petrachevskites, il fut décidé de la reproduire et de la diffuser sans tarder[20]. »

L'auteur de ce commentaire était un Italien du nom d'Antonelli, un agent du Troisième Bureau infiltré dans le cercle de Petrachevski.

Étant donné que le témoignage de Maïkov concernant la volonté de Dostoïevski de faire la révolution est beaucoup plus tardif, qu'il date de 1873 (et Dostoïevski remarquera, à sa lecture : « Juste, mais non complet. [...] Beaucoup de circonstances leur ont complètement échappé[21] ») ; étant donné que Maïkov garde le silence pour le moment, ce à quoi se livre Dostoïevski dans le quartier de Kolomna, le soir du 15 avril 1849 – lire la lettre de Bielinski à Gogol – est la raison principale de sa future condamnation à mort.

Mais pourquoi était-il si grave de lire en public la lettre de Bielinski à Gogol ?

5.11 Deux auteurs fondamentaux

Un écrivain russe du XXe siècle du nom de Daniil Harms parle de Pouchkine et de Gogol dans deux petits textes (Harms écrit presque exclusivement des petits textes).

Le premier dit :

« Il est difficile de dire quelque chose de Pouchkine à qui ne sait rien de lui. Pouchkine est un grand poète. Napoléon est moins grand que Pouchkine. Et Bismarck n'est rien du tout à côté de Pouchkine. Et Alexandre Ier, II et III ne sont que des bulles de savon en comparaison de Pouchkine. Et tout le monde n'est que bulle de savon en comparaison de Pouchkine ; mais en comparaison de Gogol, c'est Pouchkine qui est une bulle de savon.

« C'est pourquoi plutôt que de Pouchkine, je vais parler de Gogol.

« Mais Gogol est si grand qu'il est impossible de dire quoi que ce soit à son sujet ; c'est pourquoi je vais quand même parler de Pouchkine.

« Mais après Gogol, parler de Pouchkine est un peu offensant. Et de Gogol, impossible. C'est pourquoi je préfère ne rien dire du tout[22]. »

Le second est une sorte de pièce de théâtre :

« GOGOL, *tombe des coulisses sur la scène et reste étendu là sans bouger.*

« POUCHKINE, *entre, trébuche sur Gogol et s'étale de tout son long*: Merde ! On dirait que c'est Gogol !

« GOGOL, *se met debout*: Saloperie ! On ne vous laisse même pas vous reposer tranquillement. (*Il fait un pas, trébuche sur Pouchkine et tombe.*) Mince, on dirait que j'ai buté sur Pouchkine !

« POUCHKINE, *se relève*: Pas une minute de répit ! (*Il avance, trébuche sur Gogol et tombe.*) Merde ! Encore Gogol, on dirait !

« GOGOL, *se met debout*: Faut toujours qu'on vienne se fourrer dans mes pattes ! (*Il fait un pas, trébuche sur Pouchkine et tombe.*) : Saloperie ! Encore buté contre Pouchkine !

« Pouchkine, *se relève*: Tas de voyous ! Petits tas de voyous ! (*Il avance, trébuche sur Gogol et s'étale.*) Merde et merde ! Encore Gogol !

« GOGOL, *se met debout*: Y en a marre de ces conneries ! (*Il fait un pas, trébuche sur Pouchkine et tombe.*) Encore buté contre Pouchkine !

« POUCHKINE, *se relève*: Merde ! Il y a du diable là-dessous ! (*Il avance, trébuche sur Gogol et tombe.*) Toujours Gogol !

« GOGOL, *se met debout*: Saloperie. (*Il fait un pas, trébuche sur Pouchkine et s'étale.*) Encore Pouchkine !

« POUCHKINE, *se relève* : Merde et remerde ! (*Il avance, trébuche sur Gogol et tombe en disparaissant dans les coulisses.*) Encore buté contre Gogol !

« GOGOL, *se met debout* : Saloperie ! (*Il disparaît dans les coulisses.*)

« *On entend la voix de Gogol depuis les coulisses :* Encore Pouchkine !

« Rideau[23]. »

La première fois que j'ai lu ces textes – il y a trente ans –, j'ai pensé à Tolstoï et à Dostoïevski, car la question qu'on vous posait le plus fréquemment lorsque vous étudiiez le russe au temps où je l'ai étudié – il y a trente ans –, aussitôt après vous avoir demandé : « Vraiment, tu fais des études de russe ? Et pourquoi tu fais des études de russe ? », c'était : « Qui préfères-tu, Tolstoï ou Dostoïevski ? »

Inévitablement, quand vous disiez à quelqu'un que vous étiez en train de lire un roman de Tolstoï, il vous dévisageait, ajustait ses lunettes, en admettant qu'il eût des lunettes, et vous lançait : « Et Dostoïevski, tu ne l'aimes pas ? », et quand vous lui disiez que vous étiez en train de lire un roman de Dostoïevski, il vous dévisageait, ajustait ses lunettes (en admettant qu'il eût des lunettes) et vous lançait : « Et Tolstoï, tu ne l'aimes pas ? »

C'était ainsi, il n'y avait rien à faire, lorsqu'on évoquait Dostoïevski, on évoquait toujours Tolstoï, comme Laurel et Hardy, Abbott et Costello, ou Bud Spencer et Terence Hill, ou encore papa et maman avec la fameuse question « Qui tu préfères ? Papa ou maman ? », ils étaient toujours ensemble, et au début du XXe siècle comme au milieu du XIXe, à l'époque de Dostoïevski et de Harms, ce qui valait pour Tolstoï et Dostoïevski au temps où j'étudiais le russe – il y a trente ans – valait alors pour Pouchkine et Gogol.

Maintenant que, d'après moi, cette mode de Pouchkine et de Gogol, et aussi de Tolstoï et de Dostoïevski, est un peu passée, maintenant que sont à la mode Svetlana Alexievitch et Vassili Grossman, qui sont considérés comme des auteurs fondamentaux et nécessaires pour comprendre notre contemporanéité, ou je ne sais pas bien quoi, voilà, excusez-moi, j'ouvre une parenthèse, après quoi j'arriverai à la très brève conclusion de ce paragraphe : le fait que Pouchkine et Gogol, ainsi que Tolstoï et Dostoïevski ne sont plus tellement au centre de nos conversations aujourd'hui, du moins en Italie, ce fait pourrait être à mon avis une bonne chose, car un de mes amis russes qui savait que j'aimais Vélimir Khlebnikov, Daniil Harms, Sergueï Dovlatov et Vénédikt Erofeïev, m'a dit un jour que j'aimais les marginaux, et moi, j'ai réfléchi, je me suis rendu compte qu'il avait raison, j'aimais les marginaux, mais pas pour rien, pour un motif bien précis.

Parce que, du temps de mes études – il y a une trentaine d'années –, alors qu'un tas de gens qui fréquentaient l'université avec moi affirmaient que Walter Benjamin était fondamental pour comprendre notre époque, qu'on ne pouvait pas faire l'impasse sur lui, j'avais eu la réaction instinctive suivante : « Ah oui, il est fondamental ? m'étais-je dit. Dans ce cas, je ne le lirai pas. Je me passerai de Benjamin. Voyons un peu si je tombe malade. Moi, je déclare officiellement que ma tête est débenjaminisée, on verra ensuite qui ira mieux, de moi ou de vous qui avez accès à ces connaissances fondamentales. »

Mais Benjamin n'était pas le seul exemple, cela m'arrivait avec pas mal de gens, avec le type qui avait inventé l'herméneutique, ou avec celui qui avait écrit, de l'avis général, des œuvres fondamentales dans le domaine de l'interprétation, si bien qu'il était impossible, quand on ne l'avait pas lu, d'interpréter quoi que ce soit, pas même la cuvette des cabinets, qui était-ce déjà ? Gadamer ?

Jamais lu une ligne de Gadamer, ne serait-ce que par mégarde. Et ça ne vaut pas seulement pour Gadamer, ça vaut aussi pour ce philosophe qui était, dans l'opinion générale, le philosophe fondamental du XXe siècle, cet Allemand, ce je ne sais qui, machin, Heidegger.

Moi, et je ne dis pas ça pour me vanter, je ne connais même pas les titres des livres de Heidegger.

C'est un truc qui, je m'en rends bien compte, pourrait passer pour la réaction d'un ignare, je suis d'accord, et à plusieurs reprises j'ai payé mon intransigeance, mon ascèse, par des sacrifices ; par exemple, Freud, dont j'avais aimé *Psychopathologie de la vie quotidienne*, aimé à tel point, même, que je m'étais inscrit à un cours de psychologie où l'on étudiait la monographie de Freud : eh bien, à la première leçon, l'enseignante, qui me plaisait beaucoup et qui avait une jupe juste au-dessus du genou un peu *démodée**, avait affirmé que Freud était un génie et que ses œuvres fondamentales avaient jeté une lumière dans les ténèbres de l'esprit humain, que, sans elles, la compréhension du monde aurait été défectueuse et incomplète, et en entendant ça, je m'en souviens, j'ai pensé « Bordel, je ne peux pas le lire, lui non plus ».

Vu de l'extérieur, je le répète, cela pourrait passer pour l'attitude d'un ignare, ou pour une espèce de parti pris, mais à bien y réfléchir, cela obéit selon moi à une raison.

On me dit « Tu aimes les marginaux », forcément j'aime les marginaux parce que les auteurs que tout le monde qualifie à un moment donné de fondamentaux, les auteurs cités dans tous les livres, dans tous les journaux, dans toutes les conversations, les auteurs à la mode, les auteurs chez qui tout le monde s'abreuve, pour ainsi dire – au moment où ils sont à la mode tout le monde s'abreuve chez eux –, se révèlent, quand on s'en approche, affaiblis, émaciés, déchiquetés, mis en pièces, réduits en pilules et malades, fébriles, anémiques, respirant mal, mangeant trop, ne bougeant pas assez, évidemment, à force d'être tenus en haute estime par un tas de gens, ils finissent par devenir paresseux, essoufflés, ils ont de la peine à monter les escaliers, ils parlent mal, ils n'arrivent plus à dire que deux ou trois trucs qu'ils répètent comme des perroquets, ils ont l'air de débiles ; or il se peut qu'ils ne soient pas débiles, il se peut qu'ils traversent juste une mauvaise passe, et dans ce cas-là il faut être patient, attendre une trentaine d'années, puis revenir vers eux, et alors, oui, on s'aperçoit qu'ils ont quelque chose à dire : leur cuite n'est plus qu'un souvenir, les séquelles sont elles aussi un souvenir, ils sont sobres et ils vous disent les choses directement, sans avoir recours à trop d'herméneutique – cette parenthèse refermée, achevons ce paragraphe déjà trop long.

Il y a encore un certain temps, il était très difficile de parler de Pouchkine et de Gogol, qui sont les pères de la littérature russe moderne (Dostoïevski disait : « Nous sommes tous sortis du *Manteau* de Gogol[24] »), mais aujourd'hui où il est très difficile de parler de Svetlana Alexievitch et de Grossman, on peut sans doute dire des choses sur Pouchkine et Gogol, et comme nous en avons déjà dit sur Pouchkine, passons maintenant à Gogol.

5.12 Nicolas Gogol

En lisant Gogol, né en 1809, dix ans après Pouchkine, on repense à ce que disait, au XXe siècle, Evgueni Zamiatine : « J'ai peur que la littérature russe n'ait qu'un seul avenir : son passé[25]. »

Dans la nouvelle « Le Nez », un commissaire estime qu'il n'y a rien de meilleur qu'un billet de banque : « Un billet, cela ne prend pas de place, cela ne demande aucun entretien : on peut toujours le fourrer dans sa poche, et si on le laisse tomber, il ne se fait aucun mal[26]. »

Et quand Akadi Akakiévitch, le héros du « Manteau », pénètre dans la cuisine du tailleur qui finira par lui coudre ce manteau, nous lisons : « La porte du tailleur était ouverte, son honorable épouse ayant, en faisant griller je ne sais quel poisson, laissé échapper une fumée si épaisse que l'on ne distinguait même plus les cafards[27]. »

Et lorsque Akadi voit le tailleur, dans « Le Manteau », il le voit là, dans son atelier, pieds nus, selon l'habitude des tailleurs quand ils travaillent, et « ce qui tout de suite sautait aux yeux, c'était son gros orteil, que connaissait bien Akadi Akakiévitch, et dont l'ongle déformé était gros et fort comme une carapace de tortue ».

La tabatière ronde de ce tailleur est mémorable : « Une tabatière ronde ornée du portrait d'un général dont je ne saurais dire le nom, car un rectangle de papier remplaçait le visage crevé d'un coup de doigt. »

Et pour la femme du barbier du « Nez », Gogol trouve deux mots, la « respectable épouse », lesquels la présentent à nos yeux d'une façon qui annonce le dialogue des *Âmes mortes* entre « la dame charmante à tous égards » et la « femme charmante »[28].

Le nom, qui reflète la condition sociale de ces femmes, est une condamnation, tout comme la position sociale de ce *personnage considérable* qui apparaît dans la seconde partie du « Manteau », quand on vole son manteau au héros, le conseiller titulaire Akaki Akakiévitch, un pauvre copiste qui a économisé pendant toute une saison pour s'acheter un manteau neuf.

On lui conseille, pour obtenir gain de cause, de s'adresser au « personnage considérable », qui est peut-être la véritable victime de la nouvelle.

« Il faut dire que ledit personnage n'était devenu important que depuis peu ; du reste, par rapport à d'autres plus considérables, la place qu'il occupait n'était pas tenue pour bien importante. [...] Adressait-il la parole à plus petit que lui, c'était toujours sur un ton rêche et pour poser le plus souvent l'une des trois questions suivantes : “Où prenez-vous cette arrogance ? Savez-vous à qui vous parlez ? Comprenez-vous devant qui vous êtes ?”

« C’était pourtant un brave homme, fort obligeant, et, naguère encore, d’un commerce agréable avec ses amis ; mais le titre d’Excellence lui avait complètement tourné la tête. Dès qu’il eut obtenu ce titre, son esprit s’égara, il perdit tout contrôle sur soi-même. Avec ses égaux, il se conduisait encore en homme bien élevé, pas bête du tout, sous bien des rapports ; mais si d’aventure se mêlaient à la compagnie des personnes inférieures, ne fût-ce que d’un grade, au rang qu’il occupait dans la hiérarchie, il devenait aussitôt insupportable, oubliait toute bienséance et ne soufflait mot. Cela ne l’empêchait pas de se rendre compte qu’il aurait pu passer le temps d’une manière beaucoup plus agréable. Il faisait alors peine à voir : on lisait dans ses yeux le vif désir de prendre part à telle conversation, de se mêler à tel groupe, tout en le sentant retenu par la crainte de compromettre sa dignité, de porter atteinte à son prestige. À force de se cantonner dans un farouche silence entrecoupé de vagues monosyllabes, il passa bientôt pour le plus parfait malotru du monde. »

Quoique doté d’une belle épouse, qu’il aimait, le personnage considérable avait estimé nécessaire, lorsqu’il était devenu important, de prendre une maîtresse. Il en avait trouvé une qui n’était ni plus belle ni plus jeune que sa femme, ni même plus sympathique, mais au moins c’était une maîtresse, soit exactement ce dont il estimait avoir besoin.

Dans les histoires de la littérature russe, quand on arrive au réalisme, Nicolas Gogol est le premier auteur réaliste sur lequel on tombe, d’habitude.

Pour nous qui vivons au XXIe siècle, c’est une chose stupéfiante, si l’on considère que, toujours dans « Le Manteau », par exemple, la police reçoit l’ordre à un moment donné « de se saisir du fantôme mort ou vif, et de lui infliger une sévère correction qui pût servir d'exemple aux autres ».

Ou, dans « Le Nez », un nez se promène dans un uniforme d'officier, et un major qui a perdu son nez le voit, s'approche de lui dans la cathédrale Notre-Dame-de-Kazan (celle-là même où Petrachevski était entré, déguisé en femme) et lui dit : « Enfin, monsieur, n'êtes-vous pas mon propre nez ? » Et Gogol écrit : « Le Nez considéra le major avec un léger froncement de sourcils. »

Les sourcils du nez, en tant que trait réaliste, sont effectivement très réalistes.

Sans oublier « un de ces teints qu'on qualifie d'hémorroïdaux », dont la faute incombe au « climat pétersbourgeois » (« Le Manteau »). Ou la lune qui « se fait habituellement à Hambourg, et de façon abominable » (« Le Journal d'un fou »[29]). Ou encore le fait que « tout ceci vient, je crois, de ce que les gens se figurent que le cerveau de l'homme est logé dans son crâne ; pas du tout : il est apporté par un vent qui souffle de la mer Caspienne » (« Le Journal d'un fou »).

Il arrive quelque chose quand on lit Gogol, du moins il m'arrive à moi quelque chose : une ligne me fait pleurer, une autre ligne me fait rire, ce qui est probablement le résultat d'un phénomène que Vladimir Nabokov a remarqué dans l'essai intitulé *Nicolas Gogol*, où il dit que la prose de Gogol « donne le sentiment qu'une chose grotesque et en même temps stellaire se tient toujours tapie dans un coin ; et l'on prend plaisir à se rappeler que la différence entre l'aspect comique des choses et leur aspect cosmique ne tient qu'à une seule consonne sifflante[30] ».

5.13 Le plus grand écrivain russe vivant

En janvier 1837, quand meurt Pouchkine, Gogol, qui a vingt-sept ans, est le plus grand écrivain russe vivant, et c'est étrange parce que, s'il n'est pas fou, il lui manque quelques tasses dans l'armoire, comme on dit à Parme.

Dix ans plus tôt, en 1827, à l'âge de dix-huit ans, alors qu'il se préparait à partir pour Pétersbourg, comme nous le raconte Angelo Maria Ripellino,

« il avait écrit un petit poème brumeux, *Hans Küchelgarten*, sous l'influence des romantiques : échec total. L'histoire de Hans, un poète rêveur qui abandonne sa maison et sa bien-aimée Luisa pour vagabonder à la recherche d'idéaux, avant de rentrer, déçu, dans sa petite ville, auprès de sa belle. Il le publia en 1829 à compte d'auteur sous le pseudonyme de V. Alov. Silence complet, puis un article critique, bref mais dévastateur, parut dans le *Moskovski Telegraf* ("Le Télégraphe de Moscou"). Gogol et son domestique se précipitèrent dans les librairies, achetèrent tous les exemplaires de *Hans* en circulation et les brûlèrent[31]. »

De la même façon, quelques jours avant de mourir, en 1852, Gogol brûle avec l'aide d'un domestique la seconde partie des *Âmes mortes* que toute la Russie attend depuis la publication du premier volume, en 1842.

« Ainsi – poursuit Ripellino – la carrière de Gogol s'acheva comme elle débuta, par un autodafé, et dans les deux cas avec l'aide d'un domestique obéissant, mais obtus. Après l'insuccès de *Hanz*, Gogol accomplit précipitamment un voyage par mer à Lubeck, Travemünde et Hambourg (dans sa carrière littéraire, il se hâtait, après chaque choc, de quitter la ville où il vivait à ce moment-là). »

5.14 Une parenthèse

J'ouvre une parenthèse pour revenir au sujet principal de ce livre, dans un certain sens, parce que je donne demain mon premier cours aux étudiants en première année de traduction littéraire du russe à l'Université libre des langues et de la communication, à Milan, et la première chose que je leur ferai traduire est une phrase de Dostoïevski.

Puis deux phrases de Gogol.

Et, si nous avons le temps, une phrase de Pasternak.

Quatre phrases en deux heures.

Si nous avons le temps.

Mais celle de Dostoïevski, oui.

C'est la première.

Parenthèse refermée.

5.15 L'année 1852

L'année 1852 est une année intéressante pour Gogol.

Il réunit *Les Nouvelles pétersbourgeoises*, dont quatre d'entre elles étaient déjà parues dans d'autres recueils ou dans des revues, alors que la cinquième, « Le Manteau » sort pour la première fois, et il publie la première partie d'un de ses chefs-d'œuvre, *Les Âmes mortes*.

Le héros des *Âmes mortes* est un monsieur du nom de Tchitchikov, qui se présente dans le chef-lieu du gouvernement de N… à bord d'une assez jolie petite calèche à ressorts, du genre de celles qu'utilisent les célibataires, les commandants et les capitaines à la retraite, les propriétaires d'une centaine d'âmes ; bref, dit Gogol, « tous gens de moyenne noblesse ».

Ce Tchitchikov, nous apprend aussitôt Gogol, n'est ni beau ni laid. Ni trop gras ni trop maigre. Il n'est pas vieux, mais pas jeune non plus. Bref, il n'est rien. Il ne se distingue en rien, sinon par le motif de sa visite, que le lecteur découvrira au fil des chapitres.

Tchitchikov se soucie avant toute chose de faire la connaissance des fonctionnaires qui administrent la ville, de leur prodiguer un tas de compliments et de rencontrer, par leur intermédiaire, les principaux propriétaires terriens qui, étant propriétaires terriens, sont également propriétaires de serfs de la glèbe, à savoir, comme nous l'avons dit, d'âmes.

S'étant lié d'amitié avec ces propriétaires terriens, Tchitchikov leur rend visite à tour de rôle, et si ces visites sont très différentes, elles obéissent à un but identique.

À un moment donné, Tchitchikov demande au propriétaire de service s'ils peuvent s'isoler quelque part pour parler en tête à tête d'une affaire délicate.

Le propriétaire en question accepte, les deux hommes s'éloignent, et Tchitchikov entame un discours qui ne varie pratiquement pas.

« Y a-t-il longtemps que vous avez remis votre feuille de recensement ? interroge-t-il. [...] Et depuis lors, vous avez perdu beaucoup de paysans ? »

Les propriétaires répondent tous par l'affirmative, ils en ont perdu, et ils s'en plaignent ; car, à l'époque, il y avait un recensement en Russie tous les dix ans, et au cours de ces dix années le propriétaire payait des impôts aussi bien sur ses paysans vivants que sur ses paysans morts.

Alors Tchitchikov formule une étrange proposition : il demande aux propriétaires de lui vendre leurs paysans morts. De les lui vendre comme s'ils étaient en vie, sur le papier, si bien que ce sera lui, Tchitchikov, qui s'acquittera des impôts sur ces paysans improductifs jusqu'au recensement suivant. Les propriétaires sont ravis de vendre à Tchitchikov leurs paysans morts, certains vont même jusqu'à les lui offrir, l'un d'eux se charge également des frais contractuels.

Mais pourquoi Tchitchikov se conduit-il de la sorte ? Il se conduit de la sorte parce que l'État, à l'époque, attribuait des terres et garantissait des prêts à fonds perdu aux propriétaires qui installaient leurs serfs sur des terres vierges. Et, une fois réuni le nombre nécessaire de contrats, Tchitchikov n'aurait aucun mal à installer ses âmes mortes sur des terres vierges.

De plus, au fur et à mesure qu'il enregistrait les contrats, le bruit se répandait dans le gouvernement de N… que le nouvel arrivé, Tchitchikov, achetait un tas d'âmes, qu'il était millionnaire, et le son de ce mot, dit Gogol, « millionnaire », produit un effet très étrange sur les habitants et les habitantes du chef-lieu de gouvernement de N…

« Jusqu'alors, tout en rendant justice à sa parfaite éducation, les dames de N… s'étaient peu occupées de Tchitchikov ; dès qu'on l'eut fait millionnaire, elles lui trouvèrent d'autres qualités. Cependant, elles n'étaient pas intéressées ; mais […] le charme secret du mot *millionnaire* opère sur les honnêtes gens comme sur les pieds plats. Le millionnaire a le privilège de connaître la bassesse désintéressée, de la contempler toute nue ; bien des gens savent qu'ils n'ont rien à attendre de lui, et pourtant ils volent à sa rencontre, le saluent, lui sourient, n'ont de cesse qu'ils ne soient invités à dîner en sa compagnie.

« Les dames de N… subissaient-elles ce doux attrait de la bassesse ? Je n'oserais l'affirmer ; en tout cas, elles prêtèrent plus d'attention à Tchitchikov. "Certes, disaient-elles, il n'est pas très beau ; mais il a juste l'embonpoint qui sied ; plus gros, il déplairait." Les maigres passèrent un mauvais quart d'heure : ils ressemblent plus à des cure-dents qu'à des hommes, affirma-t-on », écrit Gogol, et moi, maintenant je vais écrire quelque chose de très bref, le prochain paragraphe, que je conseille de sauter à ceux qui n'ont pas envie d'apprendre ce qui arrive à Anna Karénine.

5.16 Qu'arrive-t-il à Anna Karénine ?

Cela fait quinze ans que je tiens des ateliers d'écriture et, un jour où j'essayais d'expliquer la différence qu'établit le critique russe Boris Eichenbaum entre un roman et une nouvelle, où je disais que, d'après Eichenbaum, la différence est d'ordre structurel, que la fin de la nouvelle est un point fort, comme si tout se dirigeait vers cette fin et, inversement, comme si la fin attirait vers elle tout ce qui la précède, alors que, dans un roman, c'est l'équilibre qui importe, non la fin, la fin est un point faible, estime Eichenbaum, lequel illustre son propos par *Anna Karénine*. *Anna Karénine*, dit Eichenbaum, ne pouvait pas s'achever par la mort d'Anna Karénine, Tolstoï a dû rédiger une autre partie après la mort d'Anna, sinon il n'aurait pas écrit un roman, mais une nouvelle très délayée, ai-je expliqué ce jour-là, il y a de nombreuses années, à mon atelier d'écriture, et j'ai entendu : « Nooon ! Tu as spoilé ! Je voulais le lire ! »

Voilà.

J'ai appris, peut-être.

Je ne dirai pas comment se termine *Les Âmes mortes* ; en revanche, je dirai que ce monsieur ni trop jeune ni trop vieux, ni trop gras ni trop maigre, qui n'est pas riche mais pas trop pauvre non plus, cet aventurier qui se présente dans le chef-lieu du gouvernement de N… et feint d'acheter des paysans pour obtenir les avantages de l'État et afficher sa condition de millionnaire, cet escroc, cet arnaqueur, ce voleur de poules, est, de tous ceux qui peuplent ce roman, le meilleur ; les autres, les fonctionnaires, les propriétaires, les gens honnêtes, sont tous pires que lui, ils sont pitoyables.

5.17 Qu'attendons-nous ?

À la sortie des *Âmes mortes*, les critiques démocrates, et Bielinski le premier, ont déclaré (je résume) : « Vous avez vu ? Gogol nous a montré qu'il n'existe pas, en Russie, un seul personnage positif, il nous a ouvert les yeux sur notre réalité : nous sommes ignares, malhonnêtes, nous vivons dans un pays arriéré qui a besoin de réformes, qu'attendons-nous ? »

5.18 *Les Âmes mortes* selon Pouchkine

Dans *Passages choisis de ma correspondance avec mes amis*, Gogol raconte que, du vivant de Pouchkine, il lui avait lu le premier jet des *Âmes mortes* (Gogol lisait fréquemment ses ouvrages à ses amis avant de les publier, de façon à juger de leur effet).

Gogol s'attendait que Pouchkine rie de son écrit, ce qui était souvent le cas ; or il constata avec surprise que celui-ci se montrait morose, de plus en plus morose au fil de la lecture ; à la fin, après avoir tout entendu, Pouchkine se contenta de dire : « Mon Dieu, comme elle est triste, notre Russie[32] ! »

5.19 *Les Âmes mortes* selon Gogol

Il est vrai qu'il n'y a pas de personnages positifs dans le premier volume des *Âmes mortes*, comme le relève Bielinski, de même qu'il n'y en a pas dans l'*Enfer* de Dante.

Mais Gogol écrit que ce premier tome des *Âmes mortes* n'est que la première partie d'une trilogie, comme l'*Enfer* de Dante.

Maintenant, dit Gogol (je résume), je vais écrire un deuxième tome où apparaîtront quelques personnages positifs et qui évoquera un peu le *Purgatoire* de Dante, puis un troisième tome où il n'y aura que des personnages positifs et qui évoquera un peu le *Paradis* de Dante.

Il rédige deux fois le purgatoire, la deuxième partie des *Âmes mortes*, et il la brûle les deux fois, il n'y arrive pas.

Il ne trouve pas les personnages de son purgatoire, ou ne parvient pas à décrire, et cela n'a rien de surprenant, à mon avis.

Ne serait-ce que pour la raison suivante : les Russes ne possèdent pas de purgatoire.

Dans la religion orthodoxe, on va soit en enfer, soit au paradis et, j'ai beau ne pas croire à l'enfer ni au paradis, cela me plaît énormément car, s'il est vrai qu'il n'y a pas de purgatoire, que seuls existent l'enfer et le paradis, ces deux destinations sont divisées par un fil très fin, il n'y a pas d'espace intermédiaire et, en un instant, on se retrouve d'un côté ou de l'autre. Néanmoins il me semble qu'Origène a quelque chose à voir avec Gogol.

5.20 Leskov

Je ne sais pas grand-chose (non plus) sur le compte d'Origène, mais il y a quelques années j'ai édité une anthologie de nouvelles de Leskov, un écrivain russe contemporain de Dostoïevski au sujet duquel je ne sais pas grand-chose, si ce n'est qu'il a écrit, entre autres, une série de récits connus sous l'appellation « cycle des Justes », que j'aime beaucoup (j'en ai traduit trois).

Ce que j'aime, chez les justes de Leskov, c'est qu'ils n'ont pas vraiment l'air justes.

Ainsi, on découvre immédiatement que l'un d'eux, Bœuf musqué, héros de la nouvelle du même nom, qui date de 1862…

« … ne pouvait souffrir la nouvelle littérature et lisait uniquement l'Évangile et les Anciens ; il ne pouvait écouter aucun entretien sur les femmes, les tenait toutes individuellement pour des *idiotes* et regrettait sincèrement que sa vieille mère fût une femme et non quelque être asexué[33] »,

soit un genre de discours qui suscite aussitôt en vous une pensée de ce genre : Ça alors, on appelle ça un juste ?

5.21 Origène

La popularité de Leskov à l'extérieur de la Russie est surtout due à un célèbre texte de Walter Benjamin (je l'ai lu après mes études universitaires) qui affirme que Leskov sait, mieux que quiconque, se faire l'écho des récits populaires. « Peu de narrateurs ont eu, au même point que Leskov, une profonde affinité avec l'esprit des contes de fées[34] », écrit Walter Benjamin. Cet esprit, selon lui, était favorisé par les croyances de l'Église gréco-orthodoxe.

« On sait quelle place y ont conservée telles spéculations origénistes, rejetées par l'Église catholique, concernant l'"apocatastase", c'est-à-dire le salut final de toutes les âmes. Origène a exercé sur Leskov une très forte influence. [...] En liaison avec les croyances populaires de son pays, il a bien moins considéré la résurrection comme une transfiguration que – dans un esprit tout proche de celui de la féerie – comme un désensorcellement. »

Si j'ai bien compris, Leskov imagine dans ses récits un univers où tout le monde va au paradis, où la vie, notre vie, est un sortilège, et la mort, notre mort, est la dissipation bénie de ce sortilège.

Et la fin de la vie de Gogol, si tourmentée, me semble conforter, si l'on peut dire, cette possibilité.

5.22 Assez humble et pieux

Gogol, qui était né en Ukraine, qui avait vécu longtemps à Pétersbourg et longtemps à Rome, meurt à Moscou le 21 février 1852 à l'âge de quarante-deux ans au plus fort d'une terrible crise spirituelle : il se reprochait (je résume) de ne pas être assez humble ni pieux.

Le 5 février 1852, Gogol entame le jeûne du Carême.

Le 11 février, il brûle (pour la seconde fois) les cahiers contenant la seconde partie des *Âmes mortes*.

Le lendemain matin, il estime que le Malin l'a poussé à brûler ces cahiers.

Le 18 février, Gogol se couche et cesse totalement de s'alimenter.

Le 20 février, à la suite d'une consultation, six professeurs et un médecin décident de le soigner de force : ils lui font prendre un bain chaud et lui versent de l'eau froide sur la tête.

Au début de son livre intitulé *Nicolas Gogol*, Vladimir Nabokov rattache le traitement auquel est soumis un Gogol mourant à un passage du « Journal d'un fou », une des *Nouvelles pétersbourgeoises* :

« Non » – avait écrit Gogol en 1835 dans « Le Journal d'un fou » –, « je n'ai plus la force d'endurer cela ! Mon Dieu ! que font-ils de moi ! Ils me versent de l'eau froide sur la tête. Ils ne m'écoutent pas, ne me voient pas, ne m'entendent pas. Que leur ai-je fait ? Pourquoi me tourmentent-ils ? Que veulent-ils de moi, malheureux ? Que puis-je leur donner ? Je n'ai rien.

« Je suis à bout, je ne peux plus supporter leurs tortures : ma tête brûle, et tout tourne devant moi. Sauvez-moi ! Emmenez-moi ! Donnez-moi une troïka de coursiers rapides comme la bourrasque ! Monte en selle, postillon, tinte, ma clochette ! Coursiers, foncez vers les nues et emportez-moi loin de ce monde ! Plus loin, plus loin, qu'on ne voie rien, plus rien. Là-bas, le ciel tournoie devant mes yeux : une petite étoile scintille dans les profondeurs ; une forêt vogue avec ses arbres sombres, accompagnée de la lune ; un brouillard gris s'étire sous mes pieds ; une corde résonne dans le brouillard ; d'un côté la mer, de l'autre l'Italie ; tout là-bas, on distingue même les izbas russes. Est-ce ma maison, cette tache bleue dans le lointain ? est-ce ma mère qui est assise devant la fenêtre ? Maman ! Sauve ton malheureux fils ! Regarde comme on le tourmente ! Serre le pauvre orphelin contre ta poitrine ! Il n'a pas sa place sur la terre ! On le pourchasse ! Maman ! Prends en pitié ton petit enfant malade !... Hé, savez-vous que le dey d'Alger a une verrue juste en dessous du nez ? »

Après lui avoir versé de l'eau froide sur la tête, les médecins recouchent le patient et lui appliquent des sangsues.

Conséquence du traitement des professeurs, Gogol perd connaissance.

Il mourra à Moscou le 21 février 1852 à l'âge de quarante-deux ans.

5.23 Passages choisis

Le dernier livre que Gogol publie de son vivant, *Passages choisis de ma correspondance avec mes amis*, est composé des lettres que Gogol a envoyées à ses amis. On y découvre des idées totalement inattendues de sa part.

Dans la première lettre, par exemple, concernant le rôle de la femme dans le monde, Gogol écrit que...

« ... la majeure partie des pots-de-vin, des injustices dans le service, etc., dont on accuse nos fonctionnaires et non-fonctionnaires de tout grade, provient ou bien de la prodigalité de leurs épouses, si avides de briller dans la haute et dans la petite société, et qui, pour ce faire, exigent de l'argent de leurs maris, ou bien de la vacuité de leur vie domestique, [...] Les maris ne se permettraient pas le dixième des irrégularités qu'ils commettent si leurs épouses accomplissaient un tant soit peu leur devoir[35]. »

Si l'on considère le rôle que Dostoïevski attribue à la femme dans ses romans, on est enclin à approuver Bielinski : Dostoïevski est allé plus loin que Gogol.

Il s'agissait là de la première lettre, mais le livre ne s'ouvre pas sur cette lettre, il s'ouvre sur le testament de Gogol.

« ... j'y joins mon testament, pour qu'au cas où la mort m'atteindrait en chemin, il acquière aussitôt toute sa validité, en tant qu'ayant eu tous mes lecteurs pour témoins », peut-on lire dans l'avant-propos. Puis Gogol ajoute : « ... si insignifiant, si dénué de valeur que puisse être mon livre, je me permets de le faire paraître et je prie mes compatriotes de le lire à plusieurs reprises ; en même temps, je demande à ceux d'entre eux qui sont à leur aise d'en acheter plusieurs exemplaires et de les donner à ceux qui ne peuvent l'acheter ; je les informe à cette occasion que les sommes qui viendraient à dépasser les frais engagés par mon futur voyage seront employées d'une part à venir en aide à ceux qui, comme moi, ressentiraient le besoin secret de partir, à l'approche du Carême de Pâques, en Terre sainte, et qui ne pourraient pas l'accomplir, réduits à leurs propres ressources, d'autre part à subvenir aux besoins de ceux que je rencontrerai sur mon chemin, déjà en route pour s'y rendre, et qui, tous, prieront devant le Saint-Sépulcre pour mes lecteurs, leurs bienfaiteurs. »

Dans son testament, Gogol demande également qu'on ne lui érige pas de monument funèbre.

Et il présente ses excuses pour ses ouvrages précédents :

« … seuls le manque de discernement, la hâte, la précipitation ont été cause que mes ouvrages ont revêtu une forme si imparfaite et ont induit presque tous en erreur sur leur signification véritable ».

En d'autres termes, dans son introduction aux *Passages choisis*, Gogol fait une chose qu'il a déjà faite à de nombreuses reprises, par exemple après la première édition du *Révizor*, en réaction aux polémiques suscitées par sa comédie : il révèle le sens véritable de ce qu'il a écrit.

« Pouchkine, écrit Nabokov, aurait laissé voir ses dents de nègre éclatantes, le temps d'un sourire de bonne humeur – puis il serait retourné travailler sur le manuscrit inachevé de son chef-d'œuvre en cours. Gogol fit ce qu'il avait fait après le fiasco du *Küchelgarten* : il s'enfuit, ou plutôt il partit en douce pour l'étranger.

« Il n'en resta pas là. Il accomplit, de fait, la pire des actions qu'un écrivain puisse réaliser en de semblables circonstances : il entreprit d'expliquer, dans les journaux, les aspects de sa pièce que les critiques n'avaient pas compris ou qu'ils lui reprochaient. Gogol, étant ce qu'il était et vivant dans un monde de miroirs, savait s'y prendre pour faire entièrement le plan de ses œuvres *après* les avoir écrites et publiées. Il appliqua le procédé à *L'Inspecteur du gouvernement*[36]. »

Et il s'y emploie également pour tous ses livres antérieurs à 1847 quand il publie *Passages choisis de ma correspondance avec mes amis*.

5.24 La lettre de Bielinski

Lorsque Vissarion Bielinski – qui avait défendu Gogol contre les attaques de ses détracteurs et l'avait enrôlé parmi ses alliés dans sa lutte contre l'archaïsme de la Russie, en faveur de la fin de l'esclavage et de l'abolition de la servitude de la glèbe – lit les *Passages choisis de ma correspondance avec mes amis*, où Gogol ne remet nullement en question la supériorité des propriétaires terriens, ni la servitude de la glèbe, ni les punitions corporelles, qu'il considère comme le fruit d'un dessein divin (« Avant tout, réunis tous les paysans et explique-leur ce que tu es et ce qu'ils sont. Que, si tu es leur propriétaire, et placé au-dessus d'eux, ce n'est pas parce que tu avais envie de commander et de devenir un propriétaire, mais, parce que tu es propriétaire, que tu es né propriétaire, que Dieu te demanderait des comptes si tu troquais cette condition pour une autre, car tout homme doit servir Dieu à sa place et non à la place d'autrui, tout de même qu'eux, nés sous le pouvoir d'un maître, doivent se soumettre au pouvoir sous lequel ils sont placés, car il n'est de pouvoir que de Dieu. Et, sur-le-champ, montre-leur cela dans l'Évangile, afin que tous sans exception puissent le voir »), lorsque, disions-nous, Vissarion Bielinski lit *Passages choisis de ma correspondance avec mes amis*, il prend ça plutôt mal.

Il rédige une critique très négative, mutilée par la censure, à laquelle Gogol répond par une lettre dans laquelle il s'adresse à Bielinski avec une certaine suffisance.

À cette lettre, Bielinski répond par une autre lettre que, comme l'écrit Fausto Malcovati[a] en 1996, « tous les étudiants russes,

---

(a) Professeur de langue et littérature russes à l'université de Milan, traducteur et critique de théâtre, il a consacré des monographies à Gogol, Dostoïevski et Tolstoï.

surtout de 1917 jusqu'à nos jours (mais même avant, avec moins de publicité), connaissent par cœur ».

C'est une lettre que Bielinski ne se hasarde pas à publier, parce qu'elle ne peut pas être publiée, et dans laquelle il est écrit :

« Ou bien vous êtes malade, et il faut vous soigner, ou bien... je n'ose achever ma pensée!... Prédicateur du fouet, apôtre de l'ignorance, champion de l'obscurantisme, [...] que faites-vous ?! Regardez à vos pieds – vous vous tenez au-dessus d'un gouffre... [...] Si votre livre n'affichait votre nom et qu'en fussent exclus les passages où vous-même vous dites écrivain, qui pourrait penser que ce tumulte ampoulé et débraillé de mots et de phrases fût une œuvre de l'auteur du *Révizor* et des *Âmes mortes*[37] ? »

5.25 Voilà

Voilà, pour revenir au début de notre chapitre, Dostoïevski est réveillé chez lui, le 23 avril 1849, et accusé d'avoir participé aux réunions du cercle de Petrachevski, en particulier d'avoir lu en public la lettre de Bielinski à Gogol.

Ce crime vaut à Dostoïevski d'être condamné à mort.

Plus d'une fois il m'est arrivé de raconter cet épisode en public, avant de demander invariablement : « Si je tirais de mon sac à dos la lettre d'un critique littéraire, que sais-je ?, de Goffredo Fofi[a], par exemple, et que je me mette à la lire, croyez-vous que je serais accusé d'un crime ? »

Je réponds alors : « Je n'en suis pas certain. » Et j'ajoute : « Mais je ne crois pas. »

Alors, il y a cent quatre-vingts ans, en Russie, cette longue lettre, cette accusation passionnée et amoureuse, dirais-je,

(a) Goffredo Fofi (né en 1937), essayiste, est l'un des critiques littéraires les plus influents d'Italie.

adressée à Gogol, était tellement inouïe qu'il suffisait, en 1849, de la lire en public pour écoper d'une condamnation à mort.

Mais trois ans plus tard, en 1852, après la (terrible) mort de Gogol, une chose très étrange se produit.

Tourgueniev, le grand écrivain russe, le « poète », le « talentueux », l'« aristocrate », l'« intelligent », le « cultivé », le grand rival de Dostoïevski, rédige en 1852, après la mort de Gogol, un article d'éloges et l'envoie à une revue pétersbourgeoise, qui le refuse en prétendant que ce n'est pas le moment de publier des articles de ce genre.

Un peu plus tard, une connaissance moscovite de Tourgueniev lui écrit et lui reproche l'absence d'article commémorant Gogol dans la presse. Tourgueniev lui explique pourquoi, il lui envoie l'article qu'il a rédigé et qui a été refusé. La connaissance moscovite soumet cet article à la censure de Moscou et, ayant obtenu son approbation, le publie dans la revue *La Gazette de Moscou*.

Cette publication vaut à Tourgueniev d'être condamné à un mois de détention au poste de police « pour désobéissance et infraction au règlement de la censure[38] » (comme le rapporte Tourgueniev dans ses « Souvenirs littéraires »), et à deux ans d'assignation à résidence dans son domaine d'Orel.

En d'autres termes, pour les autorités russes, au temps de Dostoïevski, on ne pouvait parler de Gogol ni en bien ni en mal. On se trompait de toute façon. À croire que Gogol était radioactif : ceux qui l'approchaient devenaient dangereux.

Il y a de nombreuses années, en Russie, les écrivains étaient dangereux.

6
La condamnation

6.1 Expériences

Comme tous ceux qui atteignent l'âge qui est le mien aujourd'hui, cinquante-sept ans, il m'arrive de penser qu'il y a des choses que je ne ferai jamais plus, par exemple entrer dans un magasin et prononcer la phrase : « Vous avez des autocollants ? »

Et des odeurs que je ne sentirai jamais plus, comme celle qui flottait dans l'habitacle de la Fiat 1100 de mon père, lequel fumait soixante Gauloises sans filtre tous les jours, et ça se sentait.

Et je pense aussi que cette phrase « Vous avez des autocollants ? » ne représente rien pour ma fille, qui a seize ans ; que l'odeur d'un habitacle saturé de fumée ne lui rappelle rien, parce que ses parents ne fument plus depuis des années.

Et que ces choses minuscules que j'ai connues lorsque j'étais plus jeune ne fonctionnent, en littérature, que sur un public plus ou moins du même âge que moi ; ce sont des sujets dotés d'une date de péremption et, dans cinquante ans, plus personne n'éprouvera d'émotion en lisant : « Vous avez des autocollants ? »

Tout cela est, ai-je envie de dire, normal.

Ce n'est pas le cas, en revanche, de ce que j'ai raconté au début de ce livre, quand j'ai eu la sensation claire que l'objet que j'avais en main, un livre publié cent douze ans plus tôt à trois mille kilomètres de distance, avait ouvert en moi une plaie qui ne cesserait pas de saigner de sitôt ; et ce livre parlait d'un ancien étudiant de Pétersbourg, ville où je n'étais jamais allé, qui projette de tuer une usurière, chose que je n'avais jamais projetée.

Cet effet stupéfiant et inexplicable se produit, dans les livres de Dostoïevski, chaque fois qu'un personnage évoque l'expérience de la condamnation à mort, une expérience que de très rares personnes au monde sont en mesure de raconter (par exemple, ça ne m'est jamais arrivé), mais que, sous la plume de Dostoïevski, le lecteur a l'impression de vivre lui aussi.

On se demande pourquoi.

6.2 Avec amour

Le 15 avril 1849, Dostoïevski est écroué avec ses camarades de conspiration dans la section Alexievski de la forteresse Pierre-et-Paul.

On l'enferme dans la cellule numéro 1.

Il y reste huit mois.

Au bout de deux mois, on l'autorise à lire et à écrire. Dans une lettre à son frère, datée du 18 juillet 1849, Dostoïevski écrit :

« Tu m'écris, ami très cher, de ne pas céder au découragement. Je n'y cède pas ; bien sûr, il y a l'ennui, l'écœurement, mais qu'y faire ? Au demeurant, on ne s'ennuie pas tout le temps. [...] J'ai aussi mes occupations. Je n'ai pas perdu vainement mon temps. J'ai conçu trois nouvelles et deux romans ; j'en écris actuellement un[1]. »

De ces textes que Dostoïevski écrit en prison, un seul sera publié (en 1857, sous le pseudonyme M-i), *Le Petit Héros*, une nouvelle dont le personnage principal, un garçon de onze ans hébergé chez un parent, s'éprend d'une femme mariée, ce qui le place au centre de l'attention des invités de la villa où l'histoire se déroule et qui marque la fin de sa jeunesse ; ce n'est pas une nouvelle sombre, loin de là : il serait difficile de la rattacher à la prison, si l'on ignorait où elle a été écrite.

« Je n'ai jamais autant travaillé *con amore* qu'à présent », écrit Dostoïevski dans sa lettre à son frère, et il écrit « avec amour » en italien.

6.3 L'Italie avant

Dans une lettre que Dostoïevski écrit à son père, peu après son arrivée à Pétersbourg, en juillet 1837 (il a alors quinze ans), on lit : « En ce qui concerne [le temps] de Pétersbourg, il est des plus agréable, italien[2]. »

En 1837, « des plus agréable » est, pour Dostoïevski, le synonyme d'« italien ».

En 1837, il n'était encore jamais allé en Italie ; en 1849, non plus : Dostoïevski a une très belle idée de l'Italie avant de s'y rendre.

6.4 Une nouvelle quelconque

« Le rire ne quittait pas ses lèvres, fraîches comme peut être fraîche une rose du matin qui vient juste d'ouvrir, au premier rayon du soleil, son bourgeon rouge, aromatique sur lequel n'ont pas encore eu le temps de sécher les gouttes froides et volumineuses de la rosée[3]. »

Cette description (tirée du *Petit Héros*) me rappelle l'Olga d'*Eugène Onéguine*, celle que Pouchkine décrit ainsi : « Des yeux bleu ciel, des boucles blondes, / tout en Olga, – ses joues bien rondes, / sa voix, ses moindres mouvements, / vous… Mais n'importe quel roman / nous en présente la peinture[4] », écrit Pouchkine.

Voilà.

Bien qu'elle figure dans une nouvelle de Dostoïevski digne d'être prise en considération parce qu'elle est de Dostoïevski et parce qu'elle a été écrite à l'époque où Dostoïevski était prisonnier de la forteresse Pierre-et-Paul, cette description, « Le rire ne quittait pas ses lèvres », est caractéristique non d'une nouvelle de Dostoïevski, mais d'une nouvelle quelconque.

Car Dostoïevski, qui était un étudiant quelconque, brusquement devenu en juin 1845 Fiodor Mikhaïlovitch Dostoïevski, était redevenu juste après, en 1846, un écrivain quelconque, et il le serait sans doute resté si, le 22 décembre 1849, une chose très bizarre ne lui était pas arrivée.

6.5 Le 22 décembre 1849

Dmitri Dmitrievitch Akcharoumov, un fonctionnaire de vingt-six ans du ministère des Affaires étrangères, d'origine arménienne, membre du cercle de Petrachevski et compagnon de détention de Dostoïevski, relate ce qui se passa le matin du 22 décembre 1849 à Saint-Pétersbourg :

« … un des officiers que j'avais déjà vus entra, accompagné d'un serviteur ; on me remit les vêtements que je portais quand j'avais été arrêté, et en outre des bas chauds et épais. Il me fut dit de m'habiller et d'enfiler les bas, car le temps était glacial. "Pour quoi faire ? Où va-t-on nous conduire ? Notre affaire est-elle close ?" lui demandai-je, à quoi me fut donné une réponse brève et évasive dans la hâte du départ. Je me vêtis rapidement, les bas étaient si gros que j'eus le plus grand mal à chausser mes bottes. Bientôt la porte s'ouvrit devant moi et je sortis. Du couloir, je fus mené au perron devant lequel vint aussitôt s'arrêter une voiture, où je fus invité à prendre place. Quand j'y montai, un soldat à manteau gris y grimpa en même temps que moi et s'assit à mon côté : la voiture était à deux places. On se mit en marche, les roues grinçaient dans la neige profonde durcie par le gel. Les vitres de la voiture étaient remontées et couvertes d'une forte couche de givre, il était impossible de voir à travers. Il y eut un arrêt ; sans doute pour attendre d'autres voitures. Puis eut lieu une mise en mouvement générale et rapide. Nous roulions, je grattais avec l'ongle la couche de glace qui voilait la vitre et regardais le temps d'une seconde : le verre redevenait aussitôt opaque

« "Où allons-nous, tu ne le sais pas ? demandai-je.

« – Je ne peux pas le savoir, me répondit mon voisin.

« – Mais où sommes-nous à présent ? Ne dirait-on pas la rue de Vyborg ?"

« Il bredouilla quelques mots. Je soufflais avec application sur la vitre, de sorte que je parvenais par instants à voir à travers. Nous roulâmes ainsi plusieurs minutes, et franchîmes la Néva ; je ne cessais d'user de mon ongle et de souffler sur le carreau.

« Nous remontâmes la perspective Voskressenski [perspective de la Résurrection], puis tournâmes dans la rue Kirotchnaïa [rue du Temple] avant d'emprunter la rue Znamenskaïa [rue du Signe ou de l'Apparition]. Là, je baissai la vitre rapidement au prix d'un grand effort. Mon voisin n'y manifesta aucune hostilité, et durant près de trente secondes j'admirai un tableau que je n'avais pas vu depuis longtemps, celui de la capitale s'éveillant par un clair matin d'hiver. Les passants de rencontre s'arrêtaient à la vue de l'extraordinaire spectacle qu'offrait notre rapide cortège de voitures entouré de tous côtés par des gendarmes montés, sabre au clair. Les gens revenaient des marchés ; au-dessus des toits des maisons s'élevaient partout des nuages d'épaisse fumée provenant des poêles qu'on venait d'allumer, les roues des attelages crissaient dans la neige. Je sortis la tête et aperçus à l'avant et à l'arrière de ma voiture des escadrons de gendarmes. Soudain l'un d'eux, qui chevauchait à proximité, s'approcha de ma fenêtre et cria d'un ton impérieux et menaçant : "On n'est pas en promenade !" [...] Le trajet dura une trentaine de minutes. Puis l'on tourna à droite et, après quelques instants, on s'arrêta. La voiture s'ouvrit devant moi, et je descendis.

« Je regardai autour de moi et découvris un lieu qui m'était familier : on nous avait amenés à la place Semionovskaïa. Elle était couverte de neige fraîche et entourée de soldats rangés en carré. Sur le remblai, au loin, se pressait une foule de gens qui nous regardaient ; le silence régnait, d'un matin de claire journée d'hiver, et le soleil qui venait de se lever, telle une grande sphère rouge, brillait sur l'horizon à travers un brouillard d'épais nuages.

« Je n'avais pas vu le soleil depuis huit mois, aussi le prodigieux tableau hivernal qui s'offrait à mes yeux ainsi que l'atmosphère qui m'enveloppait produisirent-ils sur moi un effet enivrant. Je ressentais un bien-être indicible et durant quelques secondes j'oubliai tout. Je fus tiré de cette oublieuse contemplation de la nature par le contact d'une main ; quelqu'un me saisit sans cérémonie par le bras, dans le dessein de me faire avancer et, m'ayant indiqué la direction, me dit : "Tenez, allez là-bas !" Je mis en marche, accompagné du soldat qui était monté avec moi dans la voiture. Ce faisant, je me rendis compte que la neige était profonde, j'y enfonçais jusqu'aux chevilles ; je sentis le froid m'envelopper. Nous avions été arrêtés le 22 avril, vêtus de manteaux de printemps, et tels nous venions d'être conduits sur la place, un 22 décembre.

« M'avançant dans la neige, j'aperçus à ma gauche, au milieu de la place, une construction érigée : une estrade, je me souviens, de forme carrée, de trois ou quatre toises, avec un escalier permettant d'y accéder, le tout tendu de noir : notre échafaud. J'y vis également un groupe de camarades qui se pressaient ensemble et se tendaient la main, se saluant l'un l'autre après une si malheureuse séparation forcée. Quand j'observai leurs visages, je fus frappé par leur terrible changement; se tenaient là: Petrachevski, Lvov, Filippov, Spechnev et quelques autres. Leurs visages étaient maigres, empreints de fatigue, pâles, allongés, certains envahis de barbe et de cheveux…

« Petrachevski, lui aussi assez méconnaissable, affichait une mine sombre. Il avait les cheveux fort longs, et une épaisse barbe qui se confondait avec ses favoris. "Tout le monde aura connu la même fortune", pensai-je. Toutes ces impressions ne durèrent que quelques instants; d'autres voitures continuaient d'arriver, dont descendaient l'un après l'autre des prisonniers de la forteresse. C'étaient Plechtchev, Khanykov, Kachkine, Evropeus… tous émaciés, épuisés… Soudain nos échanges de saluts et nos conversations furent interrompus par la forte voix d'un général qui venait de s'approcher à cheval, qui visiblement avait le commandement sur tout et qui s'immortalisa dans toutes nos mémoires… par les paroles suivantes:

« "Ce n'est plus l'heure des adieux! Faites-les se ranger!" cria-t-il. […] Cet ordre lancé, un fonctionnaire apparut devant nous, une liste dans les mains, et, la lisant, se mit à appeler chacun de nous par son nom.

« Le premier invité à s'aligner fut Petrachevski, puis vint Spechnev, puis Mombelli, puis tous les autres – nous étions en tout vingt-trois (j'étais le huitième dans le rang). Après quoi un prêtre s'approcha, une croix à la main, et s'étant campé devant nous, déclara: "Aujourd'hui vous allez entendre la juste décision concernant votre affaire, suivez-moi!" On nous conduisit à l'échafaud, mais pas directement: on en fit d'abord le tour, en longeant les lignes de soldats refermées en carré. Cette tournée, ainsi que je l'appris plus tard, était destinée à l'édification des troupes, et plus particulièrement du régiment de Moscou, car il y avait parmi nous des officiers qui avaient servi sans ses rangs: Mombeli, Lvov… Le prêtre, la croix à la main, marchait devant, nous le suivions l'un derrière l'autre dans la neige profonde. Plusieurs régiments, me sembla-t-il, formaient le carré, car en parcourir les quatre côtés nous prit assez de temps... Nous marchions en nous entre-demandant : "Que va-ton faire de nous ? – Pourquoi nous conduit-on dans la neige ? – Pourquoi ces poteaux devant l'estrade ? – Pour nous y attacher, tribunal militaire : exécution par fusillade. – On ne sait pas, probablement le bagne pour tout le monde..."

« [...] nous nous frayâmes lentement un sentier dans la neige pour arriver enfin à l'échafaud. Une fois dessus, nous nous regroupâmes et de nouveau échangeâmes quelques mots. Les soldats qui nous accompagnaient y montèrent également et se placèrent derrière nous. Puis un officier et le fonctionnaire tenant la liste prirent le commandement. De nouveau on procéda à l'appel et on nous fit aligner, mais cette fois-ci dans un ordre un peu différent. On nous plaça sur deux rangs perpendiculairement au rempart de la ville... Quand nous fûmes ainsi disposés, l'ordre fut donné aux soldats de présenter les armes, et le son brutal produit par cette manœuvre exécutée simultanément par plusieurs régiments retentit par toute la place. Après quoi nous fut commandé : "À bas les bonnets !", mais comme nous n'y étions pas préparés, bien peu d'entre nous obéirent, aussi nous fut-il répété plusieurs fois : "Bonnets bas, la sentence va être lue", et ordre fut donné aux soldats se tenant derrière nous d'ôter leurs bonnets aux retardataires.

« Nous avions tous froid [...] Après cela, un fonctionnaire en uniforme entreprit de lire l'acte d'accusation concernant chacun, en se campant chaque fois en face de l'intéressé. Il était impossible de saisir ce qu'il disait, tant sa lecture était bousculée et confuse, en outre nous grelottions de froid.

« [...] Cette lecture dura une bonne demi-heure. Nous étions tous terriblement gelés. Je remis mon bonnet et m'emmitouflai dans mon pauvre manteau, mais ce fut vite remarqué, et le bonnet me fut ôté par la main du soldat debout derrière moi. Une fois lu l'acte d'accusation, la sentence chaque fois se terminait par les mots : "La cour criminelle militaire a condamné tous les accusés à la peine de mort par fusillade, et le 19 de ce mois de décembre, le souverain empereur a écrit de sa main : 'Qu'il en soit ainsi.'"

« [...] l'officier descendit de l'estrade. Puis on nous donna à chacun un surtout et un bonnet blanc, un linceul, et les soldats postés derrière nous vêtirent de ce dernier habit. Quand nous fûmes tous en tenue mortuaire, quelqu'un dit : "De quoi avons-nous l'air dans ce costume !"

« Un prêtre monta sur l'estrade – le même qui nous avait conduits là, croix et Évangile en main – et après lui fut apporté et dressé un lutrin. Ayant pris place au milieu de nous à l'extrémité opposée aux marches, il nous adressa les paroles suivantes : "Frères ! Avant de mourir, il faut faire pénitence... Au repentant, le Sauveur pardonne ses péchés... Je vous invite à vous confesser."

« Aucun de nous ne répondit à l'invitation du prêtre ; nous restâmes silencieux, le prêtre nous regarda tous et de nouveau nous incita à la confession. Alors l'un de nous, Timkovski, s'approcha de lui et après quelques paroles murmurées, baisa l'Évangile et revint à sa place. Le prêtre nous regarda encore une fois et voyant que personne d'autre ne manifestait le désir de se confesser, s'approcha de Petrachevski en levant la croix et s'adressa à lui par une exhortation, à quoi Petrachevski lui répondit brièvement. On ne sut ce qu'il lui dit : les seuls à l'entendre furent le prêtre et les quelques personnes qui se tenaient près de lui, et peut-être même seulement son voisin, Spechnev. Le prêtre ne répondit rien, il porta la croix aux lèvres de Petrachevsi et celui-ci la baisa. Après quoi, sans un mot, il vint présenter la croix à chacun, et tous, l'accolâmes. Puis, ayant terminé, il resta campé au milieu de nous, immobile, comme en méditation. Alors retentit la voix du général, à cheval à côté de l'échafaud : "Mon père ! Vous avez accompli votre tâche ; vous n'avez plus rien à faire ici !"

« Le prêtre s'en fut, et aussitôt plusieurs soldats montèrent, prirent Petrachevski, Spechnev et Mombelli par le bras et les firent descendre de l'estrade. Ils les conduisirent aux poteaux gris et entreprirent de les y attacher chacun avec une corde.

« Durant ce temps nulle conversation ne s'entendait. Les condamnés n'opposaient aucune résistance. On leur tira les bras en arrière derrière les poteaux, puis on leur noua une corde autour de la taille. Après quoi, un ordre fut donné : "Bonnet sur les yeux !", et les bonnets de nos camarades attachés furent baissés sur leurs visages. Un commandement retentit : "En joue !", sur quoi le groupe de soldats – ils étaient seize hommes – qui se tenaient juste devant l'échafaud pointèrent leurs fusils sur Petrachevski, Spechnev et Mombelli.

« Ce moment, en vérité, fut horrible. Assister aux préparatifs de l'exécution [...], les canons des fusils déjà braqués sur nos camarades, presque à bout portant, et s'attendre à voir d'un instant à l'autre le sang couler et eux tomber morts... c'était affreux [...].

« Mon cœur s'était figé dans l'attente, et ce terrible moment dura près d'une demi-minute. Par ailleurs, il ne me venait pas l'idée que le même sort m'attendait, toute mon attention était absorbée par le tableau sanglant à venir. Mon état de trouble grandit encore quand j'entendis le roulement du tambour, dont je ne comprenais pas encore la signification alors, n'ayant pas servi dans l'armée. "Voilà, tout est fini !"

« Mais après cela je vis les fusils soudain tous se lever, canon en l'air. Mon cœur en fut soulagé aussitôt, comme si une pierre qui le pressait étroitement fût tombée. On détacha Petrachevski, Spechnev et Mombelli et on les ramena aux places qu'ils occupaient sur l'estrade. Une voiture arriva, dont descendit un officier – un aide de camp du souverain – porteur d'un document qui fut aussitôt donné à lire. Il y était proclamé que le souverain empereur nous accordait la vie sauve et que la peine capitale serait commuée pour chacun en une peine particulière en fonction de sa cupabilité.

« [...] À l'issue de la lecture de ce papier, on nous ôta linceuls et bonnets[5]. »

6.6 Juste après

Dostoïevski, qui n'est pas mentionné dans le témoignage d'Akcharoumov, est toutefois à ses côtés, place Semionovskaïa, et partage son sort ; sa condamnation à mort est commuée en quatre ans de travaux forcés, après quoi Dostoïevski aura l'obligation de servir dans l'armée comme simple soldat et sans aucune possibilité de monter en grade.

Aussitôt après son exécution manquée, ce même 22 décembre 1849, Dostoïevski écrit à son frère Mikhaïl :

« On vient de me dire, frère aimé, que nous allions partir aujourd'hui ou demain. J'ai demandé à te voir. Mais on m'a dit que c'était impossible ; je ne peux que t'écrire cette lettre, à laquelle hâte-toi également de répondre au plus vite. Je crains que tu n'aies appris, de quelque façon, notre condamnation (à mort). Par les fenêtres de la voiture qui nous transportait place Semenov(ski), j'ai vu un monde fou ; peut-être la nouvelle est-elle parvenue jusqu'à toi et tu souffrais pour moi. À présent, tu seras soulagé pour moi, Frère ! Je n'ai pas perdu espoir ni courage. La vie est partout la vie, la vie est en nous, et non dans le monde extérieur. À mes côtés, il y aura des hommes, et être *homme* parmi les hommes et le rester à jamais, dans tous les malheurs possibles ne pas perdre espoir et courage, voilà où est la vie, où est son but. J'en ai pris conscience. Cette idée m'est entrée dans la chair et le sang. Oui, c'est la vérité ! cette tête qui créait et vivait de la vie suprême de l'art, qui avait connu les besoins élevés de l'esprit et s'y était accoutumée, cette tête-là est déjà séparée de mes épaules. Ne restent que la mémoire et les images créées et que je n'ai pas incarnées. Elles me rongeront, c'est vrai ! Mais en moi demeurent un cœur, et cette même chair, ce même sang qui peut également aimer et souffrir, désirer et se souvenir, et cela, c'est tout de même la vie[6] ! »

Difficile d'imaginer ce qu'a été le 22 décembre 1849, place Semionovskaïa, dans le froid, sans chapeau, avec la mort pour seule perspective ; difficile d'imaginer l'effet que doit causer l'annonce soudaine que vous pouvez encore vivre.

Ce jour-là Dostoïevski, il l'écrit à son frère, a vécu dans son cœur, dans sa chair, dans son sang, ce passage de l'existence d'un homme de lettres, d'un personnage important qui vit la dimension supérieure de l'art, à l'existence d'un forçat, qui ne possède que son cœur, sa chair, son sang.

6.7 La réalité

Depuis plusieurs années, j'organise un voyage en Russie l'été, entre juin et juillet, à la fin des nuits blanches.

J'emmène des passionnés de littérature russe voir les lieux où la littérature russe est née et, sur place, je lis ou raconte les textes que la littérature russe a produits.

À Pétersbourg, dans le Stolyarny Pereoulok (passage des Menuisiers), par exemple, je lis le passage du *Guide d'une ville renommée*[7], l'essai que Brodsky a écrit en 1979, où il dit que, dans les années vingt du XIXe siècle, à Saint-Pétersbourg, la littérature russe a commencé à courir derrière la réalité et que, trente ans plus tard, elle l'a rejointe.

À cette époque, en 1974, à Leningrad, s'il était possible de voir, devant le bâtiment où le Troisième Bureau (c'est-à-dire la police secrète) avait interrogé Dostoïevski, des touristes qui en parlaient, il était fréquent de voir, devant le bâtiment où Porphiri, l'enquêteur de *Crime et Châtiment*, avait interrogé Raskolnikov, des touristes qui en parlaient.

En d'autres termes, l'invention de cet homme sans chapeau ni tête était devenue, d'après Brodsky, plus réelle que la réalité.

Parmi les endroits où nous allons, nous allons toujours place Semionovskaïa (qui s'appelle aujourd'hui place Pionerskaïa), où je ne lis pas la réalité, à savoir le compte rendu d'Akcharoumov, mais plutôt l'invention, à savoir la façon dont, dans *L'Idiot*, le prince Mychkine décrit ce qu'il est arrivé, de nombreuses années plus tôt, à son auteur, c'est-à-dire à Dostoïevski.

Le prince Mychkine raconte qu'il avait rencontré un homme qui…

« … avait déjà été traîné, avec d'autres, sur l'échafaud, et on lui avait lu sa sentence de mort : fusillé, pour crime politique. Une vingtaine de minutes plus tard, on lui a lu sa grâce, sa peine de mort venait d'être commuée ; et néanmoins, tout l'intervalle entre ces deux verdicts, ces vingt minutes, disons, à tout le moins, ce quart d'heure, il l'a vécu avec la conviction inébranlable que, d'ici quelques minutes, il allait brusquement mourir. J'avais une envie terrible d'écouter quand il se ressouvenait, parfois de ces impressions de ce moment-là, et, plusieurs fois, j'ai recommencé à lui poser des questions. Il se souvenait de tout avec une clarté extraordinaire et il disait qu'il n'oublierait jamais rien de ces minutes. À une vingtaine de pas de l'échafaud au pied duquel s'étaient massés le peuple et les soldats, trois poteaux avaient été plantés dans le sol, parce que les criminels étaient plusieurs. Les trois premiers ont été amenés aux poteaux, on leur a mis leur costume mortuaire (une longue chemise blanche), on leur a enfoncé sur les yeux des bonnets blancs, pour qu'ils ne voient pas les fusils ; et puis un certain nombre de soldats se sont mis en ligne devant chaque poteau. Mon ami était le huitième sur la liste, il devait donc, visiblement, marcher jusqu'aux poteaux avec le troisième groupe. Un prêtre, avec sa croix, est passé parmi eux. Il s'avérait donc qu'il ne lui restait à vivre qu'à peu près cinq minutes, pas plus. Il disait que ces cinq minutes lui paraissaient un délai infini, une richesse incroyable ; il lui semblait que, pendant toutes ces cinq minutes, il pourrait vivre tant de vies qu'il n'y avait encore aucune raison de penser à son dernier instant, au point qu'il a pris différentes dispositions : il a calculé le temps qu'il lui faudrait pour faire ses adieux à ses camarades, il s'est donné pour cela quelque chose comme deux minutes, ensuite, il s'est donné deux autres minutes pour réfléchir une dernière fois sur lui-même, et puis pour regarder autour de lui. Il se souvenait très bien d'avoir pris ces trois dispositions précises, et d'avoir bien calculé ainsi. Il mourait à vingt-sept ans, en pleine santé, en pleine force ; en faisant ses adieux à ses camarades, il se souvenait qu'à l'un d'entre eux il a posé une question même assez indifférente, et qu'il s'est même beaucoup intéressé à la réponse. Après, quand il a eu fini de faire ses adieux à ses camarades, ont commencé les deux minutes qu'il s'était calculées pour penser à soi-même ; il savait d'avance à quoi il allait réfléchir : il cherchait tout le temps à s'imaginer, le plus vite et le plus clairement possible, cela – comment cela se faisait-il donc : là, en ce moment, il existe et il vit, et, d'ici trois minutes, déjà, il sera autre chose, quelqu'un ou quelque chose – mais qui donc ? où donc ? Tout cela, il pensait le résoudre pendant ces deux minutes ! Non loin de là, il y avait une église, et le sommet de la coupole avec son dôme doré, luisait sous un soleil brillant. Il se souvenait que c'était avec une terrible obstination qu'il regardait cette coupole et ces rayons qu'elle projetait ; il ne pouvait pas se détourner de ses rayons : il lui semblait que ces rayons étaient sa nouvelle nature, que, d'ici trois minutes, d'une façon ou d'une autre, il se fondrait en eux… L'incertitude et la répulsion qu'il éprouvait à ce nouveau qui allait être et qui surviendrait là, maintenant, étaient terribles ; mais il disait que rien ne lui était plus dur à cet instant que cette pensée continuelle : "Et s'il ne fallait pas mourir ? Et si l'on ramenait la vie – quel infini ! et tout cela serait à moi ! Alors je me transformerais chaque minute en un siècle, je ne perdrais plus rien, je garderais le compte de chaque minute, cette fois, je ne gaspillerais plus rien !" Il disait que cette pensée avait fini par se transformer en une vraie rage, et qu'il voulait déjà qu'on le fusille, et le plus vite possible[8]. »

Le prince se tait brusquement ; tout le monde attend la suite et la conclusion de son récit. Comme il ne formule aucune conclusion, on lui demande s'il a fini ; il répond que oui, il a fini ; alors on lui demande si l'homme, son ami qui avait été gracié, avait ensuite vécu aussi pleinement qu'il l'imaginait pour le cas où on le gracierait, sans perdre ne serait-ce qu'une minute, et il répond : « Oh non, il me l'a dit lui-même – c'est une question que je lui ai posée –, ce n'est pas du tout comme ça qu'il a vécu, il a perdu beaucoup, beaucoup de minutes », mais l'expérience qu'il a faite à cet instant-là – être le reflet doré d'une coupole –, moi, je vais la faire tous les ans à Saint-Pétersbourg avec un groupe de passionnés de littérature russe, dans un voyage qui s'appelle *Gogol maps* et que j'aime énormément.

6.8 Ce que les tsars étaient méchants

Quand j'évoquais l'arrestation de Dostoïevski, avant d'écrire ce livre, je disais, et je crois l'avoir également écrit dans ce livre, que Dostoïevski avait été condamné à mort parce qu'il avait lu (en public) la lettre d'un critique littéraire ; « Imaginez-vous aujourd'hui, ajoutais-je. Si je lisais la lettre d'un critique littéraire, qui dérangerais-je ? » demandais-je (et je crois l'avoir également demandé dans ce livre).

J'aimais raconter cet épisode, surtout ces dernières années où la pensée générale à propos de l'histoire russe, en Italie, semblait correspondre à celle de deux hommes dont j'ai entendu par hasard la conversation par un jour de septembre 2006, si mes souvenirs sont bons, à bord d'un train régional Bologne-Parme.

Le train était bondé, je me tenais debout dans le couloir ; à ma droite, se faisaient face deux messieurs à l'allure d'employés, vêtus de l'uniforme des employés, veste bleu marine, chemise blanche, cravate sombre – j'aurais écrit « deux fonctionnaires » si nous avions été dans la Russie du XIXe siècle, mais, comme nous étions en Émilie au XXIe siècle, j'ai écrit « employés ».

J'ai entendu l'un d'eux raconter à l'autre qu'il était allé à Moscou et que la ville lui avait beaucoup plu, qu'il y avait des choses magnifiques, « par exemple, le métro », a-t-il dit, et, voyant la perplexité se peindre sur le visage de son collègue, il a ajouté en toute hâte : « Ah, mais ce sont les tsars qui l'ont construit, hein. »

Je les ai regardés et j'ai pensé : Non, ce ne sont pas les tsars. Ce sont les Soviétiques. Mais j'ai gardé le silence et tourné la tête de l'autre côté.

L'une des conséquences marginales du vieillissement, c'est qu'on se connaît un peu mieux au fil du temps et, si je devais décrire brièvement le trait le plus représentatif de mon caractère, j'hésiterais entre la paresse et l'esprit de contradiction.

Le cas en question se rapporte à mon esprit de contradiction.

J'aime énormément raconter des épisodes qui soulignent la méchanceté des tsars, parce qu'ils contredisent la vulgate actuelle selon laquelle les Soviétiques étaient des barbares et les tsars étaient extrêmement brillants, extrêmement polis, extrêmement gentils.

Et, au-delà des défauts de mon caractère, je crois que la condamnation de Dostoïevski est de toute façon intéressante et surprenante.

Le lieutenant ingénieur Fiodor Mikhaïlovitch Dostoïevski est condamné pour « non dénonciation de diffusion d'une lettre criminelle contre la religion et le gouvernement, du littérateur Bielinski [...] à être privé, en vertu du Code militaire, de ses grades, de tous les droits liés à sa condition, et à subir la peine de mort par fusillade[9]. »

Une condamnation totalement absurde, croyais-je.

Et je croyais aussi, avant d'écrire ce livre, que la subversion de Dostoïevski se limitait au domaine des idées, à la libre pensée, comme on disait alors, et que Dostoïevski n'avait pas d'intentions révolutionnaires.

Si ce n'est que j'ai découvert ensuite le témoignage du poète et membre de l'Académie des sciences Apollon Nikolaïevitch Maïkov, lequel raconte, comme nous l'avons déjà vu, qu'un soir, avant son arrestation, Fiodor Mikhaïlovitch s'était présenté chez lui, tout agité, en affirmant qu'il avait une chose à lui dire : il voulait faire la révolution.

6.9 Un écrivain quelconque

Comme nous l'avons signalé, ayant eu connaissance de ce témoignage de Maïkov, Dostoïevski a, semble-t-il, dit que tout était vrai mais que de nombreuses circonstances lui avaient échappé.

J'ignore ce qu'étaient les circonstances en question et si Dostoïevski a été une victime des tsars – lesquels étaient peut-être très doués pour construire des métros, mais avaient quelques problèmes avec la liberté de pensée –, ou plutôt s'il a été condamné à juste titre, étant donné le moment et la nature de sa révolte, je l'ignore et je ne crois pas être le mieux placé pour en décider et pour en juger.

Néanmoins, une chose me paraît certaine : si Dostoïevski était mort là-bas, sur la place Semionovskaïa, en ce 22 décembre 1849, il se serait peut-être transformé dans l'autre monde en une lumière magnifique, mais ici chez nous, de ce côté, il aurait été un écrivain quelconque.

Un écrivain qui avait écrit un premier roman de bonne facture, qui avait fait sensation, qui avait été encensé par Bielinski, puis qui s'était égaré ; qui avait écrit un deuxième roman auquel on ne comprenait pas grand-chose et un tas de trucs médiocres, hésitant entre le magique et le sentimental, des trucs qui appartenaient tous à la vie supérieure de l'art, qui répondaient aux nobles nécessités de l'âme, mais qu'on avait du mal à lire (moi, en tout cas ; Nabokov, lui, aimait beaucoup *Le Double*, par exemple).

Eh bien, voyez donc l'effet que peuvent avoir dix années d'exil avec le grade de simple soldat, dont les quatre premiers de travaux forcés.

Moi, je n'ai jamais essayé et, probablement, je n'essaierai jamais, et pourtant j'ai l'impression que cette expérience a eu la conséquence suivante : à partir de ce moment-là, les livres que Dostoïevski écrit ne sont plus (seulement) des témoignages littéraires.

Victor Chklovski dit quelque part qu'il y a peut-être dans *Anna Karénine* des choses plus vraies que celles qu'on trouve dans les dictionnaires et les encyclopédies.

Ce discours vaut, je crois, pour les grands romans de Dostoïevski. Ils renferment une vérité à la portée de tous, parce que Dostoïevski ne nous a pas révélé un mystère, il n'a pas déchiffré je ne sais quelle énigme de je ne sais quel sphinx dans ces romans : Dostoïevski a fait ce que font les artistes, il a rendu visible le visible.

Il a pris l'emballage qui enveloppe nos journées, nos gestes quotidiens, il a ôté nos journées et nos gestes quotidiens de l'emballage qui les enveloppait, et soudain nous les voyons. Nous voyons nos journées. Nous voyons nos gestes quotidiens.

Vice versa, s'il est vrai que Porphiri Petrovitch, l'enquêteur de *Crime et Châtiment* est le modèle du lieutenant Columbo, le héros de la célèbre série télévisée, chaque fois que nous regardons un épisode de *Columbo*, nous lisons un peu Dostoïevski, y compris à notre insu ; et cela se produit également, me dit-on (je l'ignore, c'est trop fondamental), quand nous lisons Camus, Gide ou Nietzsche, ou quand nous regardons *La Corde* de Hitchcock ou *Crimes et Délits* de Woody Allen.

Si, au lieu de nous contenter de ces reflets, nous faisions l'effort de nous plonger dans un des grands livres que Dostoïevski écrit après son exil, nous verrions dans le livre en question nos doutes, nos vérités, nos peurs ; et nos peurs, racontées dans la seconde moitié du XIXe siècle par un monsieur sans tête, sont si intéressantes que moi, qui me suis toujours méfié des anniversaires, je suis content que l'année 2021 soit celle du bicentenaire de la naissance de Dostoïevski, car autrement je n'aurais pas refait le terrible effort de me regarder tel que je suis vraiment à l'intérieur de ses livres.

7
L'exil

7.1 Un insolent

Jusqu'en 1854, date à laquelle il quitte la prison d'Omsk, Dostoïevski ne publie rien : il n'en a pas le droit.

Les premières années, en détention, il n'a pas non plus le droit de lire quoi que ce soit, à l'exception des Évangiles.

Mais après sa sortie de prison, durant les années qu'il passe à Semipalatinsk, Dostoïevski ne publie rien non plus, en dehors du *Petit Héros* (sous un pseudonyme) et d'un poème patriotique, l'un des trois qu'il écrit.

Le premier, rédigé en 1854, est un poème patriotique sur l'aide que Dieu aurait apportée à la Russie, poème dans lequel Dostoïevski se dit certain que Constantinople deviendra bientôt russe ; le deuxième, écrit en 1855, est un poème patriotique à l'occasion de la visite, à Semipalatinsk, du gouverneur général, poème dans lequel Dostoïevski célèbre l'anniversaire de l'impératrice douairière ; le troisième, écrit en 1856, est un poème patriotique sur le couronnement d'Alexandre II, poème dans lequel Dostoïevski célèbre le couronnement d'Alexandre II.

Dans celui de 1855, qui célèbre l'impératrice douairière, Dostoïevski s'adresse directement à l'impératrice, qui vient de perdre son époux, et lui dit que, telle une orpheline, toute la Russie sanglote face à la disparition du tsar (c'est le même tsar qui l'avait condamné à mort) ; « Mais toi seule as perdu plus qu'a perdu quiconque[1] ! » écrit Dostoïevski.

Il écrit qu'il est difficile de perdre ce qui nous nourrissait, ce à quoi nous tenions, de considérer le passé comme une tombe, d'arracher un cœur de son cœur, de ne posséder que du désespoir, de voir se succéder des jours vides, privés de sens, prisonniers du lent et mélancolique passage des heures.

D'après Ludmila Saraskina, ce poème apparemment si respectueux est en réalité insolent : Dostoïevski ne songerait pas ici au chagrin de la tsarine douairière, mais utiliserait son propre chagrin.

En effet, à Semipalatinsk, Dostoïevski est tombé amoureux.

7.2 Comme un trou

En 1854, Dostoïevski fait la connaissance, à Semipalatinsk, d'Alexandre Ivanovitch Issaïev, secrétaire de collège, ancien employé des douanes de Semipalatinsk qui, en 1847, lorsqu'il était en service à Astrakhan, avait épousé la fille de son chef de bureau, Maria Dmitrievna Konstant.

Issaïev était un homme cultivé, il avait lu Byron, Shakespeare, Schiller, Karamzine et Gogol, mais il buvait comme un trou et il venait de démissionner, il était sans emploi ; marié, père d'un enfant unique, Pavel, il empruntait à qui voulait bien lui prêter pour survivre.

Dostoïevski écrit à son frère qu'Issaïev est aussi insouciant qu'un tzigane, qu'il est susceptible, orgueilleux, incapable de se dominer, qu'il s'est terriblement laissé aller, mais qu'il est également un homme cultivé, très bon, intelligent et que, malgré ses nombreux défauts, il a une nature noble.

En vérité, plus qu'avec Issaïev, Dostoïevski s'était lié d'amitié avec son épouse, Maria Issaïeva.

Aucune femme ne l'avait jamais touché à ce point, il voulait tout connaître d'elle. Pour sa part, elle ne demandait qu'à ouvrir son cœur, car, écrit Saraskina, elle était désespérément seule.

7.3 Une femme comme elle

Le grand-père paternel de Maria était un Français du nom de François Jérôme Constant, issu d'une vieille famille noble. Capitaine de la garde royale à la cour de Louis XVI, il avait émigré après la Révolution et était arrivé en Russie en 1794. Le père de Maria, Dmitri Konstant, avait travaillé comme traducteur au commandement du général Inzov et s'était établi en 1821 à Taganrog, sur la mer Caspienne (la ville où Anton Tchekhov naîtrait en 1860), où il avait épousé une jeune noble russe. Le couple avait mis au monde sept enfants, dont Maria en 1824 (quand Dostoïevski fait sa connaissance, elle a vingt-neuf ans, trois ans de moins que lui).

Dostoïevski la décrit en ces termes :

« C'est une dame encore jeune, vingt-huit ans, assez jolie, très cultivée, très intelligente, elle est bonne, gentille, gracieuse, dotée d'un cœur magnifique et généreux. Elle supporta fièrement ce lot, sans une plainte [...] Tout ce qu'elle y gagna fut de tomber malade, de devenir impressionnable et irritable. Son caractère, au demeurant, était vif et joyeux. Je ne sortais pratiquement pas de chez eux. Que d'heureuses soirées je passai dans sa société ! J'ai rarement rencontré une femme comme elle[2]. »

7.4 Être déçu

La relation de Dostoïevski avec Maria Issaïeva nous est connue grâce à la correspondance du premier et aux mémoires du baron Alexandre Egorovitch Wrangel, devenu, à l'époque de Semipalatinsk, l'ami et le confident de l'écrivain.

Wrangel était un noble pétersbourgeois, issu d'une vieille famille et apparenté, du côté de sa mère, à Pouchkine ; à l'âge de seize ans, il avait assisté parmi le public au simulacre d'exécution de Dostoïevski et des membres du cercle de Petrachevski, place Semionovskaïa, et, à l'âge de vingt et un ans, il était devenu le procureur de Semipalatinsk.

Mikhaïl Dostoïevski, qui le connaissait, lui avait confié de l'argent et des vêtements pour son frère, et les deux hommes, le jeune noble procureur et l'ancien forçat, s'étaient liés d'amitié.

Les mémoires de Wrangel concernant Dostoïevski sont la source principale d'un roman de l'écrivain hollandais Jan Brokken, intitulé *Le Jardin des cosaques*[3].

Il y a quelques années, au festival de littérature de Mantoue, une lectrice m'a demandé si j'avais lu *Le Jardin des cosaques* et, après que je lui ai répondu par l'affirmative, a ajouté : « Vous avez vu que Dostoïevski devait de l'argent à Wrangel, et qu'il ne le lui a jamais rendu ? Cela m'a beaucoup déçue. Je pensais que Dostoïevski était quelqu'un de bien. Je me trompais. »

C'est une question très intéressante : Dostoïevski, dont les écrits nous semblent merveilleux, à nous autres lecteurs, doit-il pour cette raison être un homme merveilleux ?

Ou, du moins, quelqu'un de bien ?

Fiodor Mikhaïlovitch Dostoïevski était-il quelqu'un de bien ?

Était-il bon ?

7.5 N'importe quoi

Vassili Rozanov, l'homme qui décrit Dostoïevski comme un archer dans le désert, au carquois rempli de flèches qui vous font saigner quand elles vous touchent, affirme qu'il est reconnaissant à Dostoïevski, quoi qu'il ait commis dans sa vie.

À ma petite échelle, moi aussi.

Il faut le dire, Dostoïevski a été accusé de choses beaucoup plus graves que le non-remboursement de sa dette à Wrangel – nous allons en parler, mais d'abord finissons d'évoquer cette Maria Issaïeva dont Dostoïevski était apparemment tombé amoureux en 1854.

7.6 Une maladie

Dans une lettre à Maïkov, Dostoïevski écrit que, au début de son séjour à Semipalatinsk, alors qu'il fréquentait les Issaïev, il ne parvenait pas à écrire : « J'étais heureux, incapable de travailler[4]. »

On repense à Pouchkine, qui dit dans *Eugène Onéguine* : « J'étais muet, moi, en aimant[5]. »

Dans le cas de Dostoïevski, toutefois, le bonheur est de courte durée.

Le mari de Maria Issaïevna obtient un emploi dans la petite ville de Kouznetsk, à cinq cents verstes (un peu plus de cinq cents kilomètres) de là, et s'y installe avec sa famille.

Dostoïevski est désespéré.

Surtout, il regrette que la femme accepte ce déménagement sans broncher.

Au cours de cette période, il écrit son poème en l'honneur de la tsarine mère, dans laquelle, d'après Ludmilla Saraskina, il feint de s'identifier au chagrin de la tsarine, alors qu'il évoque en réalité le sien.

Puis, le 4 août 1855, le mari de Maria, Alexandre Ivanovitch Issaïev, meurt.

Si ce n'est que Maria s'est, semble-t-il, éprise entre-temps d'un jeune professeur de Kouznetsk, Nikolaï Borisovitch Bergounov.

C'est Wrangel qui le prétend. Dostoïevski, lui, refuse de le croire. Il écrit à son frère Mikhaïl : « J'aime cette femme depuis longtemps et je sais qu'elle aussi peut m'aimer. Je ne puis vivre sans elle, c'est pourquoi, si des changements positifs surviennent dans ma situation, si un mieux se fait jour, je l'épouserai[6]. »

Or Maria Issaïeva n'est pas convaincue par l'idée d'épouser Dostoïevski, et cela le chagrine.

« Grande est la joie de l'amour mais les souffrances en sont si abominables que mieux vaut ne jamais aimer[7]. »

Il pense qu'il est comme le héros de son premier roman, Dévouchkine, amoureux d'une femme qui en choisit une autre et dit qu'il a prédit son destin.

À l'automne 1856, Wrangel annonce à Dostoïevski que son amnistie approche.

Dostoïevski lui écrit :

« Si ma promotion au rang d'officier me fut une joie, c'est uniquement parce que je parviendrais peut-être à la revoir plus vite. [...] Je l'aime à la folie, plus que jamais. [...] je sais que je me montre déraisonnable à bien des égards en ce qui la concerne, et sans presque d'espoir, mais espoir ou non, tout m'est égal. Je ne pense qu'à cela. La voir, l'entendre, rien d'autre ! Je suis un pauvre fou ! L'amour, sous cette forme, est une maladie. Je le sens. [...] Oh, ne me souhaitez pas de renoncer à cette femme, à cet amour. Elle a été la lumière de ma vie. Elle m'est apparue au temps le plus triste de mon destin et a ressuscité mon âme. Elle a ressuscité en moi toute l'existence, parce que je l'ai rencontrée[8]. »

7.7 Quand il avait une idée dans la tête

Dostoïevski n'était pas du genre à renoncer facilement quand il avait une idée dans la tête.

Maria Issaïeva finit par lui dire oui.

« Elle m'aime, écrit Dostoïevski en novembre 1856. Je le sais[9]. ».

Effectivement, Dostoïevski obtient son consentement au mariage.

Une fois qu'il l'a obtenu (ils se marieront en février 1857), ses lettres changent de ton.

« Je n'ai qu'un seul espoir! Qu'on me permette de publier. [...] je te le redis pour la 10e fois : comprends combien il est important pour moi de pouvoir publier[10]. »

En avril 1857, Dostoïevski retrouve le droit de publier.

Et en juillet de la même année, il publie dans *Otečestvennye Zapis'ki* (« Les Annales de la Patrie ») la nouvelle qu'il a écrite dans la forteresse Pierre-et-Paul, « Le Petit Héros ».

Et si sa femme ne disparaît pas de ses lettres, elle pâlit un peu.

7.8 Sa première femme

J'essaie d'aller tous les ans en Russie et j'y parviens presque toujours ; chaque fois que j'y vais, j'essaie de me rendre dans la maison-musée de Dostoïevski, Kouznechny Pereoulok (passage des Forgerons), le dernier appartement où Dostoïevski a vécu.

Lors d'une de ces visites, il y a quelques années, nous avons eu pour guide une dame maigre aux cheveux roux, vêtue de jaune, du nom de Natalia Viktorovna, si mes souvenirs sont bons, qui nous a dit qu'elle avait été punk du temps de sa jeunesse, en Union soviétique, et qu'elle s'était passionnée très naturellement pour Dostoïevski, parce que Dostoïevski (malgré tous les poèmes qu'il a écrits, ai-je ajouté) était punk lui aussi.

Et que, à cause de sa nature punk, il était très difficile de trouver des romans de Dostoïevski durant la période soviétique, car il critiquait les révolutionnaires ; qu'on ne faisait pas lire en classe *Crime et Châtiment*, par exemple, et que Dostoïevski avait eu deux femmes – la première, insupportable, avec laquelle il se disputait sans cesse et qui lui tenait tête, la seconde qui l'approuvait toujours et l'adorait – et que, des deux, elle, Natalia Viktorovna, préférait la première, qui avait inspiré à Dostoïevski de nombreux personnages féminins, alors que la seconde n'en avait inspiré aucun.

Après le départ de Natalia Viktorovna, des messieurs russes, qui avaient écouté eux aussi sa microconférence, se sont approchés et nous ont invités à ne pas croire la guide : eux, ils avaient lu *Crime et Châtiment* en classe sans problème, à l'époque soviétique ; mieux, ils avaient des professeurs qui aimaient énormément Dostoïevski et personne ne remettait en cause l'enseignement de Dostoïevski, qui n'était pas du tout punk, d'après eux.

La Russie est un endroit magnifique, je dois le dire.

7.9 Un personnage

La première femme de Dostoïevski disait souvent qu'elle était presque la fille d'un gouverneur, et c'était la vérité : son père avait pris sa retraite avec le grade de conseiller d'État, qui correspondait à la fonction de directeur de département, ou de gouverneur.

Ce trait de caractère de Maria Issaïeva (puis Maria Dostoïevskaïa) rappelle un personnage de *Crime et Châtiment* : Katerina Ivanovna Marmeladova, épouse de l'ivrogne Semion Zacharovitch Marmeladov et mère de la prostituée Sonia Marmeladova ; elle aussi, Katerina Marmeladova, ne cessait de dire qu'elle « venait d'une maison noble, on peut même dire aristocratique », et que son père était « colonel du service civil, et déjà presque gouverneur ».

Quant à Maria Dostoïesvkaïa, elle mourrait de tuberculose à Moscou à l'âge de trente-neuf ans.

Les derniers mois de sa vie, elle voyait des diables, prétendait qu'il y avait des diables dans sa chambre et ne se calmait que lorsque le médecin ouvrait la fenêtre et les faisait sortir.

Avant, au temps où elle n'était pas encore alitée, elle se levait brusquement de son fauteuil, se précipitait dans le salon, s'immobilisait devant le portrait de Dostoïevski, son mari, serrait le poing et hurlait : « Forçat ! Forçat ! »

Pour le coup, elle n'avait pas tort : Dostoïevski avait été effectivement condamné aux travaux forcés. Elle avait raison.

Mais moi, je dois le dire, même si elle avait raison : des femmes de Dostoïevski, c'est la seconde que je préfère, la gentille.

7.10 Une lettre

Après la mort de sa première épouse, Dostoïevski écrit à Wrangel :

« Elle m'aimait d'un amour sans limite, je l'aimais aussi sans mesure, mais nous n'avons pas vécu heureux ensemble. [...] bien que nous ayons été positivement malheureux ensemble (en raison de son caractère étrange, ombrageux et maladivement fantasque), nous ne pouvions cesser de nous aimer ; et même, plus malheureux nous étions, plus nous nous attachions l'un à l'autre[11]. »

7.11 Un ami

Nous avons laissé une question en suspens : Dostoïevski était-il bon ?

Et de quoi est-il accusé, en dehors du non-remboursement de sa dette à Wrangel ?

Un ami de Dostoïevski, Nikolaï Nikolaïevitch Strakhov, écrivain et journaliste, qui lui sert de témoin à ses secondes noces, qui est souvent invité chez lui, qui est également l'ami de Tolstoï et qui est souvent invité par Tolstoï, ce monsieur, Nikolaï Strakhov, est l'homme qui informe Tolstoï de la mort de Dostoïevski.

Il lui dit : « Un sentiment de vide affreux [...] ne me quitte plus depuis l'instant où j'ai appris sa mort[12]. »

Tolstoï lui répond, et Strakhov cite une partie de la lettre de Tolstoï dans le discours funèbre qu'il tient en février 1881 :

« Je n'avais jamais rencontré cet homme ni entrenu avec lui de rapports directs, et soudain, quand il est mort, j'ai compris qu'il était pour moi la personne vraiment la plus proche, la plus chère, la plus nécessaire. [...] Et jamais il ne m'est venu à l'idée de me mesurer à lui – jamais. Tout ce qu'il faisait (de bon, de vrai, ce qu'il faisait) était tel que plus il continuait à le faire, mieux je m'en trouvais. L'art éveille en moi de l'envie, l'esprit aussi, mais l'œuvre du cœur ne m'inspire que de la joie. – Je le tenais donc pour mon ami et j'étais convaincu qu'un jour nous nous rencontrerions et que si ce n'était pas encore arrivé, c'était de mon seul fait. [...] Une sorte d'appui vient de m'échapper. Je me suis senti désemparé, puis j'ai compris combien il m'était cher, et j'ai pleuré et je pleure à présent[13]. »

Strakhov était aussi un collaborateur de Dostoïevski, il travaillait aux deux revues, *Vremia* (« Le Temps ») et *Epoka* (« L'Époque »), que Dostoïevski avait fondées avec son frère Mikhaïl à son retour à Pétersbourg ; il l'avait également accompagné dans son premier voyage à l'étranger, il était peut-être, après la mort de Mikhaïl, l'être le plus proche de Fiodor Mikhaïlovitch qui fût et il avait été chargé par la seconde épouse de l'écrivain, Anna Griegorievna Dostoïevskaïa, d'écrire la biographie de Dostoïevski, laquelle serait publiée en 1883 avec les *Œuvres complètes* de l'écrivain. Anna Griegorievna lui avait confié ses archives, qu'il avait consultées avant d'écrire entre autres choses :

« Nos conversations étaient interminables, et ce furent les meilleures que la vie m'offrit jamais en partage. Il parlait cette langue simple, vivante, sans prétention, qui fait le charme des conversations russes. [...] Mais par-dessus tout, ce qui me captivait et même me stupéfiait chez lui, c'étaient son extraodirnaire intelligence, la rapidité avec laquelle il saisissait n'importe quelle idée, à partir d'un seul mot ou allusion.

« Ce n'est pas un simple écrivain, mais un véritable héros du domaine littéraire. Ses œuvres contiennent nombre d'idées propres à susciter l'intérêt ; mais lui-même, en temps qu'être humain ayant bâti son destin avec tant de peine, ayant vaillamment enduré tant de difficultés et de troubles, est digne du plus grand intérêt[14]. »

Bien.

Quelques jours après la publication des *Œuvres complètes* de Dostoïevski et de sa biographie, Nikolaï Strakhov écrit à Tolstoï une lettre qui constitue, selon le critique Vladimir Artemovitch Tounimanov, l'un des documents littéraires du XIXe les plus morbides et les plus poignants.

7.12 La lettre de Strakhov à Tolstoï

« Je vous écris, très cher Léon Nikolaïevitch, une lettre brève bien que le sujet en soit fort riche. Mais je suis un peu souffrant et développer entièrement ce sujet prendrait beaucoup de temps. Vous avez sans doute déjà reçu à présent ma Biographie de Dostoïevski – je demande votre attention et votre indulgence : dites-moi comment vous la trouvez. Et à cette occasion, je tiens à vous faire une confession. Tout le temps que j'ai écrit, je me suis trouvé en conflit, je me suis battu contre le dégoût qui montait en moi, je me suis efforcé d'étouffer en moi ce sentiment mauvais. Aidez-moi à trouver le moyen de m'en délivrer. Je ne puis juger que Dostoïevski fût un homme bon ni heureux (deux qualités qui au fond coïncident). Il était mauvais, envieux, débauché, et a passé toute sa vie dans une telle agitation qu'il en est devenu pitoyable, et en fût devenu ridicule s'il n'eût fait montre par ailleurs d'une telle méchanceté et d'une telle intelligence. Il se tenait lui-même, comme Rousseau, pour le meilleur des hommes et pour le plus heureux. En rédigeant sa biographie, je me suis rappelé vivement tous ces traits. En Suisse, je l'ai vu traîter si durement son domestique que celui-ci s'est offensé et lui a déclaré : "Je suis un être humain moi aussi." Je me souviens qu'alors j'avais été frappé que ces propos fussent adressés à un apôtre de *l'humanité*, et qu'il s'y reflétât l'idée que la libre Helvétie se faisait des *droits de l'homme*.

« De telles scènes avec lui se produisaient constamment, parce qu'il ne pouvait retenir sa méchanceté. Bien des fois je me suis abstenu de répondre à ses piques, qu'il lançait comme l'eût fait une femme, de manière inattendue et sournoise ; mais il m'est arrivé à moi aussi deux ou trois fois de lui dire des choses très insultantes. Mais, bien entendu, sur le chapitre des insultes, il l'emportait largement sur les gens ordinaires, et le pire était qu'il s'en délectait, qu'il ne se repentait jamais complètement de ses vilenies. Il était attiré par elles et s'en vantait. Viskovatov[a] m'a un jour raconté qu'il se vantait d'avoir forniqué aux bains avec une petite fille que lui avait amenée sa gouvernante. Notez par ailleurs qu'en dehors de sa sensualité animale, il n'avait aucun goût, aucun sens de la beauté et du charme féminins. Cela se voit dans ses romans. Les personnages qui lui ressemblent le plus, ce sont le héros des *Carnets d'un sous-sol*, le Svidrigaïlov de *Crime et Châtiment*, et le Stavroguine des *Possédés* ; Katkov a refusé de publier une des scènes avec Stavroguine (la corruption de mineur, etc.), mais Dostoïevski l'a lue ici à beaucoup de gens.

« Bien que doté d'une telle nature, il était très enclin à un doux sentimentalisme, à des rêves pleins de noblesse et d'humanité, et ces rêves constituent son orientation, sa muse et son chemin littéraires. Au fond, du reste, tous ses romans composent une sorte d'autojustification, cherchent à démontrer qu'en l'être humain peuvent coexister grandeur d'âme et abominations de toute sorte.

« Comme je souffre de ne pouvoir me défaire de ces pensées, de ne pouvoir trouver de point de conciliation. Serait-ce que je suis en colère ? Jaloux ? Que je lui veux du mal ? En aucune façon ; je suis seulement au bord des larmes à l'idée que ce souvenir qui pourrait être lumineux ne fait que m'oppresser !

« Je me rappelle vos paroles, selon lesquelles les gens qui nous connaissent trop, naturellement ne nous aiment pas. Mais il en va parfois autrement. On peut, à force de connaissance intime, repérer chez un être un trait de caractère pour lequel ensuite on lui pardonnera tout. Un élan de bonté véritable, une étincelle de vraie chaleur de cœur, un instant, même fort bref, d'authentique repentir sont capables de tout réparer ; et si j'avais souvenir d'un détail semblable chez Dostoïevski, je lui pardonnerais et me réjouirais pour lui. Mais seulement s'ériger en homme

(a) Pavel Alexandrovitch Viskovatov (1842-1905), écrivain russe, historien de la littérature, spécialiste notamment de Lermontov.

merveilleux, ne faire montre d'humanité qu'intellectuelle et littéraire, mon Dieu comme c'est abject !

« C'était un homme véritablement infortuné et mauvais, qui se prenait pour un heureux mortel, un héros, et s'aimait tendrement.

« Comme je sais quant à moi que je puis moi-même susciter l'aversion et que j'ai appris à comprendre et pardonner chez les autres ce sentiment, je pensais trouver également une solution concernant Dostoïevski. Mais j'ai beau faire, je n'en trouve pas !

« Voici un petit commentaire à ma Biographie ; j'aurais pu écrire et raconter également cet aspect de Dostoïevski ; bien des épisodes se dessinent à mon esprit de manière beaucoup plus vivante que ceux que j'ai décrits, et il en eût résulté un récit beaucoup plus vrai ; mais puisse cette vérité périr, nous n'afficherons que la face visible de la vie comme nous le faisons partout et en tout[15] ! »

7.13 Le motif

Il est difficile d'imaginer le motif pour lequel ce héros littéraire qui a offert à Strakhov les meilleurs moments de son existence, qui a laissé dans ses journées un vide impossible à combler, se mue soudain en un individu aussi repoussant, à ses yeux.

Il existe une hypothèse.

Dans les archives qu'Anna Grigorievna Dostoïevskaïa avait confiées à Strakhov pour qu'il écrive la biographie de l'écrivain figurait une note de 1877 le concernant.

Dostoïevski avait écrit :

« N. N. S[trakhov]. Comme critique, ressemble beaucoup à l'entremetteuse de Pouchkine, dans sa ballade *Le Fiancé*, dont il est dit que :

« Assise devant un gâteau
« Elle s'exprime à demi-mot.

« Notre critique adorait les pâtisseries offertes par la vie, et travaille à présent en deux endroits très en vue littérairement parlant, mais dans ses articles il s'exprimait à demi-mot, à l'occasion, tournait autour du pot, sans entrer dans le cœur du sujet. Sa carrière littéraire lui a donné quatre lecteurs, je pense, pas plus, et une soif de gloire. Confortablement installé, il aime manger de la dinde, mais à la table des autres plutôt qu'à la sienne. Sur leurs vieux jours, ayant obtenu ces deux places, ces littérateurs auteurs de tant de rien se mettent soudain à rêver de gloire et en deviennent extraordinairement susceptibles et pointilleux. Cela leur donne un air tout à fait idiot, et encore un peu, ils se transforment en parfaits imbéciles – et pour le reste de leur vie. Surtout, dans cet appétit de gloire interviennent non seulement le rôle de littérateur, auteur de trois ou quatre ennuyeuses petites brochures et de toute une série de critiques de circonstance, remplies d'allusions, publiées çà et là à des époques diverses, mais aussi deux emplois publics. C'est comique, mais c'est la vérité. Du séminariste tout craché. Impossible de masquer ses origines. Aucun sens civique, aucun sens du devoir, aucune indignation face à aucune saleté, au contraire il en commet lui-même ; en dépit de la sévère moralité qu'il affiche, il est en secret voluptueux et prêt à vendre père et mère pour n'importe quelle saleté pourvu qu'elle soit juteuse et flatte brutalement ses sens, et le devoir civique, dont il n'a aucun sens, et le travail qui lui est égal, et l'idéal qu'il n'a pas, non parce qu'il ne croit en aucun, mais à cause de l'épaisse et grossière carapace de graisse sous laquelle il ne peut rien sentir[16]. »

7.14 Le motif

Dostoïevski était apparemment en colère contre Strakhov, car celui-ci lui avait dit que les femmes anglaises étaient plus belles que les femmes russes (Dostoïevski devenait fou quand on touchait à sa Russie, il se querellerait aussi et, surtout, avec Tourgueniev pour ce même motif).

Mais, au-delà du motif qui a conduit Dostoïevski à écrire ces lignes, il a sans doute été affreux de les lire, pour Strakhov.

Il a dû s'apercevoir – et il le dit dans sa lettre à Tolstoï – qu'il pouvait lui aussi susciter du dégoût et qu'il en avait suscité.

Cette incroyable lettre de Strakhov demeure dans les archives de Tolstoï pendant trente ans ; elle est publiée dans la revue *Sovremenny Mir* (« Le Monde contemporain ») en 1913, alors que Dostoïevski, Strakhov et Tolstoï sont tous morts.

Anna Griegorievna, en revanche, est encore en vie, et quand un biographe de Dostoïevski, Leonid Grossman, lui demande ce qu'elle aurait fait si Strakhov était encore en vie, elle répond : « Je me serais rendue droit chez lui et je l'aurais frappé au visage pour cette bassesse[17]. »

Mais à l'époque, Tolstoï aussi avait répondu à Strakhov.

7.15 Les réponses de Tolstoï

Tolstoï répond à Strakhov qu'il a saisi, en lisant son livre, la biographie, la profonde intelligence de Dostoïevski : « D'une intelligence et d'une vérité extraordinaires. Et je continue de regretter de ne pas l'avoir connu[18]. »

Quant à sa lettre, Tolstoï déclare qu'elle lui a déplu, qu'il a été déçu.

Strakhov n'est pas satisfait, et il reparle de Dostoïevski dans une missive suivante :

« Dostoïevski, en construisant ses personnages à son image et à sa ressemblance, a décrit une multitude de gens à demi fous et malades, et était fermement convaincu de copier la réalité et que telle était précisément l'âme humaine. Je ne suis pas capable de pareille erreur, je ne puis pas m'objectiver moi-même, je suis trop peu épris de moi et je vois au moins en partie mes défauts[19]. »

Tolstoï lui répond :

« Vous dites que Dostoïevski se dépeignait sous les traits de ses héros en imaginant que tous les hommes étaient ainsi. Et alors ! le résultat est que ces personnages ont beau être des exceptions, nous nous reconnaissons en eux, nous reconnaissons notre âme, et pas seulement nous qui lui sommes parents, mais aussi les étrangers. Plus l'on puise profond, plus tout devient commun, connu, familier. – Qu'il s'agisse d'œuvres de fiction ou d'écrits scientifiques et philosophiques, si objectif leur auteur s'efforce-t-il d'être – que ce soit Kant ou Spinoza – nous y voyons, j'y vois l'âme seulement, l'esprit, le caractère de la personne qui écrit[20]. »

Après cette réponse, Strakhov cesse de mentionner Dostoïevski. Nous pouvons donc refermer ici la parenthèse Strakhov et revenir à Dostoïevski, qui est gracié le 17 avril 1857 et donc autorisé à republier sous son nom. Il n'attend plus qu'on lui accorde la permission de regagner Pétersbourg pour se remettre à écrire et publier les romans et les nouvelles qui feront de lui l'écrivain que nous connaissons.

8
Les nouveaux romans

8.1 Les fêtes

Quand je fréquentais l'université, une de mes amies, qui se prénomme Elisabetta et qui vit à présent en Australie, avait confié à un de mes amis, qui se prénomme Giacomo et qui vit à présent je ne sais où, que j'étais un garçon très sérieux parce que je déclarais au moment de préparer un examen : « Maintenant, j'arrête de sortir pendant un mois », et effectivement je m'abstenais de sortir pendant un mois: pas de fêtes, pas de cinéma, pas de soirées, cloué à la maison pour réviser.

En entendant ce jugement, je m'étais réjoui qu'Elisabetta voie en moi un garçon sérieux. Si ce n'est qu'elle se trompait, parce que – et je le dis avec honte – je préférais rester à la maison pour préparer un examen d'une matière telle que la littérature russe, par exemple, plutôt que d'aller à des soirées ou au cinéma.

Moi – j'ai mis des années pour le comprendre –, je n'aime pas m'amuser, j'aime ce qui fait pleurer, comme la littérature russe et les matchs de football du Parma.

Et s'il ne vaut pas la peine de parler des matchs du Parma, puisqu'ils n'ont aucun rapport avec ce livre, il convient de parler de la littérature russe: non seulement je l'aime parce qu'elle fait mal, comme je viens de le dire, mais aussi je vois en elle un instrument.

Ainsi, quand je pense à la femme de ma vie, Togliatti, à la fille de ma vie, la Bataille, je me dis aussitôt : « Jeunes filles qui marchent / avec les sabots de leurs yeux noirs / sur les fleurs de mon cœur[1] », à savoir le début d'un poème d'un poète russe du nom de Vélimir Khlebnikov.

Par exemple.

Et tandis que j'écris ce livre, en cette période où, comme nous l'avons déjà dit, il est interdit de sortir à cause de la pandémie et qui n'est donc pas une période de fête, je crois que je ne serais même pas sorti si j'avais pu, car je préfère cette intimité avec l'œuvre de Dostoïevski dont parlait Tolstoï et dont parle, peut-être mieux encore que Tolstoï (est-ce donc possible ?), Vassili Rozanov, lorsqu'il dit :

« Le *miracle* des œuvres de Dostoïevski réside dans la suppression de la distance entre le sujet (le lecteur) et l'objet (l'auteur), par la force de quoi il nous devient *le plus proche* de tous les écrivains existants, et peut-être même à venir, de tous les écrivains possibles.

« C'est une chose incomparablement plus haute, plus *noble*, plus énigmatique, plus importante que ses idées. Les idées peuvent être de toute sorte, comme d'ailleurs les structures... Mais ce ton employé par Dostoïevski est *un miracle psychologique*.

« Des idées, vous *avez eu*, et elles sont passées... Mais nos idées, *même passées, nous sont chères*. Voilà pourquoi "toutes les idées" de Dostoïevski peuvent bien passer, ou peuvent se révéler fausses, ou bien vous pouvez cesser de les partager : l'autorité spirituelle de Dostoïevski ne s'en trouvera nullement diminuée. C'est là un miracle[2]. »

8.2 Le mien

Chaque lecteur de Dostoïevski a son Dostoïevski préféré, et moi, en tant que lecteur, j'avoue que le choix est difficile, mais les deux livres de Dostoïevski que je préfère sont *L'Idiot* et *Les Carnets du sous-sol*, qui nous présentent deux personnages diamétralement opposés, l'un miraculeusement bon, dont tout le monde tombe amoureux, qui a pour modèles Jésus-Christ et don Quichotte, et qui pense peut-être que « la beauté sauvera le monde » ; l'autre, répugnant, l'homme du sous-sol, un malade qui refuse de se soigner et qui se soucie sans cesse de ce que pensent les autres, qui s'aperçoit que « moi je suis seul, et eux, ils sont tous », une phrase que tout le monde a un jour formulée (ceux à qui ça n'est pas arrivé sont, à l'évidence, totalement différents de moi). Et, de tous les écrivains que j'ai lus au cours des cinquante années et plus où j'ai vécu en alphabète, lui, Dostoïevski, est le seul à avoir énoncé ce concept avec une telle clarté et une telle simplicité : « Moi, je suis seul, et eux, ils sont tous. »

8.3 Mais qu'importe

Le 12 novembre 1859, de son exil de Tver où il attend l'autorisation de regagner Pétersbourg, Dostoïevski écrit à son frère Mikhaïl :

« À croire que nous sommes maudits. Vois les autres : ni talent ni capacités, mais ils réussissent, se font un capital. Alors que nous nous débattons, encore et encore… Je suis sûr, par exemple, que nous avons, toi et moi, bien plus d'habileté, de capacités et de savoir d'affaire (*sic*) que Kraïevski et Nekrassov. Car ce sont des moujiks en littérature. Et cependant, ils s'enrichissent, alors que nous sommes sur le sable. […] Non, frère, il faut réfléchir, et sérieusement ! Il faut risquer et se lancer dans une entreprise littéraire, une revue, par exemple... Au demeurant, nous y songerons et en parlerons ensemble. Il n'est pas encore trop tard.

« Mon roman donne en fait peu de chose : 13-14 feuilles. C'est maigre et je toucherai moins que j'escomptais. Mais, tant pis ! Envoie-moi, pour l'amour du Ciel, un exemplaire à part, avant même la sortie du volume : comprends combien tout cela m'intéresse[3]. »

Dans sa critique de l'édition française de la correspondance de Dostoïevski, André Gide fait la remarque suivante :

« On s'attend à trouver un dieu ; on touche un homme – malade, pauvre, peinant sans cesse [...] S'il en est qui espèrent trouver ici art, littérature ou quelque amusement de l'esprit, je leur dis aussitôt qu'ils feront mieux d'abandonner cette lecture. [...] Peut-être n'avions-nous pas exemple encore de lettres de littérateurs si mal écrites, j'entends : avec ce peu d'apprêt. Lui, si habile à "parler autrui", lorsqu'il s'agit de parler en son propre nom, s'embarrasse[4]. »

Dans une conférence de 1922, Gide dira :

« Un littérateur qui se cherche court un grand risque ; il court le risque de se trouver. Il n'écrit plus dès lors que des œuvres froides, conformes à lui-même, résolues. Il s'imite lui-même. S'il connaît ses lignes, ses limites, c'est pour ne plus les dépasser. Il n'a plus peur d'être insincère ; il a peur d'être inconséquent. Le véritable artiste reste toujours à demi inconscient de lui-même, lorsqu'il produit. Il ne sait pas au juste qui il est. Il n'arrive à se connaître qu'à travers son œuvre, que par son œuvre, qu'après son œuvre... Dostoïevski ne s'est jamais cherché ; il s'est éperdument donné dans son œuvre. Il s'est perdu dans chacun des personnages de ses livres ; et c'est pourquoi dans chacun d'eux on le retrouve[5]. »

Comme si, de toute son existence, Dostoïevski n'avait jamais été sûr de lui, comme si, pour notre bonheur, il n'avait jamais réussi à apporter de réponse à la question qu'il s'était posée au printemps 1845, dans la perspective Nevski, en sortant de l'appartement de Bielinski : « Est-il possible vraiment que je sois si grand[6] ? »

Enfin, comme si, dans les inquiétudes de Dostoïevski qui jaillissent très clairement de ses lettres, on voyait à contre-jour ses personnages présents et futurs.

Avant ce « moi je suis seul, et eux, ils sont tous » des *Carnets du sous-sol* vient la conviction que Kraïevski et Nekrassov – qui n'ont en littérature, il faut le dire, « ni talent ni capacités » – s'enrichissent pendant que lui, Dostoïevski, n'a pas un sou.

8.4 L'orphelin

Quand il regagne Saint-Pétersbourg en décembre 1859, Dostoïevski a trente-huit ans et affiche déjà l'aspect auquel nous sommes habitués.

D'après une de mes amies, Jovanotti, le chanteur[(a)], lui ressemble en plus jeune.

Ce qui n'est pas faux : il y a un air de famille entre Dostoïevski et Jovanotti, cependant il manque à Dostoïevski la gaieté de Jovanotti, il évoque un Jovanotti à qui on aurait joué un sale tour et qui en serait conscient ; c'est un Jovanotti orphelin, pour ainsi dire, un Jovanotti orphelin et conscient de l'être.

Effectivement, Dostoïevski est orphelin.

Sa mère est morte en février 1837, quand il avait quinze ans, et son père en juin 1839, quand il en avait dix-sept.

(a) Célèbre chanteur, compositeur et militant pacifiste italien, né en 1966.

Cela fait plus de vingt ans que Dostoïevski est orphelin, mais à présent, après son crime, après sa condamnation, après la perte de son grade, après ses quatre années de prison, ses dix années d'exil et tous les poèmes qu'il a été obligé d'écrire, il le devient aussi physiquement.

Et s'il y a quelque chose de terrible, d'injuste, chez un orphelin de quinze ans, il y a quelque chose qui cloche, qui frôle le ridicule, chez un orphelin adulte.

Je le dis par expérience.

8.5 Le 11 septembre

Pour moi, le 11 septembre n'est pas le 11 septembre 2001, jour de l'attentat contre les tours jumelles, c'est le 11 septembre 1999, le jour où mon père est mort.

Personne, dans les livres d'histoire, ne parlera de la mort de Renzo Nori.

J'avais déjà trente-sept ans, non les quinze ans de Dostoïevski, quand je suis devenu orphelin, j'étais déjà adulte, déjà ridicule, dans ma souffrance ; ou plutôt, je le suis devenu un an plus tôt, par un jour de l'hiver 1998, dans un appartement de la banlieue sud de Parme, via Caduti di Montelungo, entre la via Martiri di Cefalonia, la via Caduti e Dispersi in Russia, le largo Caduti dell'Egeo et la via Anna Frank, un quartier ridicule par sa toponymie[a], le quartier de ma jeunesse. C'est là que, ce jour-là, le téléphone a sonné, un de ces téléphones gris avec un cadran rond, les téléphones fixes qui existaient du temps de ma jeunesse, sur une étagère en bois, ces étagères qu'on trouvait dans les entrées des appartements de ma jeunesse ; j'ai décroché, c'était ma mère

(a) Littéralement : « rue des Morts de Montelungo », « rue des Martyrs de Céphalonie », « rue des Morts et des Disparus en Russie », « place des Morts de l'Égée » et « rue Anne-Frank ».

qui avait à me dire une chose très banale, que j'ai oubliée, et qui, alors que je m'apprêtais à lui dire au revoir, a ajouté : « Attends, papa a fait des radios, il a un cancer du poumon. Il ne le sait pas, c'est le docteur qui me l'a appris. Le docteur dit : inopérable. »

Il y avait parmi les lectures de mon enfance une bande dessinée intitulée *Astérix* qui, c'est bien connu, raconte l'histoire d'un Gaulois irréductible vivant dans un village irréductible de Gaulois irréductibles dont la seule peur est la suivante : que le ciel leur tombe sur la tête.

Voilà, ce jour d'hiver 1988, le ciel m'est tombé sur la tête.

J'ai raccroché, je me suis assis par terre, je me suis adossé au mur blanc de l'entrée de mon appartement, via Caduti di Montelungo, et je me suis mis à pleurer comme une fontaine.

De toute évidence, quand le ciel vous tombe sur la tête, vous avez envie de pleurer comme une fontaine.

8.6 Le 16 septembre

J'avais commencé à écrire deux ans plus tôt, le 16 septembre 1996, le jour de la mort de ma grand-mère Carmela.

Le premier roman que j'ai publié, en mars 1999, débutait par cette phrase : « Ma grand-mère Carmela s'appelait Carmela[7]. »

Vérisme émilien.

8.7 Orphelins

Jusqu'à quel âge peut-on être orphelin ?

Les gens qui se plaignent d'être orphelins après quarante ans m'ont toujours paru ridicules.

Voilà, j'en ai cinquante-sept, et cette année, 2020, alors que j'écrivais ce roman, ma mère est morte.

8.8 Le 21 septembre

Le 21 septembre 2020, j'étais chez moi, à Casalecchio di Reno, quand mon frère Giulio m'a téléphoné et m'a dit : « Maman est partie. »

Elle était malade.

Je le savais.

Je le savais.

Elle était malade.

Je le savais.

Mais même si je le savais avant, avant sa maladie – nous savons que, comme l'a dit un jour Brodsky à Dovlatov : « La vie est brève et triste. Tu as déjà remarqué de quelle façon elle se termine[8] ? » –, même si nous le savons, même si je le savais, j'ai cinquante-sept ans, je ne suis pas un enfant, mais je n'y croyais pas : de toute évidence, je l'ignorais.

8.9 Aujourd'hui

S'il me fallait mentionner un trait de mon caractère, je l'ai peut-être déjà dit, je mentionnerais, outre l'esprit de contradiction, la paresse.

Avant-hier, 17 octobre, par exemple, j'ai utilisé le dernier sac pour le tri sélectif du plastique ; hier, je suis allé à la mairie chercher un nouveau rouleau et j'ai eu l'impression toute la journée d'avoir été formidable.

Être paresseux est une chance : quand on surmonte sa paresse, on éprouve des satisfactions dont les personnes actives n'ont pas la moindre idée.

Cette satisfaction faisait partie de ma relation avec ma mère : chaque fois que je lui téléphonais, j'étais heureux de lui avoir téléphoné, d'avoir répondu à la voix qui me disait « Téléphone à maman », sans repousser ce moment à plus tard, et durant ce dernier mois – près d'un mois s'est écoulé depuis le 21 septembre – j'ai pensé tous les jours « Je vais appeler maman », mais non.

J'ai encore son numéro dans mon répertoire.

Maman. Le portable.

Et Maman Basilicanova. Le fixe.

Lorsque nous nous conduisions mal avec elle, ma mère gardait le silence un moment, puis déclarait : « Vous vous en rendrez compte quand je ne serai plus là. »

Elle avait raison.

Nous nous en rendons compte.

8.10 Le volume

Certaines personnes ont plaisir à annoncer la mort d'un membre de leur famille.

Pas mes frères ni moi-même.

Nous ne l'avons dit à personne.

Enterrement dans l'intimité.

On pourrait objecter : dans ce cas, pourquoi l'écris-tu dans un roman ?

Je l'écris dans un roman pas tant pour que cela ait du sens, pas à cause du lien un peu fallacieux avec l'orphelinage de Dostoïevski, je l'écris ici parce que c'est le seul endroit où j'arrive à dire certaines choses au volume auquel il est nécessaire de les dire.

Et, d'après moi, il y a de la place pour tout dans un roman sur Dostoïevski, y compris pour une chose dont je suis incapable de parler, telle que la mort de ma mère.

8.11 Casalecchio di Reno

Il y a un vers d'Anna Akhmatova qui dit que la vie est horrible et merveilleuse, et un poème de Khlebnikov selon lequel : « La loi des balancelles commande / D'avoir chaussure tantôt large, tantôt étroite, / Que le temps soit tantôt jour, tantôt nuit, / Et que les maîtres de la terre soient tantôt le rhinocéros, tantôt l'homme[9]. »

Depuis le 21 septembre, le maître de la terre est le rhinocéros, bientôt je redeviendrai peut-être moi-même, on verra.

8.12 Dur

Il y a quelques années, je suis allé à Bergame parler des romans de Tolstoï.

J'ai commencé par évoquer une histoire privée, à savoir – si mes souvenirs sont bons – que j'étais séparé depuis peu de Togliatti, la mère de ma fille, lorsque j'avais relu pour la dernière fois *Guerre et Paix* et qu'il me semblait avoir lu dans *Guerre et Paix* que les êtres auxquels nous avons affaire sont comme notre système solaire : ils déterminent nos orbites ; et moi, au cours de cette période, j'étais sans soleil, je n'avais pas d'orbite, je n'avais pas de jour et de nuit, je n'avais pas d'année solaire, je n'avais pas de révolution précise, ça a été dur.

J'ai sans doute raconté également quelques épisodes de ma vie avec Togliatti, par exemple : quand je l'attendais, je lavais les assiettes en me disant « Quelle humilité ! ».

Pendant que j'exposais cette introduction autobiographique, probablement un peu longue, une femme qui était venue pour entendre parler de Tolstoï, m'a-t-on rapporté par la suite, a lancé à l'individu qui se tenait devant elle, c'est-à-dire moi : « Qu'est-ce que j'en ai à foutre ? »

Puis elle s'est levée et elle est partie.

Étant trop occupé à parler, je ne l'ai pas entendue, mais, si je l'avais entendue, je lui aurais répondu : « Je ne sais pas, madame, ce que vous en avez à foutre. » Et j'aurais de toute façon pensé que, si mes propos ne l'intéressaient pas, elle avait raison de s'en aller.

Et puisqu'elle avait jugé mon introduction ennuyeuse, elle l'était sans doute ; néanmoins, en théorie, je n'estime pas erroné de ma part d'avoir commencé à parler de Tolstoï en parlant de moi.

Les romans de Tolstoï et de Dostoïevski sont des œuvres d'art parce qu'ils ne manient pas seulement la langue « supérieure de l'art », ils ne répondent pas seulement aux « nobles nécessités de l'art » : ils parlent de moi, de mes misères, de mes peurs, de mes blessures, de ma famille, du fait que je suis seul, sans un père, sans une mère, à l'âge de cinquante-sept ans, un vieil et ridicule orphelin parmesan qui vit à Casalecchio di Reno.

8.13 Candido

Le héros d'un roman italien de 1977 est un riche Sicilien, inscrit au parti communiste, qui, apprenant qu'on doit construire un hôpital dans son village, Serradifalco, et de surcroît sur un champ qu'il possède, décide d'offrir ce champ à la mairie.

Les hommes politiques qui s'occupent de cette affaire refusent son cadeau, car, si le champ leur est offert, ils ne recevront pas d'argent. Ils choisissent donc un autre terrain.

Le héros, qui s'appelle Candido, entend dénoncer la chose, et il commence à la dénoncer au sein du Parti.

Lors d'une réunion interne, le secrétaire du parti communiste de Serradifalco tient un long discours, dans lequel il justifie le choix des responsables pour des raisons techniques et parle de l'exhibitionnisme de Candido, l'accusant de vouloir donner son propre terrain pour y bâtir un hôpital.

À la fin du discours du secrétaire du Parti, Candido lui dit : « Camarade, tu as parlé comme Foma Fomitch[10]. »

« Ah », répond le secrétaire.

Comme s'il savait qui est Foma Fomitch.

Il l'ignore.

Il imagine qu'il s'agit d'un fonctionnaire soviétique, par exemple de l'époque stalinienne.

Les jours suivants, il réunit toutes les histoires du Parti et de l'Union soviétique qu'il parvient à dénicher et cherche dans l'index des noms Foma Fomitch.

En vain.

Il cherche dans les *Cahiers* de Gramsci.

Il ne l'y trouve pas.

Il cherche dans tous les ouvrages qu'il possède sur l'Union soviétique, qui sont dotés d'un index des noms.

Il n'y est pas.

Il téléphone au député de Sales, un homme très cultivé, lequel ne sait pas.

Il téléphone à la fédération régionale, au chargé d'affaires culturelles.

Rien à faire.

Enfin, un professeur de littératures slaves déclare qu'il sait, lui, qui est Foma Fomitch. C'est le personnage principal d'un roman de Dostoïevski datant de 1859, *Le Bourg de Stépantchikovo et sa population.*

8.14 C'est quoi, son histoire ?

Il y a quelques années, devant une librairie de Bologne, j'ai vu, appuyé contre le mur, l'air pensif, un écrivain que je connais, Ermanno Cavazzoni.

Après que je lui ai dit bonjour, il m'a dévisagé et a déclaré : « Je viens de relire *Le Bourg de Stépantchikovo et sa population*, et j'ai compris son histoire.

– C'est quoi, son histoire ?

– C'est l'histoire d'une tête de nœud », m'a-t-il répondu.

8.15 « Ma meilleure œuvre »

Le Bourg de Stépantchikovo et sa population est le premier roman que Dostoïevski publie après sa condamnation, roman qui sort fin 1859, au moment où lui-même regagne Pétersbourg.

En mai 1859, alors qu'il se trouve encore à Semipalatinsk, Dostoïevski écrit à son frère Mikhaïl :

« Écoute, Micha ! Ce roman, certes, a d'immenses défauts dont le principal, sans doute, est d'être trop étiré ; mais il est une chose à laquelle je crois comme en un axiome, c'est qu'il a en même temps de grandes qualités et que c'est ma *meilleure œuvre*[11]. »

Son frère Mikhaïl (Micha, pour les intimes) aurait pu répondre : « Chez toi, les meilleures œuvres que tu as écrites poussent comme des champignons » : nous l'avons vu, Dostoïevski est persuadé pour la énième fois, comme s'il s'agissait d'un axiome, qu'il est en train d'écrire son meilleur roman.

Si ce n'est que, cette fois, probablement, il est dans le vrai.

Le Bourg de Stépantchikovo et sa population est un livre surprenant et, à mes yeux aussi, le meilleur que Dostoïevski ait écrit jusqu'alors.

8.16 Foma Fomitch

Le bourg de Stépantchikovo appartient au colonel Rostanev, veuf et père de deux enfants, Ilia, âgée de huit ans, et Sacha, de quinze.

La mère de Rostanev, veuve elle aussi, qui « avait prospéré dans la société de ses dames de compagnie, de ses ragotières de la ville et de ses petits toutous[12] », se remarie avec un général et, quand celui-ci meurt, « entourée par la foule de ses dames de compagnie et de ses toutous », jure en sanglotant…

« … qu'elle mangerait plutôt du pain sec et, bien sûr qu'elle "l'arroserait de ses larmes", qu'elle irait plutôt, un bâton à la main, demander l'aumône de porte en porte plutôt que d'accéder à la requête de "l'insoumis" de venir vivre chez lui à Stépantchikovo et que son *pied*, jamais-jamais, ne franchirait le seuil de sa maison !

« […] Il faut remarquer que, pendant que tous ces glapissements étaient poussés, on faisait en cachette ses bagages pour s'installer à Stépantchikovo. »

Le colonel, son fils, parcourait tous les jours quarante verstes de Stépantchikovo jusqu'à la ville pour rejoindre sa mère et s'efforcer de la convaincre. Le médiateur de cette négociation n'était autre que Foma Fomitch qui, à un moment donné, dit au colonel :

« Que ressentirez-vous si votre propre mère, pour ainsi dire, la responsable de vos jours, prend son bâton et, s'appuyant dessus, de ses mains tremblantes et desséchées de faim, commence, pour de bon, à demander l'aumône ? N'est-ce pas monstrueux, d'abord, avec son grade de générale, et, deuxièmement, au vu de toutes ses vertus ? Que ressentirez-vous si, brusquement, elle vient – par inadvertance, bien entendu –, mais c'est une chose qui peut arriver, sous vos fenêtres, et qu'elle tend la main alors que vous, son propre fils, peut-être bien, à cette même minute, vous vous noyez je ne sais où sous un duvet de plumes et... enfin, n'est-ce pas, dans le luxe ! Affreux, affreux ! mais le plus affreux – permettez-moi de vous le dire sincèrement, colonel, le plus affreux, c'est que vous vous dressez là, en ce moment, devant moi, comme un piquet insensible, bouche bée et ouvrant de grands yeux, ce qui est même indécent, alors qu'à la seule supposition d'un événement pareil, vous auriez déjà dû vous arracher à la racine tous les cheveux de votre tête et répandre des ruisseaux... que dis-je, des rivières, des lacs, des mers, des océans de larmes !... »

Et Dostoïevski de conclure : « Bien entendu, au bout du compte, la générale, avec toutes ses dames de compagnie, ses petits chiens, Foma Fomitch et la demoiselle Pérépélitsina, sa confidente principale, fit à Stépantchikovo le bonheur de son arrivée. »

Au début, la générale « estimait de son devoir de tomber dans le désespoir deux ou trois fois par semaine ».

Parfois elle s'effondrait, évanouie, sur le divan et, lorsque son fils, le colonel, accourait, elle lui disait : « Fils cruel ! [...] Tu as déchiré mes entrailles... *mes entrailles, mes entrailles** !

« – Mais en quoi donc, maman, j'ai déchiré vos entrailles ? répliquait timidement le colonel.

« – Déchiré ! déchiré ! et il répond encore ! Il m'insulte ! Fils cruel ! Je meurs... »

Foma Fomitch dirigeait les choses. Il avait obligé le colonel à raser ses favoris, car il avait l'impression qu'avec ces favoris il ressemblait à un Français, ce qui laissait entendre qu'il n'aimait pas sa patrie. Lui, Foma Fomitch, aimait beaucoup sa patrie.

Il déclarait vouloir écrire...

« … une œuvre de pensée insondable dans le genre de l'édification religieuse, un ouvrage qui provoquerait un tremblement de terre général, et tonnerait à travers toute la Russie. Et, là, une fois que toute la Russie se serait bien pénétrée de ce tonnerre, lui, Foma, dédaignant la gloire, il entrerait au monastère et prierait nuit et jour dans des cavernes de Kiev pour le bonheur de la patrie. »

Il allait sur l'aire à battre et exposait aux paysans leurs devoirs envers leur maître, leur parlait d'agriculture (« quoique, lui-même, il ne sût pas distinguer l'avoine du blé »), expliquait de quelle manière la terre tournait autour du soleil et enseignait aux serfs de la glèbe la langue française.

En d'autres termes, il faisait le contraire de ce que faisait Tolstoï, qui avait fondé à Iasnaïa Poliana une école pour apprendre à écrire aux enfants des paysans et qui rédigerait, trois ans après la sortie du *Bourg de Stépantchikovo*, en 1862, un article intitulé « Qui doit apprendre à écrire, nous aux enfants des paysans, ou les enfants des paysans à nous ? ». Il s'y dirait convaincu que les véritables gardiens de la langue russe ne sont pas les nobles, comme lui, qui, s'ils savent lire et écrire, écrivent essentiellement en français, mais les paysans, qui parlent le russe depuis des millénaires sans avoir besoin d'aucune école.

Tolstoï et Dostoïevski, nous allons en reparler.

Ajoutons d'abord une dernière chose à propos du *Bourg de Stépantchikovo*.

8.17 Une analyse formelle

Dans un essai datant de 1921, le critique Youri Tynianov souligne le fait que, dans *Le Bourg de Stépantchikovo*, Dostoïevski met ces mots dans la bouche de Foma Fomitch : « Oh, ne me dressez pas de monument ! Ne me le dressez pas ! Je n'en veux pas, de monument ! Dans vos cœurs, dressez-le-moi, le monument, et je ne veux rien de plus, non, rien de plus, non, rien de plus ! »

Dans l'introduction de *Passages choisis de ma correspondance avec mes amis*, Gogol avait écrit :

« Je demande qu'on n'érige aucun monument sur ma tombe et qu'on ne songe même pas à pareille futilité, indigne d'un chrétien. S'il en est parmi mes proches à qui j'ai été véritablement cher, qu'ils m'érigent un monument d'une autre façon : qu'ils l'érigent en eux-mêmes, en restant fermes et inébranlables dans toutes les circonstances de la vie, en encourageant et réconfortant tous ceux qui les entourent. Quiconque aura vu après ma mort son courage spirituel dépasser celui qu'il possédait quand j'étais en vie montrera par là que, de fait, il m'a aimé et a été mon ami, et par cela même il m'aura érigé un monument[13]. »

Gogol, comme Foma, distribue des conseils dans des domaines qui lui échappent totalement, tels que l'agriculture ; comme le parasite de Stépantchikovo, il s'exprime avec une suffisance morale insupportable, et il y a dans les répliques du Foma Fomitch de Dostoïevski des répliques copiées sur le dernier livre de Gogol, comme celle-ci : « Il faut être un idiot du grand monde pour croire à la nécessité de ces bienséances absurdes. »

Dostoïevski avait été condamné pour avoir critiqué publiquement le dernier livre de Gogol à travers la lecture de la lettre de Bielinski.

Dans le premier roman publié après sa réhabilitation, Dostoïevski va d'une certaine façon plus loin : il met dans la bouche de son personnage principal, qu'il qualifie de « vrai débris de la société, dont personne n'a rien à faire, qui est complètement inutile, complètement dégoûtant, mais qui est empli d'un amour-propre sans limites et qui, de plus, se voit privé absolument du moindre don qui pourrait justifier ne serait-ce qu'un tant soit peu cet amour-propre maladivement exaspéré[14] », les mots même du dernier et malheureux livre de Gogol.

Peut-être ne s'était-il pas vraiment repenti.

Or personne ne s'en aperçoit pendant soixante ans, jusqu'à ce que se présente Tynianov, l'un des fondateurs du formalisme russe, ce courant critique qui propose de concentrer son attention pas tant sur le sens d'une œuvre littéraire ou sur ce qui amené son auteur à l'écrire, que sur *la façon* dont elle est composée.

J'ai toujours imaginé que ces messieurs se penchaient sur les œuvres littéraires comme des mécaniciens sur un moteur en se demandant s'il marche et pourquoi.

Voilà, dans ce cas particulier, Tynianov nous dit que *Le Bourg de Stépantchikovo et sa population* se compose de pièces qui proviennent des *Passages choisis de ma correspondance avec mes amis* et que Foma Fomitch est d'une certaine façon la réincarnation de Gogol.

9
Tolstoï et Dostoïevski

9.1 La non-rencontre

Il y a dans la biographie de Dostoïevski par Pavel Fokine, *Dostoevskij bez gljanca*, titre qui signifie « Dostoïevski sans clinquant » (mais, le mot « clinquant » étant un peu « clinquant », on pourrait aussi le traduire par « Dostoïevski sans paillettes »), un chapitre qui s'intitule « Nevstretcha s. L. Tolstym », soit « Non-rencontre avec Lev Tolstoï ».

En d'autres termes : le fait que Tolstoï et Dostoïevski ne se sont jamais rencontrés de leur vivant, tout en étant les deux écrivains russes les plus célèbres de la seconde moitié du XIXe siècle, est une chose si singulière qu'elle mérite un chapitre dans une biographie.

En d'autres termes : il existe un lien entre ces deux messieurs, un lien peut-être supérieur à celui qui existe entre Laurel et Hardy, entre Abbott et Costello, entre Bud Spencer et Terence Hill ou entre papa et maman. Peut-être.

9.2 Lev-Fiodor

En 2018, dans la plus grande librairie de Moscou, j'ai trouvé la traduction russe de l'essai d'un écrivain français, Pierre Bayard, intitulé *L'Énigme Tolstoïevski.*

Bayard écrit :

« Parmi les écrivains qui ont traité cette question [la pluralité], un nom s'impose à l'évidence, celui du grand auteur russe Léon-Fiodor Tolstoïevski.

« Tous ceux qui ont lu tel ou tel de ses livres savent à quel point ses personnages vivent dans des univers tourmentés, commettent des actes incompréhensibles – y compris à leurs propres yeux –, fuient avec une énergie le bonheur et recherchent passionnément la souffrance, passent leur temps à se torturer et à torturer les autres[1]. »

Et puis :

« L'incertitude où nous nous trouvons quant à quelques dates ou certains épisodes de la vie de Tolstoïevski comme les contradictions entre les biographies n'interdisent pas de commencer à tirer quelques lignes directrices.

« La première est que Tolstoïevski semble être le premier héros de son univers littéraire. L'homme qui échappe par miracle à la peine capitale, passe des années au bagne, participe à plusieurs conflits militaires, multiplie les crises épileptiques, se ruine au jeu et manque à différentes reprises de se suicider, que l'on retrouve enfin perdu dans une gare de province où il a fui le monde, paraît sorti de l'univers tourmenté qu'il a mis en scène. »

En d'autres termes, il semble qu'il se soit vraiment produit dans le livre de Bayard ce que l'écrivain et critique russe Dimitri

Sergueïevitch Merejkovski souhaitait qu'il se produise, au début du siècle dernier.

9.3 Dimitri Sergueïevitch Merejkovski

Merejkovski était un monsieur très élégant, marié à une femme très élégante au nom très élégant, Zinaïda Hippius : une poétesse raffinée et un intellectuel raffiné, également romancier, auteur d'un roman sur Léonard de Vinci comportant des inventions, telles que l'assistant de Léonard, qui, si mes souvenirs sont bons, se prénommait Argo, avait la passion des airs et essayait les machines volantes de Léonard, se blessait, était toujours plâtré ; ou que les bruits circulant sur les habitants de l'Amérique qui, à l'époque de Léonard, venait d'être inventée, ai-je envie de dire, mais il serait plus correct de dire « découverte », et je me rappelle que Merejkovski raconte dans son livre qu'il y avait en Amérique une population mystérieusement appelée les « Pygmées », lesquels avaient des oreilles si grandes que, quand ils se couchaient, l'une d'elles leur servait de matelas et l'autre de couverture, je m'en souviens.

Mais le livre de Merejkovski dont je me souviens le plus s'intitule *Tolstoï et Dostoïevski : la personne et l'œuvre*, qui compare les deux écrivains et dit que l'un est un peu le contraire de l'autre.

9.4 Dostoïevski et Tolstoï

« Dostoïevski n'avait pas besoin de se prouver à lui-même que l'argent était un mal, qu'il convenait de renoncer à la propriété : la pauvreté le tourmentait et il accordait à l'argent, tout au moins dans sa conscience, une grande importance ; mais dès qu'il s'en trouvait entre ses mains, il le traitait comme s'il voyait en lui non pas un mal, mais une parfaite absurdité. Il aimait ou bien imaginait aimer l'argent, mais l'argent, lui, ne l'aimait pas. L. Tolstoï le détestait ou bien pensait le détester, mais l'argent l'aimait et venait à lui tout seul. L'un vécut toute sa vie en rêvant de richesse et, sans le sens pratique de sa femme, probablement fût mort dans l'indigence. L'autre, qui toute sa vie rêva d'être pauvre, non seulement ne sut pas distribuer son bien, mais encore l'augmenta. Peut-être tout ceci n'est-il qu'un détail pour de tels individus ; il est néanmoins révélateur que même dans ce détail de la vie ils fussent si opposés[2]. »

Cette opposition, selon Merejkovski, s'étend à toute la vie des deux écrivains, à leur rapport avec la politique et à leurs relations avec les femmes, avec leurs épouses, ainsi qu'avec les autorités civiles et religieuses, comme on dit.

Bref, d'après Merejkovski, l'un des deux est un homme spirituel qui aspire à la sensualité, c'est-à-dire un lunarien qui veut atterrir sur la terre ; l'autre, un homme charnel qui rêve de l'esprit, un terrien qui aime la lune.

Le premier, le lunarien qui veut la terre, est Dostoïevski ; le second, le terrien qui aime la lune, est Tolstoï.

9.5 Une synthèse

Dans cet ouvrage très bizarre, très facile à lire, original et fertile qui a déterminé, entre autres choses, la naissance du symbolisme russe, Merejkovski se livre à une prévision très symboliste, ai-je envie de dire.

L'un des mots clés de ce mouvement et de cette période historique n'est autre que *nakanoune* qui signifie « à la veille ».

On a l'impression d'être à la veille d'un changement profond, extraordinaire, irréversible ; les jours présents deviennent, y compris dans leurs détails insignifiants, très importants en tant que présages de l'événement brutal qui s'apprête à se produire.

J'apprécie le fait que deux héros de cette période, le poète Vladislav Khodassevitch et l'écrivaine Nina Berberova, qui ont vécu un certain temps ensemble, à Sorrente, chez Maxime Gorki, indiquent dans leurs mémoires respectifs, *Nécropole* et *C'est moi qui souligne* – Khodassevitch en la décrivant, Nina Berberova au moyen d'une carte –, l'emplacement des pièces de la villa où ils ont vécu et en particulier celle de leur chambre à coucher, comme s'il était très important de signaler à la postérité qu'ils avaient dormi dans cette pièce-là, non dans une autre. S'ils avaient dormi dans une autre pièce, cela aurait probablement tout changé.

Merejkovski aussi, dans « Lev Tolstoï et Dostoïevski », prévoit un changement important dans un avenir imminent : l'apparition en Russie d'un romancier qui, de même que Raphaël a été dans un certain sens la synthèse de Michel-Ange et de Léonard, sera la synthèse de Tolstoï et de Dostoïevski. Et il charge les Russes de son époque de la tâche qui consiste à permettre la naissance d'un Raphaël russe :

« Les Russes relevant de la nouvelle conscience religieuse doivent se rappeler que d'un imperceptible et ultime mouvement de volonté se produisant en chacun d'eux – d'un mouvement d'atomes, peut-être – dépend tout le destin du monde européen, que si insignifiants ils s'estiment eux-mêmes, si honteux leur paraisse le déclin souffert par la culture russe contemporaine, ils ne sauraient malgré tout renier impunément l'héritage de Pierre et de Pouchkine, de L. Tolstoï et de Dostoïevski, au moment précis où cet héritage est plus que tout nécessaire non seulement à eux mais aussi à ceux auxquels ils restent redevables [...] : [...] Ou bien nous, ou bien personne[3]. »

Je pense que de nombreux lecteurs du livre de Merejkovski ont cru, ou ont tenté de contribuer, à l'apparition imminente d'une synthèse entre Tolstoï et Dostoïevski, et je pense que, avec toute l'admiration que j'ai pour la qualité extraordinaire de la littérature russe du XXe siècle, le vœu de Merejkovski ne s'est pas réalisé.

La seule synthèse entre Tolstoï et Dostoïevski que j'ai eu la chance de rencontrer, c'est ce livre de Pierre Bayard sur Tolstoïevski, publié plus d'un siècle après celui de Merejkovski.

9.6 Même les critiques littéraires

Les critiques qui se sont occupés de Tolstoï sont très nombreux, ceux qui se sont occupés de Dostoïevski le sont probablement encore plus, et si je devais en choisir un pour chacun, si je devais indiquer ceux d'entre eux qui m'ont permis de lire les œuvres, respectivement, de Dostoïevski et de Tolstoï plus en profondeur, avec plus d'intelligence que lorsque je les avais lues en leur absence, je mentionnerais Mikhaïl Bakhtine pour Dostoïevski et Victor Chklovski pour Tolstoï.

Bakhtine dit un tas de choses sur Dostoïevski, et d'abord que les romans de Dostoïevski sont des romans polyphoniques.

D'après Bakhtine, presque tous les romans modernes sont polyphoniques, mais ceux de Dostoïevski le sont davantage et mieux que les autres, au point que, d'après Bakhtine, il est difficile, dans les romans de Dostoïevski, de distinguer la voix de l'auteur, les opinions de l'auteur : les voix des personnages individuels sont si bien modulées, si convaincantes, si dignes et si puissantes qu'elles semblent toutes sur le même plan.

Et quand Bakhtine doit choisir un exemple contraire, dans la littérature russe moderne, c'est-à-dire une œuvre où la voix de l'auteur domine, humilie, étouffe les voix des personnages, il en trouve un à portée de main : Lev Nikolaïevitch Tolstoï.

Dans son dernier livre, qui s'intitule *L'Énergie de l'erreur*, Victor Chklovski écrit au sujet d'*Anna Karénine* :

« Tolstoï transmet son mode de pensée aux autres personnes. C'est lui qui semble se mourir de fièvre. Il plaint le vieux Karénine et l'aime presque, mais Karénine pense par lui-même, et Vronski pense par lui-même[4]. »

Apparemment, Chklovski donne raison à Bakhtine à propos de Tolstoï. Si ce n'est qu'il poursuit ainsi :

« Je tente une remarque.

« Le roman *Anna Karénine* est tout entier construit sur des monologues intérieurs, sur une sorte d'incompréhension mutuelle des individus.

« Peut-être est-ce dit de manière abrupte, mais en relisant le livre pour la énième fois, j'ai été davantage surpris qu'en lisant Dostoïevski. Chez lui les héros pensent de la même manière, comme si depuis l'enfance ils n'avaient lu qu'un seul auteur : Dostoïevski[5]. »

Voilà.

Quand ils parlent de Tolstoï et Dostoïevski, les critiques littéraires aussi se disputent.

Moi, j'aime les deux.

J'aime autant papa que maman.

Je suis dégoûtant.

10
Écrire pour vivre

10.1 Dans un gros baluchon

Nous sommes aujourd'hui le 10 novembre 2020, je dois rendre ce roman d'ici la fin novembre, cela fait plus d'un an que j'y travaille, il m'en reste un tiers à écrire, mais qu'est-ce que j'ai dans la tête ? Comment puis-je imaginer y parvenir ?

En 1866, Fiodor Mikhaïlovitch Dostoïevski se trouve dans une situation bien plus grave que la mienne et il s'en sort grâce à deux personnes, à commencer par un éditeur qui n'a rien d'un bienfaiteur.

Dans sa seconde vie à Pétersbourg, celle qui débute par son retour de l'exil en 1859, Dostoïevski ne disposera pas d'un Bielinski pour lui aplanir la route.

Sa vie se complique : il se dispute avec sa femme ; il fonde avec son frère une revue, *Vremia* (« Le Temps »), dont la censure provoque la suppression deux ans plus tard à cause d'un article de son ami Nikolaï Strakhov ; il effectue en 1862 un voyage en Europe qu'il évoque dans *Notes d'hiver sur impressions d'été*, et l'Europe lui déplaît, elle lui déplaît souverainement :

« En juin 1862, Dostoïevski partit pour la première fois à l'étranger et visita la France, l'Angleterre, la Suisse, l'Allemagne, écrit Evguenia Saroukhanian dans *Dostoïevski à Pétersbourg*. De retour en Russie, il publia dans sa revue des *Notes d'hiver sur impressions d'été*. Il s'y élevait contre l'hypocrisie des “libertés” bourgeoises occidentales, derrière l'écran desquelles ne se dissimulait que la liberté pour les riches : “Que veut dire le mot *liberté* en français ? Liberté. Quelle liberté ? La liberté identique pour tous de faire tout ce qu'on veut dans les limites de la loi. Quand peut-on faire tout ce qu'on veut ? Quand on possède un million. La liberté donne-t-elle un million à chacun ? Non. Qu'est-ce qu'un individu sans un million ? Un individu sans un million n'est pas celui qui fait tout ce qu'il veut, mais celui dont on fait tout ce qu'on veut”[1]. »

10.2 Un communiste

Après avoir transcrit ce passage, j'ai décroché mon téléphone et appelé un de mes amis qui se prénomme Nicola, qui a trente-quatre ans, qui est metteur en scène de théâtre, acteur, et qui se dit communiste.

Nous avons écrit ensemble un spectacle qui s'intitule *Se mi dicono di vestirmi da italiano, non so come vestirmi*[(a)], et ce qui me plaît dans notre travail commun, c'est que Nicola a une façon de penser totalement différente de la mienne ; à mon avis, il ne comprend rien.

Je n'entends pas par là qu'il ne comprend rien à rien, mais il est jeune, il a vingt-trois ans de moins que moi, et vingt-trois ans, c'est énorme ; lorsqu'il aura mon âge, il se rendra compte peut-être

(a) Littéralement : « Si l'on me dit de m'habiller comme un Italien, je ne sais pas comment m'habiller ».

qu'il racontait des bêtises quand il avait vingt-trois ans de moins, parce que c'est un garçon intelligent.

J'ai donc téléphoné à Nicola et je lui ai dit : « Nicola, je vais te lire un truc, et tu me diras ce que tu en penses », et il m'a dit : « D'accord. »

Alors je lui ai lu le passage qui s'achève sur Dostoïevski disant qu'en Occident « un individu sans un million n'est pas celui qui fait tout ce qu'il veut, mais celui dont on fait tout ce qu'on veut ».

Et lui, Nicola, m'a dit qu'il était entièrement d'accord, mieux, que cette phrase lui plaisait tellement qu'il se la ferait tatouer sur le dos en cyrillique.

Voilà.

C'était juste pour souligner le caractère actuel de Dostoïevski.

10.3 L'éléphant

Il y a quelques années, pendant une certaine période, on entendait les gens qui, comme moi, vivaient en Italie parler énormément d'un monsieur qui avait fondé un empire de la télévision, disait-on, qui avait ensuite acheté une équipe de football et créé un mouvement politique avec lequel il avait remporté les élections et qui était devenu président du Conseil des ministres de la République italienne.

D'une certaine façon, il était le personnage principal de cette période, il était tellement présent qu'on avait envie de l'oublier. Chose difficile.

Un jour de janvier 2007, par exemple, en arrivant à la gare de Milan, en provenance de l'étranger – je ne me souviens pas d'où exactement –, je suis allé dans un kiosque à journaux et j'ai demandé *La Repubblica* ; à l'époque, les journaux étaient encore le moyen le plus immédiat pour apprendre ce qui se passait.

Le kiosquier m'a dit : « J'ai tout vendu. »

Et moi j'ai dit : « Nooon. »

Et il a répondu : « Si.

– Comment ça se fait ? ai-je interrogé.

– Ben, il y avait une lettre de Veronica Lario[a]. »

J'avais alors quarante-quatre ans, et il ne m'était jamais arrivé en l'espace de quarante-quatre ans de vouloir acheter un journal et d'entendre dire qu'il n'y en avait plus.

Puissance de la prose de Veronica Lario.

Et aussi du sujet, peut-être : dans cette lettre, Veronica Lario déplorait le fait que son mari désertait les anniversaires de leurs enfants pour fréquenter des filles peu vêtues, certaines très jeunes, après le dîner.

Cette histoire – ceux qui l'ont vécue s'en souviennent tous – a pris de l'ampleur au fil du temps pour se terminer au tribunal quatre ans plus tard, en 2011 ; c'était l'année du cent cinquantième anniversaire de l'Unité de l'Italie, et moi, j'ai écrit un petit texte dont le héros était un éléphant et qui disait :

« Puisque, je pense, nous sommes libres de faire ce que nous voulons si nous y parvenons, je me rappelle qu'il y a un an, en arrivant à Bergame, j'avais constaté avec surprise que les balcons des appartements de la ville étaient garnis de drapeaux tricolores. J'avais demandé au garçon qui était venu me chercher à la gare : "Y aurait-il une révolte contre la Ligue du Nord ? – Non, m'avait-il répondu, c'est le rassemblement des chasseurs alpins." Voilà, je ne connais pas l'allure des autres villes et des autres villages italiens aujourd'hui, mais à Bologne ou, pour plus de précision, à Casalecchio di Reno, aujourd'hui, 16 avril 2011, alors qu'un mois s'est écoulé depuis les célébrations des cent cinquante ans de l'Unité italienne, de nombreux balcons sont encore pavoisés de drapeaux tricolores, pas autant qu'à Bergame

(a) Cette actrice, née en 1956, fut l'épouse de Silvio Berlusconi de 1990 à 2014.

pour le rassemblement des chasseurs alpins, mais cela fait quand même un drôle d'effet.

« Il y a un mois, justement, avant de monter sur la scène du théâtre de Carpi où un énorme drapeau tricolore était projeté sur la toile de fond et où étaient alignés les quarante éléments d'une fanfare, chacun muni d'une cocarde tricolore, j'ai hésité à arborer moi aussi la cocarde tricolore qu'on m'avait donnée, cocarde qui est à présent dans ma chambre et que j'ai tenté en vain d'offrir à ma fille, laquelle a voulu savoir ce que c'était et – quand je lui ai dit qu'il s'agissait d'une cocarde – à quoi cela servait, et, comme je lui expliquais qu'on la plaçait à sa boutonnière, elle l'a placée sur un bouton qu'elle avait sur la joue, l'a gardée là un moment puis a déclaré : "Ça ne me plaît pas." J'hésitais donc à la mettre à ma boutonnière, ou non, et je penchais pour le non quand j'ai pensé qu'on croirait que j'entendais me démarquer, et je l'y ai donc mise, même si, comme me l'a signalé le chef de la fanfare, je l'ai mise à droite, et non à gauche, sur le cœur, ce qui m'a réconforté, ayant été original au moins en quelque chose, il me suffit vraiment d'un rien pour être content.

« Quelque chose me déplaisait et me déplaît toujours dans cette – je ne sais pas comment l'appeler, j'ai envie de dire profusion, mais ce n'est peut-être pas le mot exact –, dans cette, comment dire, cette ostension ?, peut-être pas, "ostension" est un mot que j'ai entendu employer uniquement pour le Saint Suaire de Turin, dans cette exposition, voilà, ou plutôt exhibition, "exhibition" est sans doute le bon terme, la chose qui me déplaît, disais-je, dans cette exhibition de drapeaux tricolores, est la suivante : ceux qui ont exhibé le drapeau tricolore ces jours-ci ne sont pas, d'après moi, des gens chez qui l'esprit patriotique est particulièrement enraciné, je l'ai exhibé moi aussi, moi qui, si je devais choisir mon chant patriotique préféré, opterais pour "Notre patrie est le monde entier, notre loi est la liberté, et j'ai dans le cœur une pensée rebelle[2]." Tout le monde connaît la raison de cette exhibition, c'est une réaction aux idées indépendantistes et au refus de fêter l'Unité italienne de la part de la force politique qui, pensais-je, avait commis à Bergame quelque chose d'assez horrible pour susciter une rébellion de la plupart de ses habitants.

« Donc aujourd'hui, quand un individu de mon genre, moyennement instruit et peu coutumier des choses de ce monde, voit un drapeau tricolore, il ne songe pas à un sentiment patriotique, il songe à une réaction contre la Ligue du Nord, de même que, quand il assiste à une manifestation en faveur de la dignité des femmes, il ne songe pas à la croissance d'un sentiment philogyne (j'ai du mal à employer le mot féministe, et il ne serait probablement pas très approprié dans ce contexte), mais à une réaction contre un monsieur qui, a-t-on découvert, fréquente des jeunes filles peu vêtues après le dîner. J'en ai parlé à un de mes amis, qui m'a conseillé de lire l'ouvrage du linguiste américain George Lakoff, *Don't Think Of An Elephant!* (« Ne pensez pas à un éléphant! »), je l'ai acheté et je l'ai lu, et il m'a semblé qu'il ne parlait pas de ce dont j'avais parlé à mon ami, mais d'une chose peut-être similaire: du *frame*, terme qui signifie cadre, tableau, structure.

« "Quand j'enseigne ce qu'est le *framing*, en première année de sciences cognitives à l'université de Berkeley, je commence par donner aux étudiants un exercice. Cet exercice est le suivant: Ne pensez pas à un éléphant! Quoi que vous fassiez, évitez de penser à un éléphant. Je n'ai jamais trouvé d'étudiant qui y parvienne. Chaque terme, par exemple *éléphant*, évoque un *frame*, un cadre, qui peut consister en une image ou dans des connaissances d'un autre genre. Les éléphants sont énormes, ils ont des oreilles tombantes, des défenses et une trompe, ils vivent à l'état sauvage dans la jungle, sont associés aux cirques, et ainsi de suite. Chaque mot se définit par rapport à un *frame*, un cadre. Quand nous nions un cadre, nous évoquons le cadre.

« “Richard Nixon le découvrit à ses dépens. Lors du scandale du Watergate, alors qu’on le pressait fortement de démissionner, il s’adressa à la nation dans une allocution télévisée. Il se présenta devant la nation et déclara ‘Je ne suis pas un escroc’. Tout le monde pensa qu’il était un escroc[3].”

« Lakoff explique que la droite américaine a très bien travaillé sur les *frames*, ces dernières années, qu’elle a réussi, dans les débats publics, à créer des cadres que la gauche a acceptés et, quand vous acceptez un cadre, d’après Lakoff, vous avez perdu.

« Lakoff cite en exemple l’expression “allègement fiscaux”, qui présuppose que les impôts sont un poids, une sorte de sac inutile que nous portons sur le dos et que nous serions soulagés d’ôter. Un homme politique de gauche (ces catégories sont très imprécises, mais je les utilise exprès, car lorsque je lis “démocrate” ou “républicain”, je ne sais jamais précisément de qui l’on parle, cela pour dire que je connais très bien mon sujet), un homme politique de gauche, disais-je, qui s’opposerait dans un débat à la politique fiscale de la droite en employant lui aussi l’expression “allègements fiscaux” et, de fait, en l’acceptant, cet homme politique de gauche, selon Lakoff, pourrait parler une heure entière sans convaincre personne, et son message resterait toujours plus faible que le message imposé par son antagoniste avec ces deux seuls mots : “allègements fiscaux”.

« Pour conclure ce petit résumé lacunaire du livre de Lakoff, Lakoff dit que de nombreux hommes politiques et électeurs de gauche pensent que les hommes politiques et électeurs de droite sont stupides, ce qui, dit-il, est faux.

« Voilà.

« Bon, je ne sais pas grand-chose non plus de la politique italienne, cependant j’ai l’impression que la situation américaine que nous décrit Lakoff en 2004 est similaire à la situation italienne aujourd’hui, en admettant qu’il y ait aujourd’hui une situation en Italie.

« Pour dire la vérité, et pour en revenir au monsieur du début, j'ai fini par penser qu'au moment où l'on a découvert qu'il était accusé d'être le client d'une prostituée mineure, au moment où l'on a découvert également qu'il passait ses soirées d'une façon très bizarre et originale, disons, accompagné de nombreuses jeunes femmes déguisées en infirmières, en policières et ainsi de suite, il a gardé le silence pendant plusieurs jours.

« Tout le monde était impatient d'entendre ce qu'il dirait ensuite, on pouvait imaginer qu'il dirait "Je ne suis pas un obsédé sexuel" (et tout le monde aurait pensé qu'il était un obsédé sexuel) ou "Je ne suis pas un dépravé" (et tout le monde aurait pensé qu'il était un dépravé), ou encore, que sais-je, "Je suis un cochon" (et tout le monde aurait pensé qu'il était un cochon), et ainsi de suite. Enfin, il a pris la parole et ses premiers mots ont été : "Je ne suis pas un saint." »

10.4 Mais quel est le rapport ?

En 1863, de retour de son premier voyage en Europe, Dostoïevski précise, dans l'essai qui s'intitule *Notes d'hiver sur impressions d'été*, une pensée qui sera reprise par la suite par un de ses personnages les plus célèbres, le héros de *L'Idiot*, le prince Mychkine.

« ... bon, c'est ce qu'il faut, que je me sacrifie complètement, définitivement, sans idée de profit, sans me dire du tout que, voilà, je me sacrifie tout entier à la société, et qu'en échange, c'est la société elle-même qui se donnera tout entière à moi. [...] Or, cela, comment le faire ? C'est comme ne pas penser à l'ours blanc. Essayez de vous fixer cette tâche : ne pensez pas à l'ours blanc, et vous verrez que, ce maudit ours, vous y penserez à chaque instant[4]. »

Et ça, toujours pour souligner le caractère actuel de Dostoïevski.

10.5 Les choses dans l'ordre

En résumé : Dostoïevski regagne Saint-Pétersbourg à la fin de l'année 1859 et fonde avec son frère Mikhaïl la revue *Vremia*, dans laquelle il publie, entre 1861 et 1862, *Souvenirs de la maison des morts*, *Humiliés et Offensés* et, en 1863, *Notes d'hiver sur impressions d'été*.

Souvenirs de la maison des morts est un ouvrage très différent de tous ceux que Dostoïevski a écrits jusqu'à présent et de tous ceux qu'il écrira par la suite, c'est une espèce de reportage dans la prison sibérienne, même si les souvenirs en question sont attribués à un autre condamné selon le stratagème, déjà un peu rebattu à l'époque, il faut le dire, du manuscrit retrouvé (je n'ai jamais compris à quoi servait le stratagème du manuscrit retrouvé, quoi qu'il en soit ça ne concerne que moi).

Souvenirs de la maison des morts est un livre que Lev Tolstoï apprécia beaucoup, mais moi, pas tellement ; je préfère les vrais romans, quand ils sont bons, et, comme je l'ai déjà dit, *Le Bourg de Stépantchikovo*, qui précède la *Maison des morts* et *Humiliés et Offensés*, me paraît très beau. Quant à *Humiliés et Offensés*, il s'agit effectivement d'un vrai roman, mais pas d'un des grands romans de Dostoïevski, à mon avis.

Pour plusieurs raisons, et avant tout, peut-être, à cause du méchant.

Les méchants, chez Dostoïevski, les personnages négatifs, sont en général beaucoup plus intéressants que les gentils, il suffit de penser à Stavroguine dans *Les Démons* ou au père des frères Karamazov, dans *Les Frères Karamazov*, ou à Raskolnikov dans *Crime et Châtiment*. Ici, en revanche, dans *Humiliés et Offensés*, le méchant, le comte Piotr Aleksandrovitch Valkovski, est plat, prévisible, vraiment méchant, sans nuances, il semble uniquement conçu pour occuper une fonction narrative, et on n'a pas l'impression de lire Dostoïevski, mais plutôt de voir un film de James Bond dans lequel Piotr Aleksandrovitch Valkovski est le *villain*, le méchant justement, ou, en traduisant dans la langue parlée, le salaud, un type qui s'efforce d'être le pire possible et qui n'y parvient pas si bien que ça, qui n'est même pas original dans sa saloperie, un type pour lequel il est impossible d'éprouver la moindre sympathie.

Et même les gentils, il faut le dire, dans *Humiliés et Offensés*: Natacha, le drame de Natacha qui, je simplifie et banalise, s'est amourachée d'un couillon et n'arrête pas de pleurer du début jusqu'à la fin du roman, le drame de Natacha est, je ne sais comment dire, un peu pesant; elle ne ressemble pas, elle non plus, à un personnage russe, elle ressemble à un personnage de *Notre-Dame de Paris*, mais pas du roman de Victor Hugo, non, de la comédie musicale de Richard Cocciante, un truc un peu trop nourrissant, un peu difficile à digérer, si je puis me permettre.

10.6 Très bon

Si la dame qui avait été déçue d'apprendre que Dostoïevski n'avait pas rendu son argent à Wrangel, son ami le baron, et qui se sentait d'une certaine façon trahie avait connu personnellement Dostoïevski, elle aurait eu plus d'une raison de lui en vouloir.

Lorsqu'il se rend en Europe pour la première fois, en 1862, Dostoïevski visite en l'espace d'un mois et demi Berlin, Dresde, Wiesbaden, Baden-Baden, Cologne, Paris, Londres, Lucerne, Düsseldorf, Genève, Gênes, Livourne, Florence, Milan, Venise et Vienne, et non seulement il prend les notes qui deviendront *Notes d'hiver sur impressions d'été*, mais aussi il se passionne pour le jeu de la roulette.

Dostoïevski est parti en faisant fi de la maladie de sa femme ainsi que de ses problèmes d'argent habituels et, alors qu'en Occident il se passionne pour le jeu, commence à fréquenter les casinos et, après quelques gains, se met à accumuler les pertes, il préfère, dans toute son honnêteté orientale, ne pas le mentionner dans cet essai où il parle de *liberté** et du fait que, en Occident, quand on n'a pas un million, on peut oublier la *liberté**.

Au cours de ce premier voyage, il rencontre Herzen, un exilé russe qui l'accueille avec effusion, écrit une critique de ses *Souvenirs de la maison des morts* dans laquelle il compare le livre à un tableau de Michel-Ange, et raconte en ces termes leur rencontre à son ami Ogarev : « Hier Dostoïevski était ici – c'est un homme naïf, un peu confus, mais très charmant. Il croit avec enthousiasme dans le peuple russe[5]. »

10.7 Une amoureuse

Quelques mois avant son voyage à l'étranger, au cours de l'été 1861, Dostoïevski fait la connaissance d'une apprentie écrivaine d'environ vingt ans, Apollinaria (Polina ou Pauline) Souslova, sœur aînée de Nadejda Souslova, également apprentie écrivaine qui, ces années-là, soutient à Zurich sa thèse de médecine, devenant la première femme médecin de toute l'histoire de la Russie.

On ignore à quel point l'unique source qui reconstitue, depuis le début, la relation de Pauline Souslova et Dostoïevski est crédible : ce sont les mémoires d'une femme qui n'est pas encore née à l'époque, que Pauline Souslova n'a jamais rencontrée et, surtout, qui n'apprécie guère Pauline.

Il s'agit de Lioubov Dostoïevskaïa, la fille de Dostoïevski, qui écrit :

« Chaque automne, ça recommençait : [Pauline] s'inscrivait à l'université en tant qu'étudiante, mais sans jamais étudier ni passer d'examens. Cependant elle fréquentait assidûment les cours, flirtait avec les étudiants, leur rendait visite dans leurs appartements, empêchait ces jeunes gens de travailler, les incitait à se rebeller, les poussait à signer des pétitions, participait à toutes les manifestations politiques, défilait en tête des étudiants, portait le drapeau rouge, chantait *La Marseillaise*, insultait les cosaques, les défiait, frappait les chevaux de la police, encaissait à son tour les coups des policiers, passait la nuit au poste, et, quand elle retournait à l'université, était portée en triomphe par les étudiants qui l'érigeaient en victime du "tsarisme haï". Pauline assistait à tous les bals, à toutes les soirées littéraires des étudiants, dansait avec eux, applaudissait, partageait toutes les idées nouvelles qui agitaient la jeunesse. À cette époque, l'amour libre était devenu une mode. Jeune et jolie, Pauline vivait intensément avec l'air du temps, passant d'un étudiant à l'autre au service de Vénus, croyant ainsi servir la civilisation européenne. Face au succès de Dostoïevski, Pauline s'empressa immédiatement de partager la dernière passion des étudiants. Elle fit la chasse à Dostoïevski, chercha à le rencontrer de toutes les manières possibles. Dostoïevski ne s'aperçut de rien. C'est alors qu'elle lui écrivit une déclaration d'amour. La lettre se trouvait parmi les papiers de mon père ; elle était simple, naïve et poétique[6]. »

On ignore où se trouve cette lettre, cette déclaration d'amour de Pauline à Dostoïevski, en admettant qu'elle ait vraiment existé.

Lioubov est la seule à en parler dans ce fragment dont les biographes remettent en cause la fiabilité ; en revanche, l'histoire d'amour entre Pauline et Dostoïevski ne fait pas de doute.

Entre 1861 et 1862, Apollinaria Souslova s'éprend de Dostoïevski, lequel s'éprend d'elle à tel point qu'elle servira de modèle à certains personnages féminins de ses romans suivants, en particulier du *Joueur*, qui sera publié en 1866 et dont l'héroïne se prénomme, comme par hasard, Pauline.

Et quand Dostoïevski retourne à l'étranger, en 1863, alors qu'Apollinaria Souslova, dite Pauline, l'attend à Paris, il s'arrête en chemin, à Wiesbaden, et se met à jouer dans l'espoir de gagner, non pas le million qui lui donnerait la *liberté**, mais un dixième, cent mille francs.

Il en gagne aussitôt dix mille quatre cents et décide de partir pour Paris le lendemain sans passer par le casino ; or il y passe et y perd la moitié de ses gains de la veille.

Il lui reste cinq mille francs. Il en envoie une bonne partie à Pétersbourg à l'intention de sa femme, dont la santé a empiré et qui est dans un état grave.

Mais quelques jours plus tard, il écrit de Baden-Baden à son frère qu'il a tout perdu, jusqu'au dernier centime, et le prie de lui renvoyer ce qu'il avait envoyé à sa femme quelques jours plus tôt.

Mikhaïl, son frère, lui écrit qu'il ne comprend pas son attitude : « Je ne comprends pas comment l'on peut jouer quand on voyage avec une femme qu'on aime[7]. »

Dostoïevski l'expliquera trois ans plus tard, dans *Le Joueur*, dont le personnage principal est, à ses yeux, moins Pauline que la roulette.

Bien qu'il lui préfère le jeu, leur histoire d'amour durera encore plusieurs années et, après la mort de sa femme (le 15 avril 1864), Dostoïevski proposera à plusieurs reprises à Pauline de l'épouser, ce qu'elle refusera invariablement.

À Paris, en 1863, lorsqu'il la rejoint après ses mésaventures au casino, elle lui dit avant toute chose : « C'est trop tard[8]. »

Et elle lui raconte qu'elle est tombée amoureuse d'un jeune et riche étudiant en médecine, originaire des Antilles, un certain Salvador, qui toutefois ne veut pas entendre parler d'elle.

10.8 Un film d'horreur

En 1861, un roman de Tourgueniev intitulé *Pères et Fils*, dont le héros, Bazarov, prétendait qu'« un honnête chimiste est vingt fois plus utile que n'importe quel poète[9] », était publié en Russie.

Ce n'est peut-être pas un hasard si cette période correspond à l'enfance d'une jeune personne qui deviendra la première femme au monde à enseigner les mathématiques à l'université.

Cette jeune personne, qui se nommait alors Sofia Korvine-Kroukovskaïa et qui s'appellerait, après son mariage, Kovalevskaïa, s'éprit de Dostoïevski à l'âge de quinze ans, en 1865, sans le dire à personne.

Elle l'a raconté plus tard dans ses mémoires.

Sofia fit la connaissance de Dostoïevski grâce à sa sœur aînée, Aniouta. Passionnée d'écriture, celle-ci avait envoyé en cachette de ses parents des nouvelles à Dostoïevski, lequel les avait publiées dans *Epoka* (la revue qu'il dirigeait après l'interdiction de *Vremia*).

Le père avait intercepté par hasard une lettre de la revue qui renfermait une somme d'argent équivalant aux droits d'auteur sur les nouvelles publiées, et avait dit à sa fille : « D'une jeune fille capable, à l'insu de son père et de sa mère, de nouer une correspondance avec un inconnu et d'en recevoir de l'argent, on peut tout attendre ! Aujourd'hui tu vends tes récits, mais viendra un temps, on peut le craindre, où tu te vendras toi-même[10]. »

Et Sofia Kovalevskaïa ajoute : « Dans notre famille se produisit un phénomène récurrent dans les familles russes : les enfants refirent l'éducation de leurs parents. »

Avec patience et calme, Aniouta, la sœur aînée de Sofia, avait réussi à obtenir un compromis : lire sa nouvelle à sa famille réunie et être jugée sur son contenu.

« Mon père avait écouté en silence, sans lâcher un mot de toute la lecture. Mais quand Aniouta en arriva aux dernières pages et que, peinant elle-même à se retenir de pleurer, elle entama l'épisode où Lilenka, à l'article de la mort, se lamentait sur sa jeunesse gâchée, soudain de grosses larmes perlèrent à ses yeux. Il se leva sans dire un mot et quitta la pièce. Ni ce soir-là, ni les jours qui suivirent, il ne parla avec Aniouta du récit qu'elle avait écrit ; mais il la traitait avec une douceur et une tendresse surprenantes, et tout le monde dans la famille comprenait *que sa cause était gagnée*[11]. »

Après cette victoire, Aniouta reçut l'autorisation de ses parents d'inviter Dostoïevski à l'occasion d'un voyage des sœurs et de la mère (qui vivent à Pablino, dans le gouvernement de Vitebsk, en Biélorussie) à Pétersbourg.

Sofia se rappelle que leur père était très mal disposé à l'égard de l'écrivain : « Que savons-nous de lui ? Seulement qu'il est un journaliste et un ancien forçat. Jolie recommandation ! Il n'y a pas à dire ! Il faut être avec lui très prudent. »

Il ordonna donc à sa femme d'être présente au moment de la rencontre entre Aniouta et Dostoïevski, et de ne pas les laisser en tête à tête.

Sofia demanda à être présente elle aussi. S'ajoutèrent à elles « deux vieilles tantes allemandes [qui] trouvaient à chaque minute un prétexte pour entrer dans la pièce et regarder avec curiosité l'écrivain comme s'il s'agissait de quelque bête rare ; elles finirent par s'asseoir carrément sur le divan où elles restèrent jusqu'à la fin de sa visite. »

Désolée et ennuyée, Aniouta demeura assise en silence, le regard buté. Dostoïevski était mal à l'aise. Sofia écrit : « Il paraissait ce jour-là vieux et souffrant, comme toujours d'ailleurs quand il était de mauvaise humeur. Il ne cessait de tripoter nerveusement sa maigre barbe blonde et de se mordre les lèvres, tandis que tout son visage était secoué de tics. »

De temps en temps, leur mère essayait d'entamer une conversation intéressante en affichant un sourire de circonstance ou se hasardait à poser une question intelligente.

Et comme Dostoïevski lui répondait par des monosyllabes, de façon très impolie, elle finit à son tour par se taire.

Fiodor Dostoïevski garda le silence pendant une demi-heure. Puis il se leva, prit son chapeau, salua tout le monde et, sans serrer la main de personne, s'en alla.

« Après son départ, écrit Sofia, Aniouta courut dans sa chambre, se jeta sur le lit et fondit en larmes.

« "Toujours, toujours ils gâchent tout !" répétait-elle au milieu de sanglots convulsifs. »

J'aime beaucoup les mémoires de Sofia Kovalevskaïa, laquelle semble dotée non seulement du talent des mathématiques que tout le monde lui reconnaît, mais aussi d'un grand talent littéraire : cette scène est terrible, à mon avis ; les vieilles tantes allemandes qui fixent Dostoïevski comme s'il s'agissait d'une bête rare sont mémorables ; je ne les oublierai pas facilement, je le crains. Dostoïevski a dû passer une drôle de journée. Il aurait eu l'impression d'avoir échoué dans un mélange de comédie à l'italienne et de film d'horreur si les comédies à l'italienne et les films d'horreur avaient existé à l'époque, mais ils n'existaient pas, alors j'en reste là.

10.9 Tout le monde sauf moi

Plus tard, Dostoïevski retourne auprès d'Aniouta et de Sofia. Enfin seul avec les deux filles, il a l'air d'un autre homme, jeune, séduisant et intelligent.

« Est-il possible qu'il ait déjà quarante-trois ans ! pensais-je. Est-il possible qu'il ait trois fois et demie mon âge et plus de deux fois celui de mes sœurs aînées ! Et qui plus est, un grand écrivain ! Pourtant on peut se comporter avec lui comme avec un camarade ! [...]

« C'était surtout bien quand il venait le soir et que, à part lui, nous ne recevions personne. Alors il s'animait et devenait extraordinairement aimable et passionnant. Fiodor Mikhaïlovitch ne pouvait supporter les conversations d'ordre général ; il ne parlait que par monologue et à la seule condition que tous les présents lui soient sympathiques et l'écoutent avec une extrême attention. Si cette condition était satisfaite, en revanche, il pouvait parler avec plus d'éloquence, de pittoresque et de relief qu'il m'ait jamais été donné d'entendre de personne. »

Au fil du temps, la sœur de Sofia semble perdre de l'intérêt pour Dostoïevski. Blessé, il lui fait des scènes de jalousie et conclut que « Toute la jeunesse d'aujourd'hui est bête et immature. Pour eux tous, une paire de bottes bien cirée à plus de valeur que Pouchkine ! – Pouchkine en effet est démodé à notre époque », dit Aniouta d'un ton calme pour le faire enrager. Furieux, il prend son chapeau et s'en va, après avoir dit qu'il ne vaut pas la peine de se quereller avec une nihiliste et qu'il ne remettra jamais les pieds chez elle. Le lendemain, il est de nouveau là, comme si de rien n'était.

Quand il se disputait avec Aniouta, Dostoïevski lui disait que Sofia, sa sœur cadette, valait mieux qu'elle.

« Il me montrait constamment en exemple à ma sœur.

« Arrivait-il à Dostoïevski de formuler quelque pensée profonde ou autre paradoxe génial allant à l'encontre de la morale routinière, ma sœur avait soudain l'idée de feindre de ne pas comprendre ; tandis que mes yeux brillaient d'enthousiasme, elle, exprès pour l'enrager, lui répondait par un banal lieu commun.

« "Vous avez l'âme petite, mauvaise et futile, s'emportait alors Fiodor Mikhaïlovitch, votre sœur, c'est autre chose ! Elle est encore une enfant, mais comme elle me comprend ! Parce qu'elle est douée d'âme sensible !"

« Je rougissais de plaisir, et s'il l'eût fallu, je me fusse laissé couper en morceaux pour lui prouver combien je le comprenais. »

Quelques jours plus tard, les deux sœurs sont seules à la maison. Dostoïevski se présente. Sofia – qui joue du piano et dont Dostoïevski a loué le jeu et l'« âme » interprétative – se met à l'instrument et interprète la *Pathétique* de Beethoven, qu'elle a étudiée, malgré ses difficultés, après avoir appris que c'était la sonate préférée de leur ami. À la fin, satisfaite d'elle-même, elle ferme les yeux en attendant les compliments. Comme elle n'entend rien, elle les rouvre et s'aperçoit que Dostoïevski et sa sœur ont disparu.

Elle les cherche dans la pièce d'à côté, en vain. Elle écarte le rideau qui donne sur une pièce d'angle : ils sont là, assis sur un petit sofa. Dostoïevski…

« … était pâle et ému. Il tenait la main d'Aniouta dans les siennes et, penché vers elle, lui parlait en ce chuchotement passionné et ardent que je connaissais et aimais tant.

« "Anna Vassilievna, mon amie, comprenez donc, je vous ai aimée au premier instant où je vous ai vue ; et même avant, je le pressentais déjà à vos lettres. Et je ne vous aime pas d'amitié, mais de passion, de tout mon être…" »

Sofia a l'impression que le sang lui monte au cerveau. Elle se précipite dans sa chambre, se jette sur son lit, se cache la tête sous l'oreiller et fond en larmes.

Quelques heures plus tard, elle se lève, gratte une allumette et concentre son attention sur les bruits de la maison.

« Des pièces d'apparat, aucun son ne parvenait jusqu'à notre chambre, mais on entendait dans la cuisine voisine les domestiques se préparer à dîner ; les servantes riaient et bavardaient. "Tout le monde est joyeux, tout le monde se sent bien, moi seule..." »

10.10 Mariages et sous-sol

En cette même année 1865, Dostoïevski avait également demandé avec insistance sa main à Apollinaria Souslova, comme celle-ci le raconte. De toute évidence, il tenait vraiment à se marier.

Sofia Kovalevskaïa relate la réaction de sa sœur Aniouta à cette proposition de mariage. Elle la rejette (elle épouserait plus tard un Français, Victor Jaclard, participerait à ses côtés à la Commune de Paris, ferait la rencontre de Marx et commencerait à traduire *Le Capital* en russe).

« Eh bien, vois-tu, je suis moi-même étonnée parfois de ne pas pouvoir l'aimer ! Il est si gentil ! Au début je pensais que peut-être je finirais par l'aimer. Mais il a besoin d'une tout autre femme que moi. Sa femme devrait se consacrer totalement, totalement à lui, lui sacrifier toute sa vie, ne penser seulement qu'à lui. Or cela, je ne le puis pas, je veux vivre moi aussi ! Qui plus est, il est si nerveux, si exigeant. Il a constamment l'air de chercher à s'emparer de moi, à m'aspirer en lui ; en sa présence, je ne suis jamais moi-même. »

L'une des choses qui me frappent le plus dans le récit de Sofia Kovalevskaïa n'est autre que la dernière phrase du paragraphe précédent : « "Tout le monde est joyeux, tout le monde se sent bien, moi seule…" », car on dirait que cette phrase a été écrite par Dostoïevski.

En 1864, la revue *Epoka* avait publié une longue nouvelle ou un court roman intitulé *Les Carnets du sous-sol*, dans lequel on lit à un moment donné : « Moi, je suis seul, et eux, ils sont tous[12]. »

À savoir – non que ce soit important – la première phrase que je donne à traduire aux étudiants qui suivent mes cours de spécialisation à l'IULM de Milan.

Quand j'ai lu cette phrase pour la première fois, je m'en souviens, je devais avoir vingt ans et j'ai pensé : « Comment ça, toi ? C'est moi qui suis tout seul, alors que les autres sont tous ! »

J'avais l'impression que Dostoïevski m'avait copié. Il me semblait que cet écrivain russe faisait quelque chose de malhonnête. Surtout, si j'avais énormément aimé *Crime et Châtiment* et *L'Idiot*, ce petit livre, *Les Carnets du sous-sol*, ne m'avait pas tellement enthousiasmé quand je l'avais lu en italien, à l'âge de vingt ans, peut-être. La façon dont il était écrit me déplaisait.

10.11 Comment écrit Dostoïevski

Tolstoï a dit un jour : « En dépit de son style affreux, on tombe souvent chez Dostoïevski sur des pages admirables[13]. »

Son style affreux.

Certes, la façon d'écrire de Dostoïevski était très différente de celle de Tolstoï, mais je ne dirais pas qu'il écrivait mal.

D'après Mikhaïl Bakhtine, comme nous l'avons déjà dit, Dostoïevski se caractérise par sa polyphonie : dans ses romans, chaque personnage possède une voix qui lui est propre, qui reflète sa propre culture, sa propre éducation, son propre tempérament, son propre état d'esprit, et ses romans sont des sortes de concertos, des sortes de chœurs auxquels tous les personnages participent, chacun à sa façon.

D'après Bakhtine, il existe deux façons d'écrire: premièrement, une façon correcte, grammaticalement impeccable, qui répond à la fonction centripète de la langue et fait référence à une grammaire, une syntaxe et une morphologie codifiées par une autorité linguistique et unanimement reconnues; deuxièmement, une façon incorrecte, grammaticalement discutable, qui répond à la fonction centrifuge de la langue et se moque de la langue officielle, correcte et scolaire.

D'après Bakhtine, la littérature qui répond à la première fonction, la fonction centripète, s'écrit à la cour, dans les milieux dirigeants, parmi les nobles.

Un contemporain de Pouchkine (un camarade de lycée), un poète du nom de Küchelbecker, a dit:

« Ils écrivent tous chez nous comme des étrangers, de manière trop correcte, trop élégante. Dans l'Athènes de l'Antiquité, une marchande reconnaissait un étranger au seul fait qu'il parlait trop bien[14]. »

Et ce parmi les nobles, parmi les gens qui savent écrire à la cour.

En revanche…

« … en bas, selon Bakhtine, sur les tréteaux des baraques et des foires, résonnait le plurilinguisme du bouffon raillant tous les "langues" et tous les dialectes, et se déroulait la littérature des fabliaux et des soties, des chansons des rues, des dictons et des anecdotes. Il n'y avait là aucun centre linguistique, mais on y jouait au jeu vivant des poètes, des savants, des moines, des chevaliers, tous les "langages" y étaient des masques, et aucun de leurs aspects n'était vrai et indiscutable[15]. »

Telle est la langue romanesque. Telle est la langue de Dostoïevski, qui ne lui appartient même pas, qui est la langue des foires, des saltimbanques, des ivrognes, des boutiquiers, des marchés, du monde.

Par conséquent, je ne comprends pas pourquoi Tolstoï et ses semblables affirment que la langue de Dostoïevski est affreuse ; dans les romans de Dostoïevski, ce n'est pas Dostoïevski qui parle, ce sont ses personnages, et si ses personnages parlent mal, il n'est pas dit que ce soit un défaut. Je ne suis pas sûr d'être assez clair : prenons un exemple.

10.12 Le sous-sol

Il y a quelques années, en septembre 2007, j'ai été invité aux Journées de la traduction qui avaient lieu, à l'époque, à Urbino.

Comme j'avais peur de perdre le fil en improvisant, j'ai écrit un discours, que j'ai lu et que j'ai publié l'année suivante dans un livre réunissant les discours qu'il m'était arrivé de tenir dans les endroits où l'on m'invitait à tenir des discours. J'en recopie ici un bout :

« Voilà, l'autre exemple que j'aimerais citer concerne le début des *Carnets du sous-sol* de Dostoïevski, ou *Mémoires écrits dans un souterrain*, ou *Notes d'un souterrain* – arrêtons-nous un instant sur cette histoire des titres : un jour j'ai vu un roman de Dostoïevski qui s'intitulait *Les Possédés*, "Bon sang, ai-je pensé, un inédit", or c'était *Les Démons* auxquels on avait changé le titre.

« Mais revenons au début des *Carnets du sous-sol*, ou *Mémoires écrits dans un souterrain*, ou *Notes d'un souterrain*.

« Le début en russe dit ceci : "*Ia tchelovek bolnoï... Ia zloï tchelovek. Neprivlekatelny ia tchelovek. Ia doumaiou, tchto mne bolit petchen.*"

« Soit, une fois traduit : “Je suis un homme malade… Je suis un homme méchant. Un homme repoussoir, voilà ce que je suis. Je crois que j’ai quelque chose au foie[16].”

« Dans ce début, Dostoïevski construit une espèce de toupie sonore, dans laquelle le pronom *ia*, je, le substantif *tchelovek*, homme, et l’adjectif, *bolnoï*, *zloï* et *neprivlekatelny*, sont toujours présents dans les trois premières phrases, mais en changeant de place, *Ia tchelovek bolnoï*, *Ia zloï tchelovek*, *Neprivlekatelny ia tchelovek*. C’est tellement bien composé, je trouve, que ça vous donne le vertige ; Dostoïevski nous dépeint le caractère du personnage grâce à cette phrase, presque exclusivement grâce à l’enveloppe sonore de cette phrase ; ici, l’homme du sous-sol, contradictoire, désespéré, ridicule, si semblable à nous, est déjà tout entier : “Je suis un homme malade… Je suis un homme méchant. Un homme repoussoir, voilà ce que je suis. Je crois que j’ai quelque chose au foie.” »

En d’autres termes, la langue des *Carnets du sous-sol* est la langue de ce petit homme, c’est la langue du désespoir, de la misère, de la vulgarité (satisfaite) du sous-sol, il n’y a pas de jolie façon, de façon agréable, de parler du sous-sol, il n’y a que cette façon, horrible et merveilleuse.

En italien, en revanche, disais-je dans ce discours à Urbino :

« Je suis allé chercher la traduction de *Mémoires écrits dans un souterrain* dans l’édition des classiques de BUR[(a)], qui commence ainsi : “Je suis un malade… je suis un méchant. Je suis un homme odieux. Je crois que j’ai mal au foie.” Le son de Dostoïevski, la toupie sonore, n’y est plus. »

(a) Collection littéraire créée en 1949 par la maison d’édition Rizzoli proposant, pour la première fois en Italie, des classiques à petits prix.

C'est correct, c'est bien écrit, c'est bien fait, mais j'ai l'impression qu'il s'agit d'un autre personnage ; comme si Landolfi (le traducteur est Tommaso Landolfi[a]) avait sédaté l'homme du sous-sol, comme s'il lui avait administré un calmant, comme s'il l'avait anesthésié, et le résultat a beau être bien écrit, correct, il est sans saveur.

Puis, en 2010, on m'a demandé de traduire les *Mémoires du sous-sol* (c'est le titre que j'ai donné à ma traduction), et ma traduction commence ainsi : « Je suis un homme malade... Un homme méchant, voilà ce que je suis. Un homme laid, voilà ce que je suis. Je crois que j'ai une maladie au foie. » Soit une tentative, améliorable bien sûr, de rendre aussi bien le signifié que le signifiant du monologue de l'homme du sous-sol, parce qu'on a l'impression, à sa façon de parler, en russe, de voir sa posture ; la façon peu naturelle dont, au fil des ans, il s'est voûté, le rictus de méchanceté, de mécontentement, de vulgarité (satisfaite) et de désespoir qui lui déforme les traits pendant qu'il énonce sa vérité, une vérité qui peut sembler paradoxale (il dit notamment que deux plus deux ne font pas toujours quatre, qu'ils font parfois cinq), mais qui est la sienne, à lui, ce petit homme mémorable.

10.13 L'homme superflu

En 1859, soit cinq ans avant *Les Carnets du sous-sol*, était publié en Russie un roman d'Ivan Gontcharov intitulé *Oblomov*, que Vladimir Nabokov comparerait par la suite à la *Recherche du temps perdu* de Proust.

En effet, si le héros de la *Recherche* met des dizaines de pages pour aller se coucher, au début de *Du côté de chez Swann*, le héros

(a) Célèbre écrivain, poète et traducteur du russe (1908-1979).

d'*Oblomov*, Ilya Ilich Oblomov, en met cent cinquante pour quitter son lit, c'est-à-dire toute la première partie du roman.

Et dans les trois autres, il n'est pas souvent levé.

En avril 2020, alors que, de l'autre côté de mes fenêtres, la pandémie faisait rage, comme on dit, une chaîne de télévision m'a invité à conseiller une lecture. J'ai conseillé *Oblomov*, car on y voyait un homme faire volontairement ce que nous autres, en Italie, faisions par obligation, c'est-à-dire passer nos journées sur un sofa ; de surcroît, cet homme était persuadé qu'il n'y avait rien de mieux.

Aussitôt après la sortie du roman, en cette même année 1859, le critique progressiste Nikolaï Dobrolioubov publia un article intitulé « Qu'est-ce que l'oblomovisme[17] ? », qui occupe une place de premier plan dans l'histoire de la littérature russe, parce qu'il introduit (en l'empruntant à une nouvelle d'Ivan Tourgueniev publiée neuf ans plus tôt) une figure centrale : l'homme superflu.

D'après Dobrolioubov, les héros les plus remarquables de la littérature russe, l'Onéguine de Pouchkine, le Pechorin de Lermontov, le Tchitchikov de Gogol, le Tchoulkatourine et le Roudine de Tourgueniev…

« … souffrent de ne pas distinguer de but dans leur vie et de ne pas se trouver d'activité convenable. Ils ressentent en conséquence de l'ennui et de l'aversion pour le moindre travail, en quoi ils présentent une ressemblance frappante avec Oblomov[18]. »

Pour démontrer sa propre théorie, Dobrolioubov cite un passage de *Roudine*, le roman de Tourgueniev, où Roudine dit en substance : que faire ? Il faut se soumettre au destin, bien sûr. Que peut-on faire d'autre ?

Selon Dobrolioubov, on ne peut tirer de ces messieurs que de la résignation, « parce qu'ils sont tous marqués du sceau de l'oblomovisme ».

La condition d'« homme superflu » n'est pas, pour Dobrolioubov, un trait de caractère, me semble-t-il, car les personnages mentionnés ci-dessus sont très différents entre eux : leur condition d'homme superflu vient surtout de la condition particulière dans laquelle les Russes cultivés se trouvaient au XIXe siècle.

Pour nombre d'entre eux, la connaissance de l'Europe avait coïncidé avec la fin de la campagne napoléonienne : Valentin Gitermann dit, dans son « Histoire de la Russie[19] » (que je lis et relis depuis les années quatre-vingt du XXe siècle, de même que je lis et relis *Guerre et Paix*, *Anna Karénine*, *L'Idiot* et *Les Frères Karamazov*), que de nombreux nobles russes avaient visité Paris après la chute de Napoléon en tant qu'officiers de l'armée d'occupation et en tant que particuliers. Ils s'étaient alors rendu compte que certaines conquêtes de la Révolution française avaient survécu dans la vie quotidienne, que la Révolution n'avait pas été aussi néfaste en France qu'on le leur avait raconté en Russie et que, du fait même qu'elle avait échappé à ses influences, la Russie était une nation privée de liberté et de progrès.

Ces hommes cultivés…

« … se révoltaient intérieurement contre le fait que les héros de la guerre patriotique, après avoir libéré le monde civilisé de la tyrannie de Napoléon, puissent être soumis, en tant que serfs, à des châtiments corporels et à un arbitraire humiliant. Ils s'indignaient des abus de la justice russe, des tracasseries de la police et de la censure russes, des agissements des obscurantistes qui dominaient les universités russes, de l'absolutisme et des privilèges de la noblesse, sous le poids desquels tout développement progressif était étouffé, tout accroissement de la richesse nationale était rendu impossible[20] ».

Bref, les Russes cultivés de la première moitié du XIXe siècle avaient constitué la première génération de Russes à avoir des contacts fréquents avec l'Occident, ils avaient battu Napoléon et s'étaient aventurés jusqu'à Paris, ils avaient lu les Lumières, avaient fréquenté les leçons des philosophes allemands et, l'esprit rempli de liberté, d'égalité, de fraternité et d'idéalisme, la tête surmontée du ciel étoilé, le cœur plein de force morale, ils avaient regagné la Russie, leur patrie où existaient encore l'esclavage de la glèbe et un État corrompu, arriéré, pour découvrir qu'ils étaient impuissants.

Tout leur savoir, toute leur science, toute leur intelligence ne servaient à rien, parce qu'il y avait un appareil d'État pyramidal, dominé par le tsar, qui décidait de ce qu'il fallait faire ; quant à eux, ils devaient se contenter de servir, disait-on alors, c'est-à-dire d'obéir, et s'ils refusaient de servir, ils pouvaient se retirer à la campagne et ne pas trop déranger – pardonnez-moi la banalité de ce résumé, mais il en était ainsi en substance, me semble-t-il.

Certains, comme Oblomov, préféraient à la campagne un sofa en ville, cependant c'était plus ou moins la même chose.

10.14 Et nous ?

Pour des raisons que je ne m'explique pas bien, j'ai eu le privilège de traduire certains des plus grands romans russes du XIXe siècle, et parmi eux *Oblomov*.

Et quand j'ai traduit *Oblomov*, j'ai écrit une introduction à *Oblomov* dans laquelle j'ai rappelé l'article de Dobrolioubov et la condition de l'homme superflu, et je me suis demandé : et nous ? Maintenant ? Ici ?

Et j'ai écrit :

« Alors, je me trompe peut-être, mais essayons d'imaginer un garçon d'aujourd'hui, imaginons qu'il vient de Carpi et se prénomme Claudio, imaginons qu'il est passionné de philosophie, qu'il prépare une thèse sur *La Cité du Soleil* de Campanella, ou, mieux, sur Spinoza, sur l'*Éthique, démontrée suivant l'ordre géométrique* de Spinoza, imaginons qu'il apprend le latin et le néerlandais, imaginons aussi qu'après deux années de travail il présente sa thèse, obtient la mention Très bien avec les félicitations du jury, d'accord, mais ensuite ?

« Demandons-nous ce que représentent, pour la société dans laquelle vit ce Claudio de Carpi, ou de Mirandola – c'est pareil –, ce que représentent pour la société que Claudio trouvera le lendemain matin de sa thèse, quand il sortira de chez lui, franchira le seuil de son appartement, ce que représentent pour cette société *La Cité du Soleil* de Campanella, ou l'*Éthique, démontrée suivant l'ordre géométrique* de Spinoza, ou bien les *Entretiens* d'Épictète, par exemple. Quelle utilité Claudio de Mirandola revêt-il pour cette société, que peut-il faire dans cette société ? Deux possibilités s'ouvrent à lui : soit il se met à servir, soit il se met dans un coin et essaie de ne pas trop casser les couilles, pardonnez-moi cette vulgarité, mais sous certains aspects les temps ont changé. »

10.15 Oblomov et l'innommé

Gontcharov écrit que, pour Oblomov…

« … [la] position allongée n'était […] ni nécessaire, comme pour un malade ou pour un homme qui veut dormir, ni accidentelle, comme pour une personne fatiguée, ni voluptueuse comme chez le fainéant ; c'était son état normal[21] ».

Dans le sixième chapitre de la première partie, celle où Oblomov ne quitte jamais son lit, Gontcharov dessine une espèce de biographie de ce monsieur qui, au début du roman, a un peu plus de trente ans et raconte qu'à l'époque où il allait encore à l'école et où son ami Stolz lui apportait « des livres à lire, en plus de ceux qui étaient au programme », il secouait la tête et se demandait d'où venait cette manie de lire qui lui paraissait si peu naturelle et si pénible.

« Quand vivre donc ? » s'interrogeait Oblomov.

Gontcharov dresse une sorte d'inventaire de la tête d'Oblomov à la fin de son expérience scolaire :

« Sa tête représentait une archive compliquée d'affaires mortes, de visages, époques, chiffres et religions de vérité politico-économiques, mathématiques, ou autres, de problèmes, propositions… sans aucun lien les uns avec les autres[22]. »

Il ignorait à quoi lui serviraient toutes ces choses dans la vraie vie.

Mais surtout, Oblomov se demande quand vivre, quand la vraie vie arrive donc, dans le roman de Gontcharov.

Et qui d'entre nous ne s'est pas demandé dans sa jeunesse « Quand vivre donc ? » comme Oblomov, le prince des hommes superflus de la littérature russe du XIXe siècle.

Eh bien moi, j'ai l'impression que le dernier de ces hommes superflus, qui ne figure pas dans la liste de Dobrolioubov pour la seule raison qu'il est né en 1864, soit cinq ans après l'article de Dobrolioubov, et qui poursuit le discours d'Oblomov sur l'inutilité des livres et de la culture, est l'un des très rares héros de la littérature russe du XIXe siècle à ne pas posséder de prénom et de nom ; il s'appelle, tout simplement, l'homme du sous-sol.

10.16 Un homme malade

« Je suis un homme malade… Je suis un homme méchant. Un homme repoussoir, voilà ce que je suis. Je crois que j'ai quelque chose au foie. »

Cet homme malade, méchant, laid, qui se sait malade mais refuse de se soigner, qui est mal élevé et jouit de sa mauvaise éducation ; qui écrit des répliques répugnantes et s'abstient de les effacer, s'abstient volontairement de les effacer ; qui est conscient de ne pas avoir été capable de devenir quoi que ce soit, ni méchant ni gentil, ni malhonnête ni honnête, ni un héros ni un insecte ; qui se console au moyen de la mauvaise et inutile certitude qu'un homme intelligent ne peut sérieusement rien devenir et que seuls les couillons deviennent quelqu'un, ce personnage sans nom qui vit à Pétersbourg, bien que le climat de Pétersbourg lui soit néfaste et que Pétersbourg soit un peu trop coûteux pour ses misérables moyens, qui définit Pétersbourg comme « la ville la plus abstraite et la plus préméditée de la planète », qui qualifie les nuits pétersbourgeoises de « mauvaises », qui, quand la honte le rend malade, retourne se ronger dans son coin, se tarauder et se tourmenter jusqu'à ce que la souffrance se transforme en un plaisir maudit et honteux, puis en une jouissance claire et limpide, ce personnage « susceptible et rancunier comme un bossu », qui s'est toujours cru « plus intelligent que tous ceux qui [l]'entouraient, et quelques fois – [l]e croirez-vous ? – en [a] même éprouvé des scrupules », ce personnage qui se dit « vaniteux comme s['il était] écorché vif, et rien que l'air qui [lui] passe dessus [le] fait crier », ce personnage qui, à la fin, regrette d'avoir écrit un récit « sur la façon dont [il a] gâché [s]a vie dans [s]on trou, la désagrégation morale, l'absence de milieu, la perte du vivant et [s]a méchanceté vaniteuse dans [s]on sous-sol », est un personnage qui, comme s'il répondait à la question d'Oblomov, « Quand vivre donc ? », écrit que « nous avons tous perdu l'habitude de la vie, nous sommes tous plus ou moins boiteux. Nous en avons tellement perdu l'habitude, même, qu'il nous arrive parfois de ressentir une sorte de répulsion envers la "vie vivante", et c'est pourquoi nous ne pouvons pas supporter qu'on nous rappelle qu'elle existe. Car où en sommes-nous arrivés ? La véritable "vie vivante", c'est tout juste si nous ne la ressentons pas comme un travail, comme une carrière, presque, et nous sommes tous d'accord, au fond de nous, que c'est mieux dans les livres » ; est un personnage qui se dit « et nous demandons – quoi ? » et se répond « nous ne le savons pas nous-mêmes » ; est un personnage qui croit que « ce serait pire pour nous, si nos prières délirantes se trouvaient exaucées » et nous invite à essayer, qui dit « donnez-nous, par exemple, plus d'indépendance, déliez-nous les mains à tous, élargissez le champ de nos activités, relâchez la surveillance et nous… je vous assure : la première chose que nous ferons, c'est de redemander qu'on nous surveille » ; est un personnage qui dit « laissez-nous seuls, sans livres, et nous serons perdus, abandonnés, nous ne saurons pas à quoi nous accrocher, à quoi nous retenir, quoi aimer, quoi haïr, quoi respecter » ; est un personnage qui se rend compte que « même être des hommes, cela nous pèse – des hommes avec un corps réel, *à nous*, avec du sang ; nous avons honte de cela, nous prenons cela pour une tache et nous cherchons à être des espèces d'hommes globaux fantasmatiques », voilà, ce personnage, d'entre tous les personnages de Dostoïevski, je ne veux pas me donner de l'importance, est celui qui me ressemble le plus, selon moi. Et il n'y a pas de quoi s'en vanter.

10.17 Un grand écrivain portable

Je crois que Victor Chklovski est un grand écrivain russe du XXe siècle et je crois que ses écrits ont été largement diffusés, du moins en Italie, parce qu'il a publié des choses très différentes : romans, scénarios, mémoires et surtout textes critiques.

Les textes critiques de Chklovski renferment des idées fulgurantes, qui vous retournent quand vous les lisez pour la première fois – d'ailleurs, j'aimerais beaucoup, un jour ou l'autre, travailler à une anthologie des écrits de Chklovski et l'appeler « Le petit Chklovski portable », mais je ne crois pas que ce soit possible, tant pis, en attendant, je glisse certaines de ses idées dans les livres que j'écris, comme dans celui-ci, par exemple.

Dans un entretien avec Serena Vitale, Chklovski dit que…

« … L'art s'occupe toujours et uniquement de la vie. Que faisons-nous dans l'art ? Nous ressuscitons la vie. L'homme est tellement occupé par la vie qu'il oublie de la vivre. Il ne cesse de dire Demain, demain. Et ceci est la vraie mort[23] », affirme Chklovski.

Oblomov est un homme qui dit toujours, presque toute sa vie : « Demain, demain. »

Les hommes superflus, du fait de leur nature, conditionnée par le milieu social dans lequel ils sont nés et vivent, ont renoncé au présent, ils disent « Demain, demain » – et certains, peut-être, les plus parfaits, ne le disent même plus.

Plusieurs personnages du Dostoïevski des débuts disent « Demain, demain » : le violoniste de la première partie de *Nétotchka Nezvanova* a tellement peur de ne pas être assez brillant qu'il arrête de jouer du violon, il en jouera demain, demain, ce qui, pour un violoniste, est la vraie mort.

Dévouchkine, le héros des *Pauvres Gens*, qui est amoureux d'une femme beaucoup plus jeune que lui, ne se résout pas à lui déclarer sa flamme, il pense que le moment de le faire viendra « demain, demain », or il ne le fait jamais, et Varvara en épouse un autre, ce qui, pour un amoureux, est la vraie mort.

L'homme du sous-sol imagine qu'au moment où l'officier qui l'a insulté et qu'il a, lui-même, haï en secret pendant deux ans lira la lettre qu'il lui a écrite et qu'il lui enverra « demain, demain », cet officier comprendra la beauté et le sublime de l'homme du sous-sol et deviendra son meilleur ami, mais il n'expédie pas la lettre et l'officier ne comprendra jamais la beauté et le sublime, ce qui, pour un officier, est la vraie mort, ou une chose de ce genre.

10.18 Une chute fiscale

J'ai l'impression que Dostoïevski change de route après l'homme du sous-sol.

Ses personnages suivants, les héros de ses grands romans, ne disent plus « Demain, demain », ils mènent leur vie de chaque jour, dans le présent, ils accordent énormément d'importance à leurs propos et à leurs actes.

Et nous ?

Je me suis posé la question, je me suis demandé dans quelles circonstances j'accorde beaucoup d'importance à mes actes.

Dans quelles circonstances je m'abstiens de dire « Demain, demain » et fais enfin ce que j'ai repoussé très longtemps à plus tard, dans quelles circonstances je prends mon courage à deux mains et dis au monde : « Me voici. »

Quand je réunis les papiers nécessaires pour ma déclaration d'impôts.

Voilà, on pourrait croire que les personnages des romans que Dostoïevski publie après 1864 réunissent tous les jours les papiers nécessaires pour leur déclaration d'impôts, d'une certaine façon : ce ne sont pas des hommes superflus, ce sont des hommes, et des femmes, dangereux. Et puissants. Et mémorables.

11
Crime et Châtiment

11.1 Mikhaïl Mikhaïlovitch

En 1864 paraissent *Les Carnets du sous-sol* qui, comme nous le savons, débutent ainsi :

« Je suis un homme malade… Je suis un homme méchant. Un homme repoussoir, voilà ce que je suis. Je crois que j'ai quelque chose au foie. De toute façon, ma maladie, je n'y comprends rien, j'ignore au juste ce qui me fait mal. Je ne me soigne pas, je ne me suis jamais soigné, même si je respecte la médecine et les docteurs. En plus, je suis superstitieux comme ce n'est pas permis ; enfin, assez pour respecter la médecine. (Je suis suffisamment instruit pour ne pas être superstitieux, mais je suis superstitieux.) Oui, c'est par méchanceté que je ne me soigne pas. Ça, messieurs, je parie que c'est une chose que vous ne comprenez pas. Moi, si[1] ! »

En cette même année 1864, Mikhaïl Mikhaïlovitch, le frère de Dostoïevski, contracte une maladie du foie, peu de temps après que ce dernier a perdu sa femme. Au début, l'état du malade ne semble pas grave, mais bientôt les médecins s'inquiètent. Or Mikhaïl Mikhaïlovitch, qui s'est engagé à publier *Epoka* (la revue qui avait remplacé en 1864 *Vremia*, interdite), refuse de se soigner.

Il travaille jusqu'au 9 juin 1864 et meurt le lendemain, le 10 juin 1864.

Mikhaïl Mikhaïlovitch était le frère aîné de Dostoïevski, il avait un an de plus que lui, il s'était rendu avec lui à Pétersbourg ; il avait posé, comme lui, sa candidature pour faire des études d'ingénieur naval, sans succès ; il était allé visiter avec lui l'appartement où Pouchkine s'était éteint quelques mois plus tôt ; il avait contracté, comme lui, la passion de la littérature ; il avait, comme lui, commencé à écrire un roman, mais s'était arrêté très vite (on l'avait refusé) ; il avait lu avec lui les fouriéristes ; il avait fréquenté avec lui le cercle de Petrachevski ; il avait été arrêté, comme lui.

Il avait séjourné un mois dans la forteresse Pierre-et-Paul, puis avait été libéré parce qu'il s'était révélé étranger aux projets révolutionnaires (là aussi, on l'avait rejeté).

Il avait fondé avec Fiodor Mikhaïlovitch les revues *Vremia* et *Epoka* ; comme Fiodor Mikhaïlovitch, il avait traduit et il avait ensuite continué de traduire.

En 1838, à l'âge de dix-sept ans, il avait écrit à leur père : « Même pour les martyrs, il existe des joies ! Ô quelles joies ! Qu'on me prenne tout, qu'on me laisse nu, mais qu'on me donne Schiller et j'oublierai le monde entier[2] ! »

Mikhaïl Dostoïevski est le traducteur russe de *Don Carlos* et des *Brigands* de Schiller.

On le lui a donné, son Schiller.

À sa mort, Fiodor Dostoïevski écrit à leur frère cadet, Andreï Mikhaïlovitch, et déclare en lui annonçant la nouvelle :

« Cet homme m'aimait plus que tout au monde, plus encore que sa femme et ses enfants qu'il adorait. On t'a déjà appris, sans doute, qu'en avril de cette année j'ai enterré ma femme à Moscou, où elle a été emportée par la phtisie. En une seule année, ma vie s'est comme brisée. Ces deux êtres ont longtemps été tout pour moi. Où trouverais-je, à présent, des gens pareils ? D'ailleurs je n'ai pas envie de chercher. Et puis, je ne les dénicherais pas. J'ai devant moi une vieillesse froide et solitaire, et mon mal caduc.

« Toutes les affaires de la famille de notre frère sont désorganisées. Je prends sur moi tout ce qui concerne la rédaction (une tâche immense et complexe). Beaucoup de dettes. La famille n'a pas le sou et tous sont mineurs. Tous pleurent et sont au désespoir, surtout Emilia Fiodorovna qui, en outre, s'inquiète pour l'avenir. Il va de soi que je suis désormais à leur service. Pour un frère comme il l'a été avec moi, je donnerais ma tête et ma santé. [...] Je demeure, de fait, le rédacteur de la revue [c'est-à-dire *Epoka*, qui sera interdite aussitôt après, pour dettes][3]. »

11.2 Quelques lignes sur le père de ces messieurs

De nombreux travaux sur Dostoïevski, tels que l'essai de Sigmund Freud[4], affirment avec certitude que leur père était un homme cruel et qu'il avait été tué, en raison de cette cruauté, par ses serfs de la glèbe.

Sans jamais avoir connu Dostoïevski, Freud va jusqu'à déclarer que Dostoïevski n'était pas épileptique, que son épilepsie était une névrose (hystéro-épilepsie) due à son désir réprimé de tuer son père, désir compréhensible chez un homme doté d'un père si cruel qu'il avait contraint ses propres serfs de la glèbe à le tuer (provoquant chez le fils la répression de ce désir et par conséquent l'hystéro-épilepsie).

Quand j'ai commencé à écrire ce roman, je pensais que je devrais m'occuper sérieusement de ce sujet, puis j'ai découvert que les biographes de Dostoïevski émettent des doutes non seulement sur la cruauté de son père, mais aussi sur l'attribution de sa mort à une révolte de ses serfs de la glèbe.

Tous les témoignages des membres de l'entourage de Dostoïevski que j'ai lus semblent s'accorder à décrire l'atmosphère dans laquelle ont grandi les Dostoïevski et leurs relations avec leur père d'une façon totalement différente de celle que décrivent Freud et ses épigones, si l'on peut dire.

Son frère cadet, par exemple, Andreï, architecte et ingénieur, rapporte dans ses mémoires qu'il avait rendu visite à son frère Fiodor à Pétersbourg, dans les années soixante-dix, et qu'ils avaient évoqué leur père :

« Mon frère brusquement s'anima, m'empoigna par le bras, au-dessus du coude (son habitude de toujours quand il parlait en toute sincérité) et me dit avec feu : "Mais sais-tu bien, frère, c'étaient des gens progressistes… même à l'instant présent, ils seraient progressistes !… Et de tels hommes de famille, de tels pères… toi et moi, nous ne le serons jamais, frère !…"[5] »

11.3 Un contrat d'asservissement

En juin 1866, dans une lettre à Aniouta, la sœur de Sofia Kovalevskaïa, à qui il avait proposé le mariage un an plus tôt, Dostoïevski affirme qu'il a signé avec « un spéculateur, Stellovski, un assez sale bonhomme et éditeur ignare[6] » un contrat en vertu duquel ce dernier deviendra le propriétaire de tous les ouvrages que lui-même écrira au cours des neuf années suivantes, sans rien lui devoir, s'il ne lui livre pas de roman avant le 1er novembre 1866.

Ce que Dostoïevski n'écrit pas, c'est que l'année précédente, en 1865, après que Stellovski lui a donné trois mille roubles censés lui permettre de payer ses dettes, il est allé à l'étranger « afin de rétablir plus ou moins [s]a santé et d'écrire quelque chose[7] », mais quand, le 29 juin, il arrive à Wiesbaden, il ne semble plus très désireux de « rétablir plus ou moins [s]a santé et d'écrire quelque chose ». Cinq jours plus tard, il envoie une missive à Tourgueniev, qui se trouve à Berlin, dans laquelle il lui confie qu'il ne lui reste que cent soixante-quinze roubles des trois mille pour lesquels il a vendu ses futurs ouvrages ; qu'il aurait aimé en gagner mille afin de vivre trois mois à l'étranger et que, en l'espace de cinq jours à Wiesbaden, il a tout perdu, y compris sa montre, qu'il est même débiteur de l'hôtel.

D'après Ludmila Saraskina, biographe de Dostoïevski, l'histoire de la composition du *Joueur*, le roman que Dostoïevski doit impérativement écrire avant le 1er novembre 1866, naît dans le contexte de la mystique de l'argent : il joue l'avance qu'il a reçue pour écrire un roman sur un joueur et perd tout.

Il y a un an et demi, en apprenant que j'allais écrire un roman sur Dostoïevski, un de mes amis a réagi ainsi : « Dostoïevski. Je me demande s'il écrivait pour jouer, ou s'il jouait pour écrire. »

11.4 Un monument

Si Dostoïevski définissait Stellovski comme « un spéculateur », « un assez sale bonhomme et éditeur ignare », un écrivain italien, Antonio Pennacchi[a], estime que les lecteurs de Dostoïevski devraient élever un monument à Stellovski.

Cette affirmation paraît hasardeuse, or elle vient d'un monsieur, Antonio Pennacchi, qui, ai-je appris, dit des choses sensées y compris quand elles semblent absurdes.

(a) Né en 1950, Antonio Pennacchi (auteur de *Canal Mussolini*, qui lui valut le prix Strega en 2010) est mort en août 2021, soit après la publication de ce livre.

11.5 Le rôle d'Antonio Pennacchi dans l'histoire de ma famille

Un après-midi, il y a une dizaine d'années, alors que je me trouvais dans ma cuisine, à Casalecchio di Reno, à savoir la pièce la plus vaste de mon appartement, celle où je travaille, le téléphone a sonné, j'ai décroché, et une voix m'a répondu :

« Bonjour, ici Antonio Pennacchi.

– Oh, bonjour », ai-je dit.

J'avais lu certains de ses romans et assisté à la présentation d'un numéro de la revue *Limes*[8] dans une librairie de Bologne, présentation au cours de laquelle Pennacchi s'était disputé avec un écrivain bolognais et m'avait paru très sympathique, mais nous ne nous étions jamais rencontrés, et ce coup de téléphone m'a semblé très bizarre.

Et puis je ne suis pas très à l'aise avec le téléphone, peut-être parce que nous ne l'avions pas quand j'étais adolescent ; nous étions une des rares familles à ne pas avoir le téléphone, et au moment où on nous l'a installé – j'avais alors vingt-deux ans – je suis allé travailler en Algérie, et j'ai travaillé un an et demi en Algérie, puis je suis allé travailler en Irak, et j'ai travaillé un an et demi en Irak. À mon retour en Italie, je me suis inscrit à l'université, et les gens ont commencé à me téléphoner ; parmi eux, je me souviens d'une amie – elle me téléphonait pour la première fois – à qui j'avais demandé « Qu'est-ce que tu veux ? », elle avait alors gardé le silence et, par la suite, elle avait dit à une amie commune que je n'étais vraiment pas poli au téléphone, ce qui, à mon avis, était exact : le fait que nous n'avons pas eu le téléphone pendant une longue période n'a rien à voir là-dedans.

Car la Bataille, ma fille et celle de Togliatti, me demande parfois « Qu'est-ce que tu veux ? » quand je lui téléphone, alors qu'elle a toujours eu le téléphone à la maison ; oui, avoir ou ne pas avoir le téléphone n'a rien à voir là-dedans, c'est une affaire de race, même si les races, nous le savons, n'existent pas. Mais pas de digression.

11.6 Pas de digression

Donc il y a une dizaine d'années j'étais là, dans mon appartement, le téléphone sonne, je décroche et une voix me dit : « Bonjour, ici Antonio Pennacchi. »

Je me lève. « Oh, bonjour », lui dis-je, et je commence à marcher (j'aime marcher quand je suis au téléphone).

Il me dit que, bref, il a lu des romans que j'ai écrits et que, selon lui, je suis vraiment doué.

Je pense alors que jamais aucun écrivain, parmi ceux que je connais, ne m'a téléphoné pour me dire que je suis vraiment doué, et que j'avais donc raison de penser que Pennacchi était sympathique ; mieux, ai-je pensé, il est très sympathique.

C'est assurément une de mes faiblesses : je juge très sympathiques tous ceux qui apprécient mes livres et qui me trouvent très doué (vous aussi, qui lisez ce livre, si vous trouvez que ce livre ne vous déplaît pas et que, somme toute, je suis vraiment doué, si nous avons l'occasion de nous rencontrer, fût-ce par hasard, dans le vaste monde, si vous m'interpellez et me dites, comme Pennacchi, « Nori, j'aimerais te dire une chose, tu es vraiment doué », eh bien, je penserai que vous êtes très sympathiques).

Puis Pennacchi a poursuivi et ajouté : « Mais… » et j'ai pensé « Je savais bien qu'il y avait un mais », « Mais, a dit Pennacchi, je dois te dire une chose.

– Je t'écoute, lui ai-je dit.

– Tu vas maintenant aller chez Togliatti, te mettre à genoux et lui dire : Togliatti, pardonne-moi, c'est entièrement ma faute, remettons-nous ensemble, s'il te plaît. »

Car, à l'époque où Pennacchi m'a téléphoné, cela faisait environ six ans que Togliatti et moi étions séparés ; or Pennacchi, ayant lu les livres où je parlais de Togliatti – aussi bien les livres où je tombais amoureux de Togliatti que les livres où je vivais avec Togliatti, sans oublier celui où Togliatti et moi nous séparions –, bref, Pennacchi, qui connaît le monde et les hommes, en a conclu que je devais aller chez Togliatti, me mettre à genoux et lui dire : « C'est entièrement ma faute, remettons-nous ensemble, s'il te plaît. »

Au cours de cette période je voyais une autre personne, depuis des années, je me sentais même assez bien, ce que Pennacchi ignorait, et quand il m'a dit d'aller chez Togliatti, de me mettre à genoux etc., j'ai répondu « Ça alors, ça me paraît un peu difficile, mais je vais y réfléchir », tout en pensant « D'accord, Pennacchi n'est plus de la première jeunesse, il a pété un plomb ».

Après quoi Pennacchi m'a dit que, d'après lui, je devrais écrire des livres un peu plus sérieux avec des éditeurs un peu plus sérieux, et je lui ai dit « Ah, ça alors, je vais y réfléchir » tout en pensant « Mais oui, mais oui, c'est ça ».

Plus tard, des années plus tard, en 2013, il m'est arrivé une drôle de chose dont, en réalité, je n'ai pas de souvenir.

Je me trouvais à Bologne, via Porrettana, à la nuit tombée, et je me suis réveillé quelques jours après dans un lit de l'Ospedale Maggiore, où l'on m'a raconté que j'avais été renversé par un scooter et qu'on m'avait hospitalisé avec un traumatisme crânien, qu'on m'avait plongé quelques jours dans un coma pharmacologique, que je n'avais apparemment pas de séquelles très graves, mais que le traumatisme crânien était une chose qu'il ne fallait pas prendre à la légère, qu'on me gardait encore quelques jours, puis qu'on m'autoriserait à sortir.

Trois semaines en tout dans une chambre avec un monsieur qui avait eu la tête traversée par un poteau et qui n'entendait probablement plus rien, mais qui avait les yeux ouverts et à qui certains de ses amis rendaient visite, apportaient des cadeaux, un œuf de Pâques, et parlaient, même s'il ne réagissait pas, même s'il ne bronchait pas, tandis que l'œuf de Pâques prenait la poussière sur le rebord de la fenêtre – moi, je n'oublierai jamais cet œuf de Pâques tant que je vivrai, mais ça n'a aucun rapport.

Le rapport, c'est que, pendant que je dormais, trois jours après mon accident, une agence de presse a, pour une mystérieuse raison, annoncé que j'étais mort, et c'est alors que j'ai atteint le sommet de ma popularité ; la nouvelle de ma mort a été la nouvelle me concernant la plus diffusée par les organes de presse italiens, et j'avoue qu'il a été très intéressant d'être mort, quand j'ai appris à l'hôpital que je l'étais (ou du moins que je l'avais été).

Puis je suis sorti de l'hôpital et, un jour, Togliatti m'a téléphoné et m'a dit qu'elle devait me voir.

J'ai dit d'accord, et nous nous sommes vus – voilà que j'y pense pour la première fois – à l'endroit exact où avait eu lieu l'accident.

Ce n'était pas prémédité, ça s'est passé comme ça. C'est tout.

À l'hôpital, pendant que je dormais, il y avait presque toujours quelqu'un auprès de moi, elle, Togliatti, la fille que je voyais à l'époque ou ma mère, et lorsque je me suis réveillé à l'hôpital, c'était Togliatti qui était auprès de moi, je l'ai regardée et je lui ai dit que je l'aimais, que faire la Bataille avait été la plus belle chose que j'avais jamais faite de ma vie.

« Et moi qui, pendant les années de notre séparation, t'ai toujours considéré comme une fonction, le papa de la Bataille, non comme une personne, j'ai recommencé à te voir comme une personne depuis que tu as prononcé cette phrase », m'a-t-elle dit lors de ce rendez-vous, puis elle m'a dit d'autres choses très togliattesques, un peu désagréables, mais parce qu'elle est ainsi faite, pour compenser l'amabilité des choses qu'elle avait dû me dire.

C'est tout.

Puis le processus a été lent, mais deux ans plus tard Togliatti et moi, je ne sais pas comment dire, nous nous sommes remis ensemble.

J'ai du mal à dire que nous nous sommes remis ensemble, parce que nous vivons encore dans deux endroits différents, mais, je ne sais pas comment dire, nous nous sommes remis ensemble. Et j'ai pensé « Ça alors, Pennacchi. Qui l'aurait cru ? ».

Par la suite, Pennacchi et moi nous sommes rencontrés plusieurs fois, nous nous sommes parlé, je lui ai rendu visite à Latina et il n'a cessé de me répéter « Tu devrais faire quelque chose de plus ambitieux », et moi, je dois l'avouer, s'il n'y avait pas eu Pennacchi, je n'aurais jamais écrit ce roman sur Dostoïevski, que je qualifie de roman sans être certain que c'en soit un.

11.7 Pour terminer

Quoi qu'il en soit, pour terminer, Pennacchi affirme dans l'introduction du *Joueur* que, selon lui, *Le Joueur* est, avec *Le Bourg de Stépantchikovo*, le plus beau roman de Dostoïevski justement parce que Dostoïevski a dû l'écrire « à l'arrache », en toute hâte, et qu'il n'a pas eu la possibilité d'y fourrer des digressions philosophiques, « Il n'y a pas un mot de trop, dit Pennacchi, alors qu'on pourrait donner à *Crime et Châtiment* et aux *Frères Karamazov* un coup de ciseau de trois ou quatre cents pages », selon Pennacchi (c'était ce qu'il pensait surtout dans sa jeunesse, mais dans sa vieillesse aussi, il estime que, de tous les romans de Dostoïevski, *Le Joueur* est son roman préféré).

Il y a une chose très bizarre à propos de ces deux romans, *Crime et Châtiment* et *Le Joueur*, c'est que Dostoïevski les a écrits en même temps, ou presque.

11.8 Pourquoi écrit-on ?

Je crois que tous ceux qui ont publié des livres ont entendu un jour quelqu'un leur poser une question un peu antipathique : « Pourquoi écris-tu ? »

Si je trouve cette question un peu antipathique, c'est parce que, quand quelqu'un vous demande « Pourquoi écris-tu ? » après avoir lu un de vos livres, il semble sous-entendre « Pourquoi ne ferais-tu pas autre chose ? Tu y réussirais peut-être un peu mieux ».

On m'a posé cette question plus d'une fois, et moi, la première fois, j'ai réfléchi et j'ai dit la vérité, à savoir : « Par désespoir. »

À Wiesbaden, dans l'hôtel où il loge, en 1865, après avoir perdu tout l'argent que lui avait versé Stellovski et sa montre, alors qu'on refuse de le nourrir parce qu'il ne paie pas, qu'on refuse de nettoyer ses vêtements parce qu'il ne paie pas, que le concierge refuse de lui répondre quand il l'appelle parce qu'il ne paie pas, dans cette situation désespérée, Dostoïevski commence à écrire *Crime et Châtiment*.

L'année suivante, après la publication, en octobre, des premiers épisodes de *Crime et Châtiment* dans une revue qui s'appelle « Les Annales de la Patrie », Dostoïevski écrit dans une situation désespérée, ou, mieux, dicte *Le Joueur*.

De même que, en 1864, il avait écrit dans une situation désespérée *Les Carnets du sous-sol*.

« Rien n'était plus difficile pour lui que de se mettre à écrire, de se mettre en mouvement », racontera la seconde femme de Dostoïevski. Mais une fois lancé, « il écrivait extrêmement vite[9] ».

À la fin du mois de septembre 1866, Dostoïevski est très inquiet. S'il ne livre pas un nouveau roman à son éditeur Stellovski avant le 1er novembre, celui-ci deviendra propriétaire pendant neuf ans des droits de tous ses ouvrages anciens et futurs.

Evguenia Saroukhanian raconte : « Des amis de Dostoïevski – les écrivains A. N. Maïkov, A. P. Milioukov et d'autres –, désireux de le tirer d'affaire, lui proposèrent de bâtir le plan du roman : chacun d'eux promettait d'en écrire plusieurs chapitres, et ainsi ensemble auraient-ils le temps d'achever l'ouvrage dans les délais. Dostoïevski n'aurait plus qu'à revoir et remanier le texte pour en lisser les inévitables aspérités[10]. » Dostoïevski refuse.

Il ne peut pas signer ce qu'il n'a pas écrit, dit-il.

Alors on lui conseille d'engager une sténographe et de lui dicter le roman.

Dostoïevski juge cette idée envisageable.

Et le 4 octobre 1866, l'étudiante en sténographie Anna Grigorievna Snitkina, âgée de tout juste vingt ans, se présente dans la maison du marchand Olkhine, dont l'adresse actuelle est 7 rue Kaznatchieskaïa, à l'angle du Stoliarny Pereoulok (passage des Menuisiers).

À la vue de Dostoïevski, Anna Grigorievna songe qu'il a dû lui arriver quelque chose d'affreux, tel qu'un deuil ou une catastrophe : il lui paraît vieux. Pourtant, dès qu'il prend la parole, il semble rajeunir, si bien qu'elle finit par lui donner entre trente-cinq et trente-sept ans (il en a près de quarante-cinq).

Ils font un essai, Dostoïevski lui dicte un passage du « Messager russe ».

Anna copie, puis retranscrit. Dostoïevski lit le résultat et s'aperçoit qu'elle a oublié un point entre deux phrases. Cela l'irrite. Il lui demande deux fois comment une telle chose est possible, néanmoins il lui pardonne. Il la prie de revenir à 8 heures du soir, et là, il dicte jusqu'à 11 heures.

Anna se représente le lendemain à midi.

Dostoïevski était habitué à travailler la nuit en buvant du thé fort, froid, et en fumant beaucoup. Il se couchait le matin de bonne heure, se réveillait peu avant midi, à l'arrivée d'Anna, à qui il dictait jusqu'à 4 heures de l'après-midi. Après quoi Anna rentrait chez elle, transcrivait ses notes sténographiées en cyrillique et, le lendemain à midi, les remettait à Dostoïevski.

Le 30 octobre 1866, jour du quarante-cinquième anniversaire de Dostoïevski, le travail est terminé.

Ils ont mis vingt-sept jours pour écrire le roman. Le jour suivant, le 31 octobre, Dostoïevski va le livrer à Stellovski. Mais il ne le trouve pas.

Alors il se rend chez un notaire, dépose le roman et obtient un reçu prouvant qu'il a respecté son contrat, qu'il a remis son roman le 31 octobre 1866 à 10 heures du soir.

11.9 Un autre roman

Une semaine plus tard, le 8 novembre 1866, Anna Griegorievna retourne chez Dostoïevski.

Dostoïevski lui a annoncé qu'il songe à un nouveau roman, mais qu'il hésite et qu'il aimerait connaître son avis.

Anna, qui était déjà une lectrice de Dostoïevski avant de travailler pour lui, est ravie.

« Quel orgueil pour moi de m'apprêter à mettre mes connaissances au service du talent[11] ! » écrit-elle dans ses mémoires. Puis, toujours dans ses mémoires, Anna Griegorievna nous rapporte le dialogue qui se déroule entre eux ce même 8 novembre.

« Qui est le héros de votre roman ? » interroge Anna.

Dostoïevski répond qu'il s'agit d'un peintre, d'un homme qui n'est plus jeune, en un mot, d'un homme de son âge. D'un homme ayant vieilli avant l'âge, atteint d'une maladie incurable, sombre, soupçonneux, d'un cœur tendre, mais « incapable d'exprimer ses sentiments, artiste peut-être, et artiste de talent, sans succès pourtant, n'ayant pas réussi une seule fois dans sa vie à donner à ses idées la forme dont il rêvait, ce qui le faisait souffrir constamment. » Et puis, continue Dostoïevski, dans un « moment décisif de son existence, l'artiste rencontre sur sa route une jeune fille de votre âge, ou de deux ans plus âgée. Nous l'appellerons Anna, pour ne pas nommer l'héroïne, c'est un beau nom. » Et il ajoute : « Est-il vraisemblable qu'une jeune fille si différente par le caractère et par l'âge puisse aimer mon peintre ? N'est-ce pas une erreur de psychologie ? C'est à ce sujet que je voudrais connaître votre opinion, Anna Grigorievna. »

Anna s'exclame alors : « Pourquoi serait-ce impossible ? Si, comme vous le dites, votre Anna n'est pas une simple coquette, si elle a du cœur, pourquoi n'aimerait-elle pas votre personnage ? Il est indifférent qu'il soit malade et pauvre. Est-il donc vrai qu'on ne puisse aimer que l'extérieur et la richesse ? »

Dostoïevski garde le silence, apparemment perplexe. Puis :

« Mettez-vous à sa place pour une minute, dit-il d'une voix tremblante. Supposez que ce peintre, ce soit moi, que je vous avoue mon amour, que je vous demande d'être ma femme. Dites, que répondriez-vous ?

– Je vous répondrais que je vous aime, que je vous aimerai toute ma vie[12]. »

Cela semble incroyable, on dirait un peu une scène de roman-photo, et pourtant trois mois plus tard ils sont mariés.

11.10 *Le Joueur*

Le narrateur du *Joueur* se nomme Alexeï Ivanovitch, c'est le précepteur des enfants d'un général russe qui se trouve dans une ville allemande avec sa famille et sa maîtresse, une jeune Française du nom de Mademoiselle Blanche. Cette dernière se prépare à épouser le général, elle attend juste que la grand-mère de celui-ci, demeurée en Russie, meure et qu'il hérite.

Alexeï Ivanovitch est amoureux de Polina (Pauline), belle-fille du général, comme l'est un Anglais dénommé Astley qui sait tout de la roulette, passe son temps à regarder jouer, mais ne joue jamais.

Or Polina, éprise d'un Français, des Grieux, se montre très dure envers Alexeï Ivanovitch. Elle lui lance ainsi au début du roman :

« La dernière fois, sur le Schlangenberg, vous m'avez dit, je crois que vous étiez prêt à vous jeter dans le vide au premier mot que je vous dirais – et il y a bien mille pieds de haut. Un jour, je finirai par le dire, ce mot, simplement pour voir comment vous allez vous y prendre pour payer, et croyez que je ne céderai pas. Je vous hais – justement parce que je vous ai permis beaucoup[13]… »

lance Polina à Alexeï Ivanovitch, lequel pense, pour sa part :

« Je le jure, s'il avait été possible de lui enfoncer lentement dans la poitrine un couteau bien pointu, je l'aurais fait, je crois avec délice. Et pourtant, je le jure sur tous les saints, si, au sommet de cette aiguille à la mode, le Schlangenberg, elle m'avait vraiment dit : "Jetez-vous dans le vide", je l'aurais fait tout de suite, et même avec délice. Je le savais. D'une façon ou d'une autre, il fallait crever l'abcès. Tout cela, elle le comprenait fort bien et cette idée que j'étais entièrement et résolument conscient qu'elle me restait inaccessible – toute l'impossibilité de la réalisation de mes lubies, cette idée, j'en suis sûr, lui procurait des délices extrêmes ; sinon, aurait-elle pu, intelligente et prudente comme elle était, se montrer avec moi aussi intime, aussi sincère ? Je pense qu'elle me voyait toujours comme cette impératrice de l'Antiquité qui s'était mise à se déshabiller devant un de ses esclaves, parce qu'elle ne pouvait pas imaginer qu'il était un homme… »

Un amour impossible, donc, qui évoque cette boutade de Groucho Marx : « Jamais je ne voudrais faire partie d'un club qui accepterait de m'avoir pour membre. »

Or un tas de choses se produisent, toutes les hiérarchies sont modifiées, comme toujours chez Dostoïevski : les télégrammes que le général ne cesse d'envoyer en Russie – « Elle est morte, ça y est ? non, pas tout à fait ? » – reçoivent une réponse stupéfiante que je m'abstiendrai de révéler pour ne pas gâcher le plaisir de ceux qui n'ont pas encore lu *Le Joueur*, je m'abstiendrai de tout dire, mais je dirai qu'Alexeï Ivanovitch se conduit d'une façon très étrange, une façon que Mademoiselle Blanche semble définir correctement vers la fin du roman : « Tu es un brave garçon, pas bête, me disait-elle à la fin, et... et... quel dommage, seulement, que tu sois tellement idiot ! Jamais, jamais tu ne gagneras un sou ! Un vrai Russe », une réplique qui rappelle celle que Razoumikhine adresse à Raskolnikov dans la deuxième partie de *Crime et Châtiment* : « ... tu vois, Rodia, j'avoue, tu es un brave gars, mais tu es un imbécile[14] ! »

Et puis je dirai aussi que le personnage le plus imbécile – pour employer un terme dostoïevskien – du *Joueur* est également le plus gradé, le général, cas de figure qu'on retrouvera dans *L'Idiot*, où un général apporte non seulement le témoignage vivant de l'enchantement qu'est parfois la couillonnerie, mais aussi la confirmation du fait que Dostoïevski définit dans son œuvre des hiérarchies qui n'ont rien à voir avec celles que notre société accepte. Parce que, comme le dit l'homme du sous-sol, « un homme intelligent ne peut sérieusement rien devenir » et « seuls les couillons deviennent quelqu'un[15] ».

Je dirai juste une dernière chose à propos du *Joueur* : le véritable personnage principal du roman, c'est le jeu, la roulette. Les joueurs passent des heures devant...

« ... ils restent là, ils notent des tableaux sur leurs papiers, ils remarquent des coups, ils comptent, calculent les pourcentages, dénombrent, puis ils finissent par miser... et ils perdent, comme nous tous, simples mortels –, qui jouons sans calcul. Par contre, je suis arrivé à une conclusion qui, elle, me semble juste ; une chose est vraie : au cours des chances du hasard, il existe, je ne dirais pas un système, mais une espèce d'ordre, ce qui, bien sûr, est très étrange. Par exemple, il arrive que, après douze chiffres du milieu survienne une série des douze derniers ; disons que le coup tombe deux fois sur les douze derniers, après quoi il passe aux douze premiers. Il tombe sur les douze premiers, puis il repart sur les douze du milieu, y tombe trois ou quatre fois de suite et repart à nouveau sur les douze derniers où, de nouveau après deux fois, il repasse aux premiers, retombe une fois sur les premiers et passe encore pour trois coups au milieu et cela continue de cette façon pendant une heure et demie, deux heures. Un, trois et deux, un, trois et deux. C'est très amusant. Un autre jour, ou un autre matin, par exemple, il arrive que le rouge et le noir alternent sans presque aucun ordre, à chaque minute, de sorte qu'il n'arrive jamais que la bille tombe sur le rouge ou sur le noir plus de deux trois fois de suite. Pourtant, le lendemain, ou bien le soir suivant, il arrive que ce ne soit plus que le rouge qui sorte : cela peut atteindre jusqu'à vingt-deux fois de suite, et cela se passe obligatoirement durant un certain laps de temps, par exemple durant toute la journée. Mr Astley m'a expliqué ici beaucoup de choses – mais lui, il a passé toute une matinée devant les tables de jeu, sans jamais rien miser. Pour moi, j'ai tout perdu, et très rapidement[16]. »

11.11 La même chose cent ans plus tard

Un siècle plus tard, dans les années 1960, un écrivain russe, Vénédikt Erofeiev, écrit un roman dont le héros, qui s'appelle Vénitchka, est obsédé par la boisson autant qu'Alexeï Ivanovitch l'est par le jeu (la boisson est également un thème présent dans l'œuvre de Dostoïevski, au point qu'il avait d'abord intitulé *Crime et Châtiment*, son premier grand roman : *Les Poivrots*).

Et, dans ce roman d'Erofeiev qui s'intitule *Moscou-sur-Vodka*, on trouve un passage qui est un peu l'équivalent du passage du *Joueur* concernant l'impossibilité de prévoir le numéro qui sortira à la roulette. Il dit :

« ... occupez-vous plutôt du hoquet ou, plus exactement, livrez-vous à l'étude mathématique du hoquet d'ivrogne...

« – Permettez ! me crie-t-on de droite et de gauche. N'y a-t-il rien d'autre ! Rien qui mérite...

« – Non, justement ! crié-je à droite et à gauche. Il n'y a rien d'autre ! Rien qui mérite ! Bien sûr, je ne suis pas idiot, je sais qu'il existe aussi la psychiatrie, l'astronomie intergalactique, et *tutti quanti*.

« Mais tout cela nous est étranger, tout cela nous a été imposé par Pierre le Grand et Kibaltchich, alors que notre vocation est ailleurs : là où je me propose de vous emmener, pourvu que vous cessiez de vous entêter. Vous allez me dire : “Voilà une vocation peu reluisante, et bien fausse.” Moi, je vous répondrai, sans crainte de me répéter : “Il n'y a pas de vocations fausses, toutes les vocations sont respectables.”

« Et puis crotte, à la fin ! Laissez l'astronomie extragalactique aux Yankees et la psychiatrie aux Frisés. Que la racaille espagnolesque s'en aille voir ses corridas, que ces coquins d'Égyptiens bâtissent leur barrage d'Assouan (qui, de toute façon, sera emporté par le vent), que l'Italie s'étrangle avec son stupide bel canto !...

« Et nous, je le répète, occupons-nous du hoquet.

« Bien sûr, pour commencer l'étude du hoquet, il faut d'abord le provoquer : ou bien *an sich* (cf. Emmanuel Kant), c'est-à-dire le provoquer en soi, ou bien le provoquer en quelqu'un d'autre, mais dans son intérêt propre, c'est-à-dire *für sich*. Voir Emmanuel Kant. Le mieux, naturellement, c'est de pratiquer à la fois l'*an sich* et le *für sich* de la façon suivante : vous buvez deux heures durant quelque chose de très fort, Starka, vodka du Chasseur, ou une gnôle quelconque. Vous buvez dans de grands verres, à raison d'un verre toutes les demi-heures, en évitant si possible tout accompagnement solide. Si certains trouvent cela trop difficile, ils sont autorisés à prendre un petit en-cas. Mais attention, pas n'importe quoi : pain rassis et vieux anchois (en saumure épicée, saumure non épicée ou sauce tomate).

« Puis vous observez une pause d'une heure. Sans rien manger ni boire. Vous détendez vos muscles, vous vous relaxez.

« Et vous le constaterez vous-même : à l'issue de cette pause, hic ! le voilà qui commence. Le premier hoquet vous surprend par la soudaineté de son démarrage. Le deuxième par son caractère irrépressible. Le troisième, *et cætera*. Mais si vous n'êtes pas un imbécile, cessez de vous étonner et mettez-vous au travail : notez sur une feuille de papier à quels intervalles votre hoquet vient ponctuer votre attente, en secondes, bien sûr :

« Huit – treize – sept – trois – dix-huit.

« Et tâchez, évidemment, d'y déceler une quelconque périodicité, même des plus approximative.

« Si, par contre, vous êtes un imbécile, arrangez-vous pour dégager une formule idiote, n'importe laquelle, histoire d'avoir l'air de prévoir la durée du prochain intervalle.

« Allez-y. Dans l'un et l'autre cas la vie aura raison de vos naïfs emballements :

« Dix-sept – trois – quatre – dix-sept – un – vingt – trois – quatre – sept – sept – sept – dix-huit.

« On dit que les Guides du prolétariat mondial, Karl Marx et Friedrich Engels, ont étudié minutieusement le schéma des différentes formations sociales, et qu'ils ont pu, à partir de là, prévoir *quantité de choses*. Mais, dans notre affaire, ils eussent été bien impuissants à prévoir quoi que ce soit : votre caprice vous a entraîné dans le domaine de la fatalité. Alors résignez-vous et soyez courageux, car la vie va couvrir de honte vos mathématiques supérieures aussi bien qu'élémentaires.

« Treize – quinze – quatre – douze – quatre – cinq – vingt-huit.

« N'est-ce pas ainsi qu'alternent les élans et les retombées, les enthousiasmes et les désastres dans la vie de chaque individu pris isolément ? Trouve-t-on dans cette alternance le moindre soupçon de régularité ? Et le désordre n'est-il pas aussi manifeste dans la succession des catastrophes qui affectent la vie de l'humanité tout entière ? Si la loi est au-dessus de nous tous, le hoquet est au-dessus de la loi. Et autant nous fûmes frappés, tout à l'heure, par la soudaineté de son commencement, autant vous frappera sa fin, que vous n'aurez su, pas plus que la mort, ni prévoir ni détourner.

« Vingt-deux – quatorze – ... C'est tout. Le silence.

« Et dans ce silence votre cœur vous chuchote : il est insaisissable et nous sommes impuissants. Nous sommes foncièrement dépourvus de libre arbitre, jouets d'un hasard qu'on ne saurait nommer et auquel on ne saurait, non plus, échapper.

« Nous sommes des créatures tremblantes et il est tout-puissant. Lui : le Bras de Dieu, levé sur nous tous, et devant Lequel seuls refusent de courber la tête les crétins et les vauriens. Il échappe à notre intelligence : c'est donc qu'Il est.

« Alors soyez parfait, comme est parfait votre Père qui est aux Cieux[17]. »

11.12 *Crime et Châtiment*

Il y a trois ans, un matin du mois de janvier de l'année 2018, alors que je me rendais à vélo à la gare de Bologne, à 6 heures du matin, pour aller à Pavie parler de traduction, à l'invitation du collège Borromeo, je me suis dit qu'apprendre le russe a été pour moi, qui avais auparavant travaillé un an et demi en Algérie, dans les montagnes du Petit Atlas, et un peu plus d'un an à Bagdad, en pleine guerre Iran-Irak, qu'apprendre le russe a été pour moi une aventure plus importante que les montagnes du Petit Atlas et que la guerre Iran-Irak, qu'apprendre le russe a changé ma façon de marcher, de penser, de bouger, de dormir, de lire, de parler, de manger, d'imaginer, de rester immobile, de rire, de pleurer, de soupirer, de me désespérer, de demander pardon, de me mettre en colère, de me concentrer, de somnoler, de me réveiller, de regarder les choses, de me déplacer en autobus, de parler, de me taire, de penser, de patienter, et que, si je ne l'avais pas fait, je ne sais pas ce que je serais devenu. Et que tout a commencé un après-midi de l'année 1977, quand, dans la chambre minuscule de notre maison de Basilicanova, dans la province de Parme, j'ai ouvert un livre sans couverture – raison pour laquelle ni le nom de l'auteur ni le titre n'étaient visibles – appartenant à mon grand-père, je me suis mis à le lire et, ne pouvant plus m'arrêter, j'ai interrogé ma mère, laquelle m'a dit qu'elle l'avait aimé elle aussi et que c'était un livre d'un écrivain russe du nom de Dostoïevski, qui s'intitulait *Crime et Châtiment*.

11.13 Qui commande dans l'au-delà

En mentionnant ma mère, je me suis rappelé que si, à la mort de mon père, j'avais pensé que le ciel me tombait sur la tête, à la mort de ma mère, il y a quelques jours, j'ai pensé que Brodsky a raison : la vie est brève et triste, elle se termine toujours de la même façon, et je crois que je l'ai déjà écrit.

Comme si nous avions signé un contrat d'asservissement semblable à celui de Stellovski.

C'est peut-être Stellovski qui commande dans l'au-delà.

Si tel était le cas, il n'y aurait pas de quoi se réjouir.

Le seul à s'en réjouir serait peut-être Antonio Pennacchi, qui aime tant Stellovski.

11.14 Encore

De 1977 jusqu'au jour où j'ai commencé à écrire ce roman, en 2019, je n'avais plus relu *Crime et Châtiment.*

Parce que j'avais peur.

Et cette peur était la suivante : s'il ne me plaisait pas, je risquais de croire que j'avais raté ma vie.

Cette année, je l'ai relu pour préparer ce livre et je me suis dit, avant tout, que j'avais raison : ça saigne encore.

Et puis, je l'ai aimé encore plus qu'avant.

Et j'ai remarqué de nombreuses choses, en premier lieu qu'il y a dans *Crime et Châtiment* des moments qui rappellent *Shining*, le film de Kubrick, en mieux.

Et j'ai pensé à deux choses : à un libraire de Campobasso et à des connaissances qui ont travaillé dans l'édition et qui ont également écrit des livres.

11.15 Le libraire de Campobasso

Le dernier livre que j'ai publié est un polar à la troisième personne qui s'intitule *Che dispiacere*[(a)][18].

Mes livres précédents étaient tous écrits à la première personne et n'avaient aucun rapport – surtout les premiers, sortis à l'époque du boum des polars – avec la littérature policière.

Il suffisait de lire deux pages de ces romans pour penser : ce truc-là n'a rien à avoir avec les polars.

Et moi, j'étais content.

Car je nourrissais à l'égard des livres policiers, de la littérature populaire, comme on dit, des préjugés qui venaient probablement du fait que, à l'époque où j'avais commencé à fréquenter

(a) « Quel regret ! » ou « Quel chagrin ».

les librairies – les années soixante-dix – il n'y avait pas tellement de polars dans les librairies ; les polars se vendaient plutôt dans les kiosques à journaux et moi, jusqu'au début de ce siècle, j'aimais penser que j'étais un lecteur qui ne lisait pas n'importe quoi, moi, je lisais *Crime et Châtiment*, je vous en donnerais, des polars.

Puis, en 2000 ou en 2001, on m'a invité à présenter un livre à Campobasso et j'ai rencontré un libraire très sympathique qui était un peu agacé, comme moi, par la grande popularité dont jouissaient les polars après la sortie du *Nom de la rose* et par le fait que la plupart des clients qui se présentaient dans sa librairie réclamaient des polars.

Alors, quand un client entrait dans sa librairie et lui lançait : « Pouvez-vous me conseiller un bon polar ? », ce libraire de Campobasso lui tendait *Crime et Châtiment*.

Voilà, à Campobasso, en 2000 ou en 2001, je me suis soudain rendu compte que Dostoïevski, qui n'était pas exactement un écrivain populaire, utilisait sans problème le levier de la littérature policière et que moi, comme lecteur, je m'étais demandé en lisant *Crime et Châtiment* si Raskolnikov serait arrêté pour le meurtre de la vieille dame et de sa sœur ; que, par la suite, quand j'ai lu *Les Frères Karamazov*, je n'ai cessé de me le demander du début jusqu'à la fin du roman qui avait tué le père des frères Karamazov. Ce libraire avait raison, certains livres de Dostoïevski sont construits comme des polars, et pourtant je les avais aimés ; par conséquent, j'étais obligé de reconnaître que, malgré tous mes préjugés, j'aimais les polars et que l'idée selon laquelle les polars étaient nécessairement de la littérature populaire, de mauvaise qualité, n'était pas une idée très intelligente ; à partir de cette lointaine année 2000 ou 2001, à Campobasso, je m'étais mis à lire des polars et j'avais même fini par en écrire un, qui l'eût cru ?

11.6 Des connaissances

J'ai vécu des moments très bizarres pendant que j'écrivais ce livre.

Un dimanche où je relisais *L'Idiot*, je me suis dit : incroyable, aujourd'hui je dois relire *L'Idiot* pour mon travail ! Si on m'avait dit un truc pareil quand j'avais vingt ans, j'aurais fait des sauts en l'air à ne plus en finir.

À présent, au fur et à mesure que je vieillis, je distingue chez moi un trait de caractère dont je croyais être dépourvu dans ma jeunesse. Dans ma jeunesse, je m'énervais beaucoup lorsque j'entendais les gens parler et j'avais l'impression que mes réactions à leurs propos s'expliquaient par la façon dont les autres étaient faits, une façon qui n'allait pas. Aujourd'hui, en revanche, il me semble que c'est moi qui ai l'esprit de contradiction.

Alors, pour moi qui ai – je le sais désormais – l'esprit de contradiction, relire *Crime et Châtiment, L'Idiot, Les Démons* et *Les Frères Karamazov* dans la période historique que nous vivons a constitué une expérience que j'ai davantage savourée qu'à la première lecture.

Car en cette période, comme dans toutes les périodes, des choses très étranges se produisent autour de moi ; par exemple, des gens que je connais, des gens qui ont travaillé dans l'édition, qui ont écrit et même publié des livres, déclarent qu'ils ont cessé de lire des livres ; et cette histoire de gens cultivés, intelligents, qui ne lisent plus de livres, qui se contentent peut-être de les écouter sous forme d'audio-livres, ou de les regarder à travers des séries télévisées, me rappelle le garçon qui avait répondu à la question de son professeur – s'il avait lu *Bartleby* : « Pas en personne. »

Voilà, l'aventure qui consiste à lire Dostoïevski en personne, de le lire, nous, de nous asseoir sur un canapé ou là où nous voulons et de faire cette chose inouïe – ouvrir *Crime et Châtiment* et le lire entièrement, page après page, du début jusqu'à la fin – en cette période où la pratique de ne pas lire « en personne » se répand de plus en plus, est une aventure qu'on ne peut pas regretter – du moins, moi, je ne regrette pas le temps que je passe à lire, assis n'importe où, un livre volumineux, écrit en Russie il y a cent soixante ans, mais je me trompe peut-être.

11.17 Le quartier

L'un des personnages principaux de *Crime et Châtiment* n'est autre que Saint-Pétersbourg, et en particulier un quartier de Saint-Pétersbourg situé autour de la place aux Foins, qui était à l'époque l'un des plus malfamés de la ville.

Quelques années plus tôt, en 1835, Nicolas Gogol avait dépeint dans une nouvelle extraordinaire, « Le Journal d'un fou », une maison située à deux cents mètres de la maison que Dostoïevski habitait quand il écrivait *Crime et Châtiment*:

« "Je connais cette maison, ai-je pensé [c'est le héros, Poprichtchine, qui parle], c'est la maison Zverkov." C'est une véritable caserne! Il y vit toutes espèces de gens: des cuisiniers, des voyageurs! Et les fonctionnaires de mon espèce y sont entassés les uns sur les autres comme des chiens. J'y ai aussi un ami qui joue gentiment de la trompette[19] »…

… écrit Gogol, et il est étrange d'apprendre que cette « véritable caserne », la maison à cinq étages que le marchand Zverkov avait fait construire en 1827 pour en louer des appartements, avait hébergé entre 1829 et 1831, au cinquième et dernier étage, Nicolas Gogol (l'adresse actuelle est: 18, Stoliarny Pereoulok).

C'est ici, dans le quartier de la place aux Foins (Sennaïa Plochtchad en russe, place Sennaïa) qu'Anna Snitkina se présente au début du mois d'octobre 1866 pour sténographier *Le Joueur* et, puisqu'elle a lu les deux premières parties de *Crime et Châtiment* publiées dans « Le Messager russe », la maison où vivait Dostoïevski lui a immédiatement rappelé la maison où, dans le roman, vivait Raskolnikov.

On ne connaît pas avec certitude l'emplacement du logement de Raskolnikov.

Selon Albin Konetchny, historien de Saint-Pétersbourg, les guides touristiques ont indiqué au fil des ans une douzaine d'immeubles aux visiteurs en affirmant que l'ancien logement de Raskolnikov s'y trouvait.

Le choix s'est porté à présent sur le numéro 5 du Stoliarny Pereoulok, le passage Stoliarny. On y a posé une plaque qui dit : « Maison de Raskolnikov. Dostoïevski s'est inspiré des destinées tragiques des habitants de cette partie de Pétersbourg pour écrire son sermon passionné en faveur du bien de l'humanité entière. »

Ce choix – officiel, dans un certain sens – de cette maison a coûté aux habitants du numéro 5 du Stoliarny Pereoulok quelques désagréments.

Quand l'entrée était libre (elle ne l'est plus aujourd'hui), d'innombrables curieux se hissaient jusqu'au grenier pour s'assurer que treize marches le séparaient vraiment du dernier étage, et certains, s'en étant assurés (il semble que ce soit le cas), laissaient des graffitis de ce genre :

« Raskolnikov, nous connaissons nous aussi une vieille dame à laquelle il vaut la peine de rendre visite ; c'est notre enseignante de littérature russe, elle s'appelle Anna Sémionovna, elle habite rue Mechtchanskaïa, maison 12, appartement 21, va la voir et n'oublie pas ta hache, s'il te plaît. »

La première fois que je suis arrivé à Pétersbourg, en 1991, la place aux Foins était encore la plus malfamée de la ville (qui s'appelait alors Leningrad), et son aspect rappelait paradoxalement les romans de Dostoïevski.

Son centre était occupé par un chantier inaccessible, qui semblait à l'arrêt depuis longtemps et qui renfermait les débris des travaux à la station de métro voisine; tout autour de ce chantier, se tenait un marché non officiel où, me disaient mes connaissances, on pouvait trouver n'importe quoi. « Si tu as besoin d'un sous-marin, Paolo, va place aux Foins, demande au premier individu que tu rencontres: il ne l'a peut-être pas, mais il s'adressera à quelqu'un, qui s'adressera à quelqu'un, qui s'adressera à quelqu'un et, vingt minutes plus tard, tu auras le sous-marin de la marque que tu souhaites avec toutes les options dont tu as besoin », me disaient-ils.

Cet endroit dégradé qu'on nous avait déjà signalé dans *Les Carnets du sous-sol* comme le pire quartier de la pire ville du monde, est le centre autour duquel tourne *Crime et Châtiment*, et à la fin du roman, quand Raskolnikov, accueillant la suggestion de Sonia, baise le sol en reconnaissant qu'il a péché, il choisit justement la place aux Foins pour le faire: il s'agenouille au milieu de la place, s'incline jusqu'au sol et embrasse « cette terre sale, avec délice, avec bonheur ». Puis il se relève et s'incline une seconde fois.

Alors un garçon le dévisage et dit: « Çui-là, il a son compte! »

11.18 La ville

Dostoïevski est probablement, avec Gogol, le principal responsable du mythe de Pétersbourg: il l'a définie dans *Les Carnets du sous-sol* comme « la ville la plus abstraite et la plus préméditée de la planète », ce qui n'est pas un compliment, nous l'avons dit.

En admettant qu'il y ait un office du tourisme à Pétersbourg – et il y a sans doute quelque chose de ce genre –, je me demande ce que ses directeurs pensent de *Crime et Châtiment*:

« Dehors, il faisait une chaleur étouffante, terrifiante, avec, en plus, le manque d'air, la cohue, partout la chaux, les échafaudages, les briques, la poussière, et cette puanteur particulière de l'été que connaissent si bien tous les Pétersbourgeois… »

« Quant à la puanteur insupportable des tavernes, dont cette partie de la ville contient une multitude, et aux ivrognes qu'il rencontrait partout, même si c'était une heure de travail, ils mirent une dernière touche au coloris détestable et triste du tableau. »

« Devant les tavernes, près des étages inférieurs, dans les cours sales et puantes des immeubles de la place aux Foins, et particulièrement devant les débits de boissons, on voyait s'amasser une foule de toute sorte, plein de petits commerçants et de chiffonniers. »

« Dans la rue, la chaleur était à nouveau insupportable ; pas une seule goutte de pluie, de toutes ces journées. Rien que de la poussière, de la brique, de la chaux, à nouveau la puanteur qui venait des boutiques et des tavernes, à nouveau, à chaque instant, les ivrognes, des livreurs finlandais, des cochers à moitié affalés. »

« Comment peut-on respirer là-dedans ? » dit la mère de Raskolnikov. « Ici, même dans les rues, c'est comme une chambre sans lucarne. Mon Dieu, quelle ville ! »

« Je suis convaincu qu'il y a beaucoup de gens à Pétersbourg qui parlent tout seuls en marchant », dit Svidrigaïlov. « C'est une ville de gens à moitié fous. […] Rares sont les endroits qui ont une influence plus lugubre, plus violente, plus étrange sur l'âme des gens de Pétersbourg. »

Et pourtant, cette ville si bizarre ne déplaît pas toujours à Raskolnikov, il aime par exemple « les chansons qu'on chante avec un orgue de Barbarie, les soirs d'automne, quand il fait froid, sombre et humide, oui, surtout humide, quand tous les passants ont un visage vert pâle et mal portant[20] ».

Cela donne vraiment envie d'y aller.

11.19 Ce que j'avais oublié

Comme je l'ai dit, avant cette relecture j'avais lu pour la dernière fois *Crime et Châtiment* il y a plus de quarante ans, et je me souvenais d'un grand élan au début et d'une chute moyenne, un peu à la Manzoni, ai-je envie de dire, à l'enseigne de la providence, où les personnages principaux qui avaient été un peu méchants devenaient gentils et où les personnages secondaires qui étaient méchants devenaient encore plus méchants et étaient punis.

Eh bien non.

Je me rappelais que Raskolnikov se repentait à la fin, eh bien non, il ne se repent pas.

Et j'avais oublié que, à la fin, lorsqu'il va en Sibérie, en prison, les forçats lui reprochent d'être un bourgeois, et les bourgeois ne se promènent pas avec une hache.

Et j'avais oublié qu'il y a, dans *Crime et Châtiment*, un personnage qui meurt parce qu'il s'est baigné aussitôt après avoir mangé, ce qui a l'air d'une blague, mais qui est vrai.

Et j'avais oublié que Raskolnikov, en voyant qu'il n'y a pas un seul grain de poussière dans l'appartement de l'usurière, pense : « Cette propreté, là, c'est toujours comme ça chez les vieilles veuves méchantes. »

Et j'avais oublié la façon dont, à la fin, Raskolnikov prend la main de Sonia, et je crois qu'il est très difficile en littérature de décrire l'amour, le moment où deux personnes se disent oui ; et, de toutes les scènes d'amour que j'aie lues dans ma vie de lecteur, la deuxième plus belle scène est celle où Alexandra dit oui à Arkadi dans *Pères et Fils* de Tourgueniev.

Ce « oui », qui est un simple « oui », *da*, en russe, deux lettres, une syllabe, est la syllabe la plus éloquente, la plus sonore, la plus limpide de toutes les syllabes que j'aie lues au cours de mon existence, et seul le silence entre Sonia et Raskolnikov à la fin de

Crime et Châtiment surpasse en sonorité ce « oui » : cet instant où ils aimeraient dire quelque chose mais n'y parviennent pas, où « des larmes leur [embrument] les yeux », où ils sont tous deux « pâles et maigres », où, face aux sept ans qui les séparent de la fin de la peine, ils pensent « Sept ans, *seulement* sept ans ! ». Oui, cette scène est la plus belle scène d'amour de toute la littérature mondiale, selon moi, et j'aimerais dire deux mots à ceux qui n'aiment pas Dostoïevski – et il y en a quelques-uns (d'habitude, ceux qui aiment beaucoup Tolstoï, ou Nabokov, ou Tolstoï et Nabokov ensemble) – si c'est possible.

S'ils n'ont pas lu *Crime et Châtiment* (Pourquoi donc le lirais-je, ont-ils peut-être pensé, je n'aime pas Dostoïevski), je leur dirai : « Essaie, lis *Crime et Châtiment* dans une bonne traduction, et tu verras. »

Mais il est peut-être inutile d'écrire ce que je viens d'écrire, car les gens qui n'aiment pas Dostoïevski n'ont même pas envie de savoir comment ce livre est fait.

11.20 Porphiri

Il y a dans *Crime et Châtiment* un personnage extraordinaire, Porphiri, l'enquêteur, dont la méthode a été copiée par les auteurs d'un téléfilm très connu dans le monde entier : *Columbo*.

Chaque épisode de *Columbo* est une réécriture de *Crime et Châtiment* : on sait toujours qui est l'assassin, et l'inspecteur, qui a l'air d'un homme très distrait et qui parle énormément en évoquant des choses apparemment sans rapport avec le sujet, fait tout doucement comprendre au coupable que lui, l'enquêteur, sait que lui, le coupable, est coupable.

Le roman renferme un dialogue mémorable entre Porphiri et Raskolnikov, quand Porphiri dit à Raskolnikov : « Non, mon bon Rodion Romanytch, ce n'est pas Mikolka [le peintre en bâtiment qui a avoué le crime] qui a fait le coup ! »

Raskolnikov demande : « Mais alors… qui… a tué ? » Et Porphiri répond : « Comment ça, qui a tué ? […] Mais c'est *vous* qui avez tué, Rodion Romanytch ! »

11.21 L'Idée

Il existe un dialogue entre Raskolnikov et Porphiri dans lequel Raskolnikov résume son idée, l'idée qui meut le roman, une idée qu'il a exprimée dans un article que Porphiri a lu et qui l'a amené à soupçonner l'ancien étudiant :

« … je développe dans mon article l'idée selon laquelle tous les… enfin, disons, tous les législateurs, les fondateurs de l'humanité, à commencer par les plus anciens, et en continuant par les Lycurgue, les Solon, les Mahomet, les Napoléon, etc., que tous, du premier au dernier, ils étaient criminels, par le seul fait, déjà, qu'en donnant une nouvelle loi ils enfreignaient l'ancienne que la société considérait comme sacrée, et qui leur venait de leurs pères, et que, bien sûr, ils ne reculaient pas devant le sang […] si seulement le sang pouvait les aider. »

« Les hommes, par une loi de la nature, sont divisés *en général* en deux catégories : l'une, inférieure (les hommes ordinaires), c'est-à-dire, comment dire, un matériau, qui sert uniquement à faire naître du semblable à soi et, l'autre, à proprement parler des hommes, c'est-à-dire ceux qui ont le don ou le talent de dire dans leur milieu *une parole nouvelle*. […] la première, c'est-à-dire le matériau, ce sont, d'une manière générale, des gens de nature conservatrice, respectueux de l'ordre, qui vivent dans l'obéissance et qui aiment obéir – continue Raskolnikov. À mon avis – dit-il –, c'est même leur devoir, d'obéir, parce que c'est leur finalité et qu'il n'y a là absolument rien qui puisse les humilier. La deuxième catégorie, tous, ce sont des hommes qui enfreignent la loi, ce sont des destructeurs ou bien des gens qui ont tendance à l'être, selon leurs capacités. [...] dans leur majeure partie, ils exigent, dans des déclarations tout à fait diverses, la destruction du présent au nom d'un avenir meilleur. S'il a besoin, pour son idée, de passer par-dessus un cadavre, de passer par-dessus le sang, au fond de lui-même, dans sa conscience, à mon avis, un tel homme peut s'autoriser à passer par-dessus [...] il n'y a pas trop à s'inquiéter : la masse ne leur reconnaît presque jamais ce droit, elle les fusille et elle les pend (plus ou moins) et, ce faisant, c'est d'une façon absolument juste qu'elle accomplit sa destinée conservatrice, à cette condition, pourtant, que, dans les générations suivantes, cette même masse place les hommes qu'elle a fusillés sur un piédestal et se mette à les vénérer (plus ou moins). La première catégorie est toujours la maîtresse du présent, la seconde, la maîtresse du futur. Les premiers conservent le monde et le multiplient quantitativement ; les seconds font bouger le monde et le mènent à un but. Les uns et les autres ont absolument le même droit d'exister. Bref, pour moi, tout le monde possède un droit équivalent, et – *vive la guerre éternelle* – jusqu'à la Nouvelle Jérusalem, évidemment.

« "Parce que vous croyez quand même à la Nouvelle Jérusalem ?

« – Oui, j'y crois", répond[it] fermement Raskolnikov. »

12
L'Idiot

12.1 Seulement sept ans

Dans un de ses livres, Victor Chklovski écrit qu'« au cours de leur première expédition [les croisés] prenaient chaque ville pour Jérusalem. À y regarder de plus près, la ville se révélait ne pas l'être. Alors les croisés la mettaient à sac. Pour se venger de l'affront. Pourtant, Jérusalem existe[1] », conclut Chklovski.

Dostoïevski, comme Raskolnikov, croit que Jérusalem existe, me semble-t-il; ou plutôt, ai-je envie de dire, il y a pour lui de multiples Jérusalem terrestres.

La première Jérusalem qui surgit de ses lettres n'est autre que l'Italie, lorsqu'il écrit à son père que le climat de Pétersbourg est merveilleux, « italien ». Comme l'Italie imaginaire de ce garçon de quinze ans est belle, et quelle chance avons-nous d'être italiens et d'avoir été, un moment, la Jérusalem de Dostoïevski!

La deuxième Jérusalem est la littérature, d'abord en tant que traducteur, puis en tant qu'auteur, et Dostoïevski a l'habileté et la chance d'atteindre cette Jérusalem immédiatement, au moment où Bielinski lui dit qu'il est un nouveau Gogol, mieux, qu'il est allé plus loin que Gogol.

Après quoi il connaît un blocage.

« … donnez-nous, par exemple, plus d'indépendance, déliez-nous les mains à tous, élargissez le champ de nos activités, relâchez la surveillance et nous… je vous assure : la première chose que nous ferons, c'est de redemander qu'on nous surveille », écrit l'homme du sous-sol, et un siècle plus tard Truman Capote a écrit : « Il y a plus de larmes versées sur les prières exaucées que sur celles qui ne le sont pas[2] », et Dostoïevski, une fois catapulté dans l'Olympe de la littérature, plus loin que Gogol, les mains déliées, libre de faire tout ce qu'il veut, d'exaucer tous ses désirs, Dostoïevski ne sait plus quoi faire, n'a plus d'endroit où aller : il peut écrire ce qu'il veut, et il écrit des pages où, comme dans *La Logeuse*, « tout est recherché, guindé, boursouflé et factice » (d'après Bielinski).

Ne pas trouver Jérusalem, comme le dit Chklovski, est un problème, c'est insultant, mais trouver Jérusalem est encore pire, c'est déprimant.

Il en faut immédiatement une autre.

Et Dostoïevski la trouve : la révolution. La route de la révolution conduit à la forteresse Pierre-et-Paul, ainsi qu'au poteau, et là, au poteau, les cinq prochaines minutes, les cinq dernières minutes de vie sont sa Jérusalem.

Cinq minutes paraissent à Dostoïevski une éternité, une immense richesse, il a l'impression de devoir vivre au cours de ces cinq minutes tant de vies qu'il ne vaut pas encore la peine de penser à la mort qui se profile cinq bonnes minutes plus tard, tandis que, pour Raskolnikov, les sept années qui les séparent de la fin de la peine ne sont que « *seulement* sept ans ».

Cinq *bonnes* minutes, *seulement* sept ans, et arrêtons-nous un instant, car il m'est arrivé quelque chose.

12.2 Tout en achevant

Tout en achevant la rédaction de ce livre, je travaille à mes heures de liberté, j'enseigne à l'université, je tiens un séminaire de traduction et donne des cours privés. En ce moment mon cours s'intitule « Comment devenir superflu », c'est un cours sur la littérature russe du XIXe siècle : je lis avec les participants une série de romans peuplés d'hommes superflus, de Lermontov, de Tourgueniev, de Gontcharov – actuellement nous lisons *Oblomov* – et distribue un devoir par semaine. Ainsi, après avoir lu la très étrange lettre d'amour qu'Oblomov envoie à Olga dans la seconde partie d'*Oblomov*, j'ai demandé aux élèves d'écrire une lettre d'amour, et une participante en a écrit une à sa sœur, citant celle que Dostoïevski écrivit à son frère Mikhaïl en décembre 1849, de retour de la potence : « À l'instant ultime, toi, toi seul, étais dans mes pensées, c'est là seulement que j'ai su combien je t'aimais, mon frère chéri[3] ! »

Je l'avoue, cela m'a ému, d'une part parce que c'est émouvant, d'autre part à cause d'une chose que Togliatti et moi-même nous sommes dite il y a deux mois, après l'enterrement de ma mère.

Ce jour-là, nous déjeunions en tête à tête : la Bataille a un âge où elle évite volontiers ses parents si elle le peut, et Togliatti et moi – c'est une période extrêmement compliquée à cause de la pandémie, et dès que les restaurants ouvriront nous nous y précipiterons –, Togliatti et moi déjeunions donc en tête à tête à l'Osteria Bartolini, à Bologne, en discutant de je ne me souviens pas quoi quand j'ai fait un geste qui, m'a dit Togliatti, ressemblait énormément à un geste de mon frère Emilio. Nous venions juste de revoir Emilio à l'enterrement de ma mère, et moi, nous – mais aussi ma mère, ma grand-mère, mon père, mes frères –, nous ne nous disons jamais rien en famille, nous sommes des sentimentaux en privé, chacun de son côté, dans son coin, parce que exprimer ses sentiments n'a rien de très émilien, nous semble-t-il, et nous avons été élevés comme ça. Si ce n'est que, à l'âge de cinquante-sept ans, par un jour d'octobre, à l'Osteria Bartolini à Bologne, vous faites un geste qui vous échappe un peu et soudain vous pensez que vous aimez votre frère, que c'est une évidence et que vous ne le lui avez jamais dit, à bien y réfléchir c'est une chose très étrange, et non seulement vous ne le lui avez jamais dit, vous ne vous l'êtes pas même pas dit à vous-même en l'espace de cinquante-sept ans, et maintenant retournons à Jérusalem.

12.3 Après la potence

Après la potence, viennent la détention et l'exil. Et la Jérusalem, c'est d'abord Maria Issaïeva à épouser, puis la littérature à reconquérir avant tout comme un droit : le droit d'écrire et de retourner vivre dans cette Saint-Pétersbourg tant détestée.

Une fois recouvré ce droit et regagné Pétersbourg, et après la mort de sa première femme, les Jérusalem de Dostoïevski sont au nombre de deux : l'une, matérielle, l'aspiration à la richesse ; l'autre, sentimentale, le désir de se remarier.

Lorsqu'il se remarie – avec Anna Grigorievna –, l'argent semble devenir un moment sa Jérusalem principale et, en 1867, aussitôt après son mariage, une véritable obsession.

Il se marie en février et, onze jours après son mariage, il est victime d'une très forte crise d'épilepsie, la maladie qui le tourmentera toute sa vie et dont, selon Freud, il n'a jamais souffert.

12.4 L'argent

De nouveaux créditeurs de la dernière revue des frères Dostoïevski, *Epoka*, apparaissent, menaçant de saisir les biens des époux, lesquels, pour s'en débarrasser, décident d'aller séjourner un peu à l'étranger.

Or l'argent de Dostoïevski ne suffit pas pour le voyage, et Anna doit mettre en gage ses meubles, son piano, ses fourrures, son or et son argenterie.

Ils partent à la mi-avril et, avant de partir, Anna Grigorievna achète un cahier pour y noter toutes ses aventures à venir.

Ce sera un voyage hasardeux : « Nous partions pour trois mois, mais notre séjour à l'étranger dura beaucoup plus longtemps et je ne revis le sol russe qu'après quatre ans d'absence[4]. »

Ils se rendent d'abord à Dresde et ils ont au début l'impression d'être vraiment en voyage de noces ; Dostoïevski emmène aussitôt sa femme voir la *Madone Sixtine* de Raphaël, elle est ravie et pendant quelques jours les choses se passent à merveille, puis Dostoïevski déclare que, s'il était seul, il irait jouer à la roulette.

« Comme je ne voulais pas être un obstacle à ses désirs et que la chose semblait l'occuper, écrit Anna Griegorevna, je lui demandai ce qui l'empêchait de se livrer à son plaisir. Il me répondit qu'il ne tenait pas à me laisser seule et qu'il était coûteux d'entrer à deux dans une salle de jeu. Je le persuadai d'aller passer quelques jours à Hombourg, en l'assurant que rien de fâcheux ne pouvait m'arriver en son absence. Fédia essaya de refuser, mais il désirait si ardemment tenter sa chance que je n'eus pas à me montrer pressante pour le décider à me laisser aux bons soins de la logeuse. »

Dostoïevski abandonne Anna à Dresde, va à Hombourg, d'où il lui écrit que, dans l'hôtel où il est descendu, la chambre coûte cinq francs ; ce sont « manifestement des bandits[5] », commente-t-il avant d'ajouter : « Mais je n'y resterai que deux jours environ, trois au maximum. »

Puis il lui demande : « Pourquoi as-tu fondu en larmes, Ania, ma toute chérie, en m'accompagnant ? »

Le lendemain, le 6 mai, Dostoïevski écrit à Anna qu'il lui écrira tous les jours quelques lignes, et ce parce qu'il n'arrête pas de penser à elle. Il a même rêvé d'elle toute la nuit.

Il lui dit ensuite qu'il a été très fatigué dans la journée, qu'il avait du mal à tenir debout, mais qu'il y avait tout près de là une roulette et qu'il n'a pas réussi à l'éviter : il est allé jouer.

Il a commencé à jouer dès le matin et il a perdu seize impériales, plus de la moitié de la somme en sa possession.

Il lui en restait douze.

L'après-midi, il les a regagnées et plus encore :

« Voici mon observation, Ania, définitive : si l'on est raisonnable, autrement dit si l'on est comme de marbre, froid et d'une *inhumaine* prudence, alors, immanquablement, *sans le moindre doute possible*, on peut gagner *tout ce qu'on veut*. Mais il faut jouer longtemps, de nombreux jours durant, se contenter de peu si l'on n'a pas de chance et ne pas forcer le sort. [...] Bref, je ferai des efforts inhumains pour être raisonnable mais, d'un autre côté, je ne suis absolument pas en mesure de rester ici quelques jours. Sans exagérer, Ania : je trouve tout cela tellement répugnant, je veux dire, si épouvantable, que je serais le premier à prendre mes jambes à mon cou, et dès que je pense à toi, tout mon être a envie de se précipiter vers toi. Ah, Ania, j'ai besoin de toi, je l'ai bien ressenti ! »

Dans cette lettre, remarque Pietro Citati[a], les réflexions de Dostoïevski sur le jeu rappellent celles de Raskolnikov sur le crime, comme si Dostoïevski était encore dominé par son dernier personnage. Il semble stupéfiant que l'auteur de cette lettre ne

(a) Essayiste et critique littéraire, Piero Citati (1930-2022) est notamment l'auteur de *Sur le roman : Dumas, Dostoïevski, Woolf*, traduit par Brigitte Pérol, Bibliothèque nationale de France, Paris, 2000.

fasse qu'un avec celui du *Joueur*, livre dont la lecture montre clairement que les joueurs ne jouent pas pour gagner, mais pour jouer, que le but des joueurs n'est pas de payer leurs dettes ou de s'enrichir, mais de jouer, et qu'il n'y a pas d'issue.

Trois jours plus tard, le 9 mai, dans une autre lettre à Anna, Dostoïevski commence par affirmer qu'il n'a pas reçu de courrier de sa part et qu'il s'inquiète pour sa santé.

Puis il écrit :

« … si tu n'es pas malade, si tout va comme il se doit, alors, mon amie, dès que tu recevras cette lettre, occupe-toi, au plus vite, de mes affaires. Écoute donc : fini de jouer, je veux rentrer au plus vite ; alors envoie-moi sur-le-champ, dès que tu recevras cette lettre, *vingt* (20) impériales. Sur-le-champ, le jour même, à la minute, si c'est possible. Ne perds par une fraction de seconde. Telle est ma très grande prière. Premièrement, il faut racheter la montre (je ne vais pas la laisser pour 65 guldens), puis régler l'hôtel, puis le voyage, ce qui restera, je te l'apporterai tout entier, ne t'inquiète pas, je ne jouerai plus, à présent. Mais surtout, hâte-toi de faire l'envoi. Demain ou après-demain, on m'apportera ma note d'hôtel et, si je n'ai pas encore d'argent de ta part, il faudra aller trouver le patron, lui présenter des excuses, et sans doute ira-t-il à la police : épargne-moi ce tourment, autrement dit, fais ton envoi au plus vite. »

Après quoi Dostoïevski prie Anna de ne rien dire à personne et lui donne des instructions pour lui envoyer l'argent.

Le lendemain, Dostoïevski lui écrit qu'il a reçu une lettre d'elle et qu'il est très content qu'elle ne soit pas malade, mais qu'il déplore qu'elle lui ait confié dans cette lettre qu'elle pleurait, lui dit-il, « et cela en cinq jours seulement ».

Puis il ajoute qu'il se languit, lui aussi, et que cette nostalgie l'empêche de bien jouer, de gagner et de lui revenir. Qu'il s'était efforcé de tout gagner en une seule journée de façon à rentrer immédiatement, mais qu'il a perdu le sang-froid nécessaire, cette froideur inhumaine qui rend le gain mathématique.

La seule erreur qu'il a commise, c'est de ne pas l'avoir emmenée à Hombourg. Comme elle lui manque, il joue mal.

« … juge, ma chérie, de ce qui m'est, par exemple, arrivé hier : après t'avoir envoyé des lettres en te demandant de l'argent, je suis allé à la salle de jeux ; il me restait en tout et pour tout en poche *vingt* guldens (au cas où) et j'en risquai *dix*. Je fis un effort quasi surnaturel pour rester calme et lucide *une heure entière*, et cela se solda par un gain de *trente* frédérics d'or, autrement dit 300 guldens. J'étais si heureux et si effrayé, je voulais soudain, à la *folie*, en finir au plus vite, *le jour même*, gagner encore le double et partir aussitôt d'ici, que, sans me donner le temps de souffler et de reprendre mes esprits, je me jetai sur la roulette, commençai à miser mon or et perdis *tout, tout*, jusqu'au dernier kopeck, c'est-à-dire qu'il me reste au bout du compte *deux* guldens pour le tabac. Ania, ma chérie, ma joie ! Comprends que j'ai des dettes qu'il me faut rembourser et qu'on me traitera de gredin. […] Je devais gagner. *Une nécessité !* Je ne joue pas pour me distraire. C'était la seule solution, et voilà, tout est perdu en raison d'un mauvais calcul. Je ne te fais pas de reproche [c'est exactement ce qu'il écrit : je ne te fais pas de reproche], c'est moi que je maudis : pourquoi ne t'ai-je pas prise avec moi ? En jouant petit à petit, chaque jour, *IL EST IMPOSSIBLE* de ne pas gagner, c'est sûr, sûr, j'en ai fait vingt fois l'expérience, or voici que, sachant cela avec certitude, je quitte Hombourg, perdant ; je sais aussi que si je pouvais m'octroyer un délai supplémentaire, fût-ce de quatre jours, durant ces quatre jours, je regagnerais sûrement tout. Mais il est certain que je ne jouerai plus ! »

Le lendemain, Dostoïevski reçoit l'argent qu'Anna lui a envoyé, va jouer, perd cette somme et écrit :

« Ania, ma chérie, mon amie, ma femme, pardonne-moi, ne me traite pas de coquin ! J'ai commis un crime, j'ai perdu tout ce que tu m'avais envoyé, tout jusqu'au dernier kreuzer, j'avais tout reçu hier et, hier, j'ai tout perdu. Ania, comment oserais-je, à présent, te regarder, que vas-tu dire de moi, maintenant ? Une chose, *une seule*, m'emplit d'effroi : que diras-tu, que penseras-tu de moi ? Je ne crains que ton jugement ! Peux-tu, vas-tu, désormais, m'estimer[6] ? »

Après onze jours d'absence, Dostoïevski retourne auprès de sa femme à Dresde.

Les sept jours précédents, Anna s'est rendue quotidiennement à la gare pour attendre le train en espérant que son mari rentrerait.

Lorsqu'elle lui a envoyé de l'argent, elle a pensé qu'il finirait par s'ôter de la tête l'idée stupide du gain.

Avant de quitter Hombourg, Dostoïevski lui écrit encore qu'il met désormais tous ses espoirs dans son prochain roman : celui-ci devra être magnifique, surpasser *Crime et Châtiment*.

Alors, écrit-il, toute la Russie qui lit, tous les éditeurs russes seront à ses pieds. Il écrit à son éditeur, Katkov, en lui réclamant une autre avance. L'éditeur la lui envoie. Il emmène Anna à Baden-Baden.

À Baden-Baden, Dostoïevski se rend immédiatement au casino en quittant la gare. Il est à Baden-Baden avec Anna (qui est enceinte), il ne se languit donc pas d'elle, rien ne l'empêche d'atteindre ce calme inhumain grâce auquel il est impossible de ne pas gagner, et pourtant il ne gagne pas. Il joue cinquante jours d'affilée et perd tout ce qu'il possède, il perd également ce que lui a prêté Gontcharov, l'auteur d'*Oblomov*, qui se trouve lui aussi à

Baden-Baden, qui joue lui aussi au casino, et qui perd lui aussi, probablement.

Le 18 juillet, Dostoïevski n'a plus un centime, il demande à sa femme ses bijoux afin de les mettre en gage.

« Je pris mes boucles d'oreilles et ma broche et je les regardai longtemps, longtemps. Il me semblait que je les voyais pour la dernière fois. (Et il en fut ainsi.) J'avais terriblement mal, j'aimais tant ces choses qui m'avaient été offertes par Fédia. [...] Fédia se mit à genoux devant moi, m'embrassa la poitrine, baisa mes mains, dit que j'étais bonne et gentille, et que pourtant j'étais mal portante et qu'il n'y avait personne de meilleur que moi[7]. »

Il revient trois heures plus tard.

« Il me dit qu'il avait tout perdu, même l'argent des boucles d'oreilles (120 francs). Fédia s'assit sur une chaise et voulut me prendre sur ses genoux, mais je me mis moi-même à genoux devant lui et j'entrepris de l'apaiser. » Il lui assure qu'il ne jouera plus, mais, incapable de poursuivre, il s'accoude à la table et fond en larmes. « Oui, Fédia se mit à pleurer ; il dit : "Je t'ai volé tes derniers biens, je les ai emportés et perdus." Je tentai de l'apaiser, mais il continuait de pleurer. Comme j'avais mal pour lui, c'était terrible de le voir souffrir ainsi[8]... »

Le lendemain, il va jouer, il perd le peu qui lui reste, met son alliance en gage et perd encore. Anna met en gage sa mantille en dentelle, cadeau de sa mère, et sa propre alliance.

Dostoïevski réapparaît tard le soir avec un bouquet de roses blanches et roses. Il tend à Anna les deux alliances, qu'il a rachetées. Il a gagné. Le gérant du bureau de gages, un vieil Allemand, lui a conseillé en les lui rendant : « Ne jouez plus jamais, autrement vous perdrez tout[9]. »

Il recommence à jouer. Deux jours plus tard, pour la énième fois Anna et Fiodor Dostoïevski n'ont plus un centime.

Dans sa biographie de Dostoïevski, Ludmilla Saraskina écrit que l'expérience de Baden-Baden fut cent fois pire que celle qu'affronta le héros du *Joueur*; tous les jours, mantille, fourrure, robes du soir d'Anna et habit de Dostoïevski allaient et venaient entre l'hôtel et le mont-de-piété.

Anna écrit :

« Il me semble que cet homme n'a jamais aimé personne, qu'il en a eu seulement l'impression, mais qu'il n'a jamais connu d'amour véritable. Parce que je pense qu'il n'est même pas capable d'aimer : il est trop occupé par d'autres pensées et idées pour s'attacher fortement à quoi que ce soit de terrestre[10]. »

Mais – écrit Ludmilla Saraskina – il suffit que Dostoïevski rentre à la maison, un jour, après avoir gagné, et Anna s'aperçoit qu'elle l'aime énormément. Elle s'assied dans son coin, relit *Crime et Châtiment* et éprouve une grande fierté à l'idée que son mari ait écrit ce livre extraordinaire.

12.5 L'orthodoxie

Dans l'introduction à l'édition italienne de *Crime et Châtiment* qu'il a lui-même traduite, Damiano Rebecchini cite une des premières notes de Dostoïevski sur *Crime et Châtiment*, remontant à l'été 1865 :

« L'idée du roman ; la conception juste de l'orthodoxie. Il n'y a pas de bonheur dans le confort, le bonheur s'achète au prix de souffrances… L'homme n'est pas né pour le bonheur. L'homme mérite son bonheur et toujours par la souffrance[11]. »

12.6 Visite à Tourgueniev

Le 10 juillet 1867, à Baden-Baden, Dostoïevski a l'intention de rendre visite à Tourgueniev. Il écrit plus tard à Maïkov qu'il y est allé, mais qu'il aurait préféré s'en abstenir, et ce pour trois raisons. Primo, l'air de général que Tourgueniev affiche ; deuzio, les cinquante thalers que lui, Dostoïevski, doit à Tourgueniev depuis 1865 ; tertio, l'agacement qu'il a éprouvé à la lecture de *Fumée*, le roman que Tourgueniev vient juste de publier.

« Il m'a dit lui-même que l'idée principale, le point fondamental de son livre était contenu dans la phrase : "Si la Russie sombrait, il n'y aurait là ni perte ni émotion pour l'humanité"[12]. »

Dostoïevski raconte qu'il a trouvé Tourgueniev furieux de l'échec de *Fumée*. Et qu'il ignorait – Tourgueniev le lui a rapporté – qu'une pétition circulait à Moscou pour empêcher la diffusion de ce roman. Tourgueniev aurait également dit, selon Dostoïevski, que les Russes devaient suivre les Occidentaux, qu'il n'existait qu'une seule voie pour tous, inévitable, la civilisation, et que toutes les tentatives de se ménager une voie russe, indépendante, étaient des saloperies et des bêtises. Puis il lui a dit qu'il écrit un long article sur les russophiles et sur les slavophiles. Dostoïevski lui a conseillé, pour plus de commodité, de commander un télescope à Paris.

« Pour quoi faire ? » demande Tourgueniev.

« D'ici, c'est loin. [...] Braquez votre télescope sur la Russie et observez-nous, sans cela, c'est vrai, il est difficile d'y voir quelque chose. »

« Il se fâcha épouvantablement, écrit Dostoïevski. Le voyant si irrité, je lui dis, avec une naïveté qui fit vraiment extraordinairement mouche : "C'est que je ne m'attendais pas que toutes ces critiques de vous et l'échec de *Fumée* vous irritent à ce point ; pardieu, cela *n'en vaut pas la peine*, vous pouvez vous en contreficher." »

Tourgueniev répond qu'il n'est pas le moins du monde irrité et s'empourpre.

Dostoïevski change de sujet, il déclare qu'il ne supporte plus les Allemands, qu'il a rencontré en Allemagne un tas de crapules et d'escrocs, que les travailleurs allemands sont bien pires, bien plus malhonnêtes que les travailleurs russes, et de surcroît certainement plus stupides. Que, puisqu'on parle de civilisation, il ne lui semble pas avoir remarqué de grands exemples de civilisation, et qu'il ne voit pas de quoi un Allemand peut se vanter face à un Russe.

À en croire Dostoïevski, Tourgueniev, qui s'était un peu plus tôt empourpré, blêmit et dit : « En parlant ainsi, vous me vexez *personnellement*. Sachez que je suis définitivement installé ici, que je me tiens moi-même pour allemand, et non russe, et que j'en suis fier ! »

Alors Dostoïevski réplique : « Bien que j'aie lu *Fumée* et vienne de parler avec vous une heure entière, je ne m'attendais pas que vous disiez cela, aussi pardonnez-moi de vous avoir offensé. »

Après quoi ils se saluent très gentiment et Dostoïevski se promet de ne plus jamais remettre les pieds chez Tourgueniev.

Tourgueniev donnera sa version des faits quatre ans plus tard dans une lettre à son ami Polonski : « Il est venu me voir il y a quatre ou cinq ans à Baden-Baden, non pas pour me rembourser l'argent qu'il m'a emprunté, mais pour me dire pis que pendre de *Fumée* qui, d'après lui, méritait d'être brûlé de la main du bourreau[13]. »

12.7 *L'Idiot*

En août 1867, Dostoïevski et Anna Grigorievna quittent en toute hâte Baden-Baden : ils ont payé leurs dettes en vendant la broche et les boucles d'oreilles d'Anna.

Six mois plus tard, en février 1868, naît à Genève leur fille aînée, Sonia, dont nous avons parlé au premier chapitre et à propos de qui j'ai dit qu'elle a été « appelée ainsi en l'honneur de Sonia Marmeladova, l'héroïne de *Crime et Châtiment*, qui exerçait le métier de prostituée, Dostoïevski et sa femme avaient un sacré courage ».

Je le confirme, ils avaient un sacré courage, et les « aventures » du voyage en Europe sont vraiment aventureuses, ai-je envie de dire, ce qu'avait écrit Anna dans son cahier au moment de partir était juste.

À Genève, Dostoïevski entreprend d'écrire *L'Idiot* et, quand on lit *L'Idiot*, on a envie de dire que Dostoïevski et Anna ont eu raison d'appeler Sonia leur fille aînée, c'est parfaitement sensé, et l'on comprend pourquoi ça l'est en lisant les travaux d'un monsieur dénommé Mikhaïl Bakhtine, lequel a montré aux lecteurs du monde entier de quelle façon les romans de Dostoïevski sont faits.

12.8 Le carnaval

Dans une lettre à sa nièce Sofia Ivanova datant du 1er janvier 1868, Dostoïevski raconte qu'il a entrepris d'écrire *L'Idiot*, mais que le résultat ne lui plaisait pas et qu'il l'a entièrement jeté ; qu'il a recommencé de zéro, parce qu'il était dans une situation presque désespérée, et que l'idée principale de ce roman est de représenter un personnage positivement beau. Que c'est une tâche très difficile. Que tous les écrivains, pas seulement les Russes, qui s'y sont attelés ont échoué (on pense à Gogol et à la troisième partie des *Âmes mortes*, qui aurait dû contenir des personnages positifs et très positifs, comme le *Purgatoire* et le *Paradis* de Dante, et que Gogol n'est jamais parvenu à écrire, alors que la première partie, remplie de personnages négatifs, l'*Enfer*, était très réussie).

Et il dit qu'il n'existe, à ses yeux, qu'une seule figure positivement belle en dehors du Christ : don Quichotte, mais que don Quichotte, lui, est beau parce qu'il est ridicule.

Il mentionne également le Pickwick de Dickens, lui aussi ridicule, et le Jean Valjean de Hugo, qui suscite la sympathie du lecteur parce que tout le monde le persécute, ce qui n'est pas le cas de son héros à lui, Dostoïevski, et de fait il craint que *L'Idiot* ne soit un fiasco colossal. En attendant, il a envoyé la première partie à son éditeur, écrit-il à sa nièce, première partie qu'il a rédigée en l'espace de vingt-trois jours.

Rédiger la première partie de *L'Idiot* en l'espace de vingt-trois jours constitue peut-être une entreprise encore plus ardue qu'écrire *Le Joueur* en un peu moins d'un mois.

Il y a là seize chapitres, environ deux cents pages, l'action se déroule sur une seule journée, à savoir celle où le héros que personne ne persécute, héros qui appartient à l'ancienne maison des princes Mychkine, arrive à la gare de Moscou à Saint-Pétersbourg et s'achemine avec son baluchon dans la perspective Nevski et dans la perspective Liteïnaïa pour se rendre chez le général Épantchine, dont la femme, la générale, compte peut-être parmi les seuls parents qui lui restent.

Et lui, l'idiot, est un jeune épileptique qui vient de Suisse, où on l'a soigné de son idiotie et apparemment remis sur pied.

L'Idiot est le deuxième roman de Dostoïevski que j'ai lu, et je l'ai aimé encore plus que *Crime et Châtiment* ; pendant plusieurs années, j'ai pensé que c'était mon roman préféré.

J'ai pour *L'Idiot* le genre de sentiment qui vous saisit devant une nouvelle fiancée dont vous avez l'impression d'être très amoureux : il est difficile de parler de la personne dont on est amoureux, on a peur que les gens ne voient pas sa beauté, on a peur qu'ils pensent que c'est vous, qui êtes amoureux, alors que vous savez que ce n'est pas vous qui êtes amoureux, ou plutôt vous êtes amoureux, mais vous ne voyez pas sa beauté parce que vous en êtes amoureux, vous êtes amoureux parce qu'elle est belle. Voilà.

J'ai peur d'en parler.

J'ai peur qu'on ne comprenne pas sa beauté.

Alors je m'en tiendrai à peu de chose et je conclurai sur ce carnaval qui donne son titre à ce paragraphe, ou plutôt il vaut peut-être mieux que j'en parle après.

12.9 Un philosophe

Le prince Mychkine se présente avec son baluchon chez le général Épantchine, dans la perspective Liteïnaïa, du côté de la cathédrale de la Transfiguration, soit à deux minutes à pied du lieu où, un siècle plus tard, Joseph Brodsky vivrait à l'intérieur d'une pièce et demie.

Il fait la connaissance des trois filles du général et de la générale, Alexandra, Adelaïda et Aglaïa, dont les prénoms commencent tous par un A, comme Ada, Augusta, Alberta et Anna, les quatre sœurs Malfenti dans *La Conscience de Zeno* de Svevo[a].

Devant les trois sœurs, le prince raconte que la première vision qu'il a eue en Suisse en se réveillant de son idiotie a été celle d'un âne, et que depuis il aime beaucoup les ânes ; il dit que, de temps en temps, en Suisse, il se rendait tout seul au pied d'une cascade ; qu'il avait l'impression d'être appelé dans un lieu mystérieux ; que, s'il s'était acheminé, avait marché tout droit et atteint ce lieu où le ciel et la terre se rencontraient, il y aurait trouvé la clef de l'énigme et une nouvelle vie, plus intense, plus bruyante ; enfin, qu'il rêvait d'une ville aussi grande que Naples avec des palais, du bruit, du fracas, la vie… Et il ajoute : « Et puis après je me suis dit que, même en prison, on peut trouver une vie immense.

(a) Ce roman psychologique, écrit en 1919 par le Triestin Italo Svevo (1861-1928), est l'un des grands classiques de la littérature italienne.

« – Cette noble pensée, je l'ai déjà lue dans mon livre de classe quand j'avais douze ans », dit Aglaïa.

Eh bien moi, contrairement à Aglaïa, je n'avais jamais lu cette pensée nulle part quand j'ai lu *L'Idiot*. Je l'ai lue plus tard dans *L'Étranger* de Camus, un livre que j'ai énormément aimé ; comme Camus est habile lorsqu'il met dans la bouche de son personnage, au début du roman, la phrase « *Le café au lait était bon** », phrase qui n'entrerait pas dans une anthologie scolaire de troisième catégorie, mais dont moi, je me souviens encore quarante ans après l'avoir lue, tant elle est belle !

12.10 Un idiot

Dostoïevski s'est imposé la tâche très difficile de représenter un personnage positivement beau. Le personnage positivement beau qu'il a choisi est un idiot, un malade, ce Lev Nikolaïevitch Mychkine (son prénom et son patronyme sont identiques à ceux de Tolstoï) qui s'adresse à tout le monde de la même manière, comme si tout le monde avait la même importance, et à qui tout le monde s'adresse sans la moindre timidité comme lorsqu'on parle en son for intérieur : Kolia, le plus jeune fils du général Ivolguine, prie Mychkine d'excuser sa propre famille en lui disant : « Mais quoi, nous ? On l'a cherché. » Et il ajoute : « Mais j'ai un grand ami, vous savez, il est encore plus malheureux. Vous voulez que je vous le présente ? », comme si Mychkine faisait une collection de malheureux, et quand il rencontrera ce malheureux, Hippolyte, celui-ci lui dira : « Et, tout de même, mourir ! » après avoir failli ajouter : « Un homme comme moi ! » Le général Épantchine, un général, un personnage important, un homme habitué à parler en public, qui connaît son fait et qui ne prend la parole que pour donner des ordres, ou presque, dit au prince Mychkine : « … moi je n'ai rien entendu, toi, tu n'as rien entendu, lui, il n'a rien entendu, le cinquième non plus, il n'a rien entendu – mais qui a entendu quelque chose à la fin, je te demande ? », soit une réplique merveilleuse, une réplique qu'on ne peut dire qu'à un homme auquel on peut tout dire, à un idiot : *L'Idiot*, entre autres, il en faut du courage pour intituler un roman *L'Idiot*, on serait davantage porté à lire un roman intitulé *L'Intelligent*, *Le Perspicace* ou *Le Génie*, si ce n'était pour la question d'avoir raison.

12.11 Tu as raison

Il y a quelques années, une amie m'a raconté que, dans son enfance, quand elle faisait une bêtise et que sa mère, furieuse, la grondait, elle lui disait « Tu as raison », ce qui la rendait encore plus furieuse.

Car lui donner raison équivalait à lui dire de se taire.

Quand on a raison, on n'a plus rien à dire. « Tu as raison, tu veux encore parler ? Ça va continuer longtemps ? Je t'ai donné raison, maintenant ça suffit. »

Oui, les personnes qui ont raison n'ont rien à raconter ; les personnes qui ont des choses à raconter sont celles qui ont tort.

Comme toutes les places du côté de la raison étaient occupées, nous nous sommes assis du côté du tort, doit avoir dit un dramaturge allemand au siècle dernier.

Et pourquoi, nous autres lecteurs de *Crime et Châtiment*, sommes-nous tous solidaires de Raskolnikov, pourquoi le soutenons-nous tous et pourquoi personne ne plaint la vieille usurière ?

Parce que la littérature, le roman, est toujours du côté du tort.

La littérature ne naît pas à la cour, elle naît sur les places des saltimbanques, dans les maisons des malades, des fanfarons, des tsiganes, des voleurs, des escrocs, des brigands, des Méridionaux, des Italiens, des monstres, des idiots.

12.12 Deux figures

Dans le roman, les deux personnages le plus haut gradés sont le général Épantchine, le père des trois filles, et un général au repos du nom d'Ardalion Alexandrovitch Ivolguine, qui a pris sa retraite, mais qui a jadis fréquenté « une société très relevée ». Quand, dans le chapitre IX de la première partie, cet Ardalion Alexandrovitch se retrouve en présence de Nastassia Filippovna, la très belle Nastassia Filippovna, fiancée de son fils, il lui raconte, pour se vanter, une histoire qui lui est arrivée quelques années plus tôt avec la gouvernante de la princesse Belokonskaïa, Mrs Schmidt :

« “… juste après l'ouverture du nouveau chemin de fer de ***, […] j'ai pris un billet de première classe ; j'entre, je m'assois, je fume. […] Je suis seul dans le compartiment. Fumer, ce n'est pas interdit, mais ce n'est pas permis non plus ; c'est à moitié permis, comme d'habitude ; bref, à la tête du client. La fenêtre est baissée. Soudain, juste avant le coup de sifflet, voilà deux dames et un bichon qui entrent, et qui s'installent juste en face ; presque en retard ; l'une, mise de la façon la plus splendide, bleu clair ; l'autre, plus modeste, soie noire et pèlerine. Pas laides ; elles vous regardent de haut, elles parlent anglais”, continue le général. “Moi, vous pensez bien – rien ; je fume. C'est-à-dire, je me suis bien dit quelque chose, mais, bon, je continue de fumer, parce que la fenêtre est ouverte, vers la fenêtre. Le bichon, lui, il est bien sage sur les genoux de la dame bleu clair, mais pas plus gros que mon poing, noir et les pattes blanches, une rareté, même. Moi – rien. Je remarque juste que les dames, n'est-ce pas, elles s'énervent : le cigare, bien sûr. L'une qui ajuste son sac à main, en écaille. Moi, je continue, toujours rien : parce qu'elles ne disent rien, n'est-ce pas ! Si elles m'avaient dit quelque chose, si elles m'avaient prévenu, demandé, parce que, la langue, ça sert à quelque chose, quand même ! Non, rien. Soudain, et ça je vous dirai – sans le moindre avertissement, mais vraiment sans le moindre, comme si elle déraillait complètement, la dame bleu clair qui m'arrache le cigare de la main – et vlan, par la fenêtre. Le wagon continue de filer, moi, je reste là, abasourdi. Une femme, sauvage ; une sauvage, prise à l'état sauvage, n'est-ce pas ; et une femme, disons, pourtant, pas maigre, grande, haute, une blonde, pleine de santé (trop, peut-être), les yeux qui m'envoient des éclairs. Et moi, sans dire un mot, avec une politesse extraordinaire, mais la plus absolue des politesses, oui, la plus raffinée, pour ainsi dire, des politesses, j'attrape le bichon entre deux doigts, je le prends par la peau du cou et hop, par la fenêtre à la suite du cigare ! À peine s'il a eu le temps de japper ! et le wagon file toujours…" »

L'auditoire – pas seulement Nastassia Filippovna, toute la famille du général – est enthousiaste.

Rires, félicitations, compliments. « … si les cigares sont interdits dans les wagons, alors, les chiens, encore plus », commente le général.

« Et la dame, alors ? » interroge Nastassia Filippovna.

Le général répond : « Elle ? C'est là qu'est tout le désagrément, […] sans dire un mot, et sans le moindre, mais sans le moindre avertissement, elle – vlan, en plein dans la joue ! Une sauvage – une vraie, à l'état de nature !

« – Et vous ? »

Le général Ivolguine baisse les yeux, écarte les bras et dit : « Je me suis emporté !

« – Vous lui avez fait mal ? Très mal ?

« – Je vous jure, pas du tout ! […] J'ai juste voulu qu'elle s'écarte, simplement ça. Mais le diable s'y est mis : la dame bleu clair s'est avérée être une Anglaise, une gouvernante, ou même, je ne sais quoi, une amie de la maison chez la princesse Belonskaïa, et celle qui était en robe noire, elle, c'était l'aînée des princesses, [...] les larmes, le deuil pour le bichon adoré, [...] l'Apocalypse ! Moi, vous pensez bien, j'ai fait mes visites, pour m'excuser, avec remords, j'ai écrit une lettre, on ne l'a pas reçue, et moi pas plus que la lettre... »

Soudain Nastassia Filippovna s'exclame : « Mais, attendez, comment se fait-il ? [...] Il y a cinq ou six jours, j'ai lu dans *L'Indépendance* [...] absolument la même histoire ! Mais réellement, absolument la même ! Elle s'est passée dans un des chemins de fer du Rhin, dans un wagon, entre un Français et une Anglaise : on lui a arraché son cigare, absolument pareil, il a lancé le chien par la fenêtre, exactement de la même façon, et ça s'est terminé exactement comme pour vous. Même la robe était bleu clair ! »

Le général rougit et se tait, tout gêné. Puis il objecte : « Mais, remarquez, moi, ça m'est arrivé il y a deux ans ! »

Une piètre figure, vraiment.

L'autre général, Épantchine, est le père des trois filles dont le prénom commence par A. Il doit les marier toutes les trois, surtout l'aînée, Alexandra, qui a déjà vingt-cinq ans et qui épouserait bien Afanassi Ivanovitch Totski, un bon parti, s'il n'y avait pas « une histoire complexe et une source de tracas » du nom de Nastassia Filippovna.

Nastassia Filippovna avait perdu ses parents en bas âge, elle vivait dans un village appartenant à Afanassi Ivanovitch Totski qui l'avait vue pour la première fois lorsqu'elle avait douze ans et en avait conclu qu'elle deviendrait « une beauté hors du commun », ce qu'elle était effectivement devenue.

Elle avait quatorze ans quand il l'avait installée dans une maisonnette qu'il possédait dans un village perdu de la steppe et confiée à une institutrice qui lui avait appris le français et les sciences. Afanassi Ivanovitch Totski lui rendait visite une fois par an et passait en sa compagnie trois mois « empreints de goût et d'élégance », écrit Dostoïevski.

Voilà, le général Épantchine, homme riche, sympathique, haut placé, est prêt à accorder la main de sa fille aînée à ce gentilhomme si élégant.

Tout serait parfait s'il n'y avait pas cette « histoire complexe et [cette] source de tracas » qu'est Nastassia Filippovna.

En réalité, pas tant sa personne qu'un épisode remontant à cinq ans plus tôt : après avoir vécu quatre ans à la campagne, où elle avait uniquement côtoyé son institutrice et Afanassi Ivanovitch Totski, Nastassia Filippovna avait mystérieusement appris que ce dernier s'apprêtait à se marier. Elle s'était présentée chez lui, à Pétersbourg, et Afanassi Ivanovitch s'était aperçu au premier regard qu'elle n'était plus la jeune fille naïve qu'il avait connue et qu'on ne pouvait plus se conduire avec « goût » et « élégance » en sa présence : à sa grande stupéfaction, Nastassia Filippovna lui avait ri au nez, puis avait déclaré qu'elle n'avait jamais éprouvé pour lui qu'un profond mépris, un mépris à vomir, qu'elle se fichait bien qu'il se marie, qu'elle était venue dans le seul but d'empêcher ce mariage, de l'empêcher par méchanceté, parce qu'elle en avait envie, et que cela serait.

Et cela a été.

Maintenant, cinq ans plus tard, Afanassi Ivanovitch aimerait épouser la fille aînée du général Épantchine, avec l'approbation de ce dernier, or il lui faut d'abord régler cette « histoire complexe et [cette] source de tracas ».

Afanassi Ivanovitch et le général se rendent donc chez Nastassia Filippovna. Afanassi Ivanovitch lui dit qu'il s'en remet à son cœur noble et le général lui dit qu'il lui reconnaît le droit de décider du sort d'Afanassi Ivanovitch, de sa fille aînée et, dans un certain sens, de ses autres filles, que leur sort à tous dépend de sa décision à elle.

Et c'est avec ça que le carnaval a quelque chose à voir.

12.13 Le carnaval

Selon Mikhaïl Bakhtine, le grand spécialiste de Dostoïevski, autrefois à carnaval les hiérarchies s'inversaient le temps d'une journée : le pauvre devenait riche, le riche devenait pauvre, le roi devenait un mendiant, un mendiant devenait le roi.

Dans les œuvres de Dostoïevski, ce phénomène, le renversement des hiérarchies, ne se produit pas seulement à carnaval, mais sans cesse, comme dans le cas de Nastassia Filippovna et des généraux Ivolguine et Épantchine, qui sont, dans la hiérarchie du roman de Dostoïevski, dans l'échelle de Richter de *L'Idiot*, d'une puissance de très loin inférieure, par rapport à celle de Nastassia Filippovna (et je présente mes excuses à Mikhaïl Bakhtine – que Dieu ait son âme – et aux pauvres bakhtiniens qui pourraient être amenés à lire un résumé aussi vulgaire des idées du grand critique).

Alors, pour lui, le fait que les Dostoïevski aient donné à leur fille aînée le prénom de Sonia, en l'honneur de Sonia Marmeladova, est sensé, et il aurait été également sensé qu'ils donnent à la seconde le prénom de Nastassia, en l'honneur de Nastassia Filippovna, or ils l'ont appelée Lioubov, qui signifie Amour (elle est née à Dresde en septembre 1859 et morte à Bolzano en novembre 1926).

13
Jérusalem

13.1 Jérusalem

Cette dernière année, l'écriture de ce roman a constitué ma minuscule Jérusalem.

Et il me semble à présent incroyable de l'avoir presque terminé ; pourtant, c'est toujours ce qu'il se produit : quand on commence à écrire un roman, il arrive un moment, au bout d'un certain temps, où on l'achève, si on ne s'est pas arrêté avant.

Il y a de nombreuses années, après avoir déposé mon mémoire de maîtrise, je suis rentré chez moi. Ma mère, qui passait l'aspirateur, m'a dévisagé. « Qu'est-ce que tu as ? m'a-t-elle lancé

– J'ai déposé mon mémoire et je ne sais pas quoi faire », ai-je répondu.

Elle m'a tendu le tube. « Passe donc un peu l'aspirateur. »

Voilà.

Quand j'ai terminé, je fais le ménage.

13.2 Si tu ne comprends pas quelque chose

Ces dernières années, j'ai donné une série de cours dans lesquels je lisais et commentais des romans russes, principalement de Dostoïevski, avec une vingtaine de personnes.

Au-delà du plaisir de parler d'une de mes passions en compagnie d'autres passionnés, ces cours me plaisent parce que, comme le dit l'écrivain Izraïl Metter : « Si tu ne comprends pas quelque chose entièrement, commence à l'enseigner[1] ». Et j'ajouterais : « Et, tu verras, tu l'apprendras. »

Mais je ne crois pas qu'on puisse apprendre Dostoïevski ; il y a quelque temps, quand le club des lecteurs de Turin m'a demandé de m'occuper d'un recueil consacré à la littérature russe du XIXe siècle, j'ai pensé à l'aphorisme de Kosma Proutkov, « Nul n'étreindra l'inétreignable », et j'ai intitulé ce recueil « Les inétreignables ».

Il est impossible, selon moi, d'apprendre Dostoïevski, il n'y a pas de livre définitif sur Dostoïevski, encore moins celui-ci, je dois l'avouer ; en revanche, il est possible de passer en revue sa vie incroyable, je crois, sinon à quoi bon ai-je écrit ce livre ?

13.3 Le titre et le narrateur

Les héros de ce livre ne sont pas abstraits, comme le démon du jeu, mais bien concrets, ce sont des êtres de chair, des personnes, à Parme on dirait que ce sont des emmerdeurs, oui « Les Emmerdeurs » serait une bonne traduction du titre à mon avis, mais *Les Démons* est peut-être un meilleur titre.

Le narrateur de ce roman est un personnage qui ne sait pas grand-chose de l'histoire qu'il raconte ; s'il s'exprime à la première personne, on a parfois l'impression qu'il est étranger aux faits, comme une troisième personne, qu'il les observe de l'extérieur ; nous ne connaissons même pas son nom précis.

Nous apprenons ainsi au bout d'une centaine de pages que son nom de famille commence par un G et finit par un v, et on nous dit un peu plus loin, mais à la dérobée, qu'il a pour prénom Anton et pour patronyme Lavrientévitch.

Ce narrateur ne parle jamais de lui, nous ignorons tout de ses passions, de ses affaires ; en revanche, il raconte une histoire qui se déroule dans la ville de province où il vit (nous ignorons le nom de cette ville) et qui concerne des nihilistes, des révolutionnaires (nous sommes dans les années 1850, le livre est publié en 1873 à une période où il y a en Russie des nihilistes et des révolutionnaires), dont, en premier lieu, un monsieur dénommé Stépane Trofimovitch Verkhovenski qui avait donné par le passé des leçons sur les Arabes et qui les avait ensuite interrompues « parce que quelqu'un (sans doute l'un de ses ennemis rétrogrades), d'une façon ou d'une autre avait intercepté une de ses lettres à tel ou tel dans laquelle il rapportait telles ou telles "circonstances", à la suite de quoi quelqu'un avait exigé de lui on ne savait trop quelles explications[2] ».

C'est le début du roman, magnifique, mais un peu difficile à résumer et à raconter (je tiens à préciser au sujet de ce Stépane Trofimovitch qu'il dit à un moment au narrateur la phrase suivante : « *Mon cher, je suis** un homme déchu », une phrase qui me paraît si époustouflante que j'en ferais des tee-shirts, que je créerais une marque « Un homme déchu *fashion* » avec.

Le narrateur, ce monsieur G-v, prend inhabituellement l'initiative dans la deuxième partie, quand, à la suite de désordres ayant éclaté en ville – désordres dont on ne connaît pas bien l'origine –, une vieille dame du nom de Tarapyguina est battue alors qu'elle regagnait sa maison de repos. Cette histoire est publiée dans le journal et « on organisa chez nous, en ville, dans le feu de l'action, une souscription. Moi-même, j'ai signé pour vingt kopecks », dit le narrateur. Plus tard, on apprend qu'il n'a jamais existé de vieille dame du nom de Tarapyguina : le narrateur s'est rendu à l'hospice où l'on n'a jamais entendu parler d'une dame du nom de Tarapyguina et où l'on s'est beaucoup fâché en entendant cette histoire de la bouche du narrateur.

Alors que je relisais *Les Démons*, cette scène m'a rappelé l'époque où l'Occident s'apprêtait à envahir l'Irak. En Irak, on avait fait exploser des puits de pétrole, et les télévisions occidentales avaient diffusé l'image d'un pélican recouvert de pétrole, donc incapable de voler, image qui avait ému de très nombreux téléspectateurs, moi compris.

Si ce n'est que, quelques mois plus tard, on avait appris que dans le golfe Persique, où il y avait des puits de pétrole, il n'y avait pas de pélicans.

Et je m'étais souvenu d'un autre épisode qui avait eu lieu à Parme entre 1973 et 1974 – j'avais alors dix ou onze ans –, au temps où le Parma, le club de football, était en deuxième série et avait pour principal attaquant un certain Alberto Rizzati ; un jour, durant une grève des journaux, le bruit selon lequel Rizzati s'était cassé la jambe avait couru dans mon école et, en rentrant de classe, je m'en souviens parfaitement, je m'étais approché d'une de mes connaissances qui jouait très bien au football – il s'appelait Paolo Musiari et s'apprêtait à entrer dans l'équipe junior de la Juventus – et lui avais dit « Tu as entendu ce qui est arrivé à Rizzati ? – Non. – Il s'est cassé la jambe. – Comment le sais-tu ? – Je l'ai lu dans le journal. – Aujourd'hui il n'y a pas de journaux. » Et à cet instant, à cet instant mémorable, je n'avais pas su quoi dire. Le lendemain, la *Gazzetta di Parma* avait publié en première page une photo de Rizzati tenant sa fille dans les bras, le calendrier avec le jour de l'année 1973, ou 1974, en question et le titre « Rizzati se porte bien ».

Nous savons tous de quoi il s'agit, de *fake news*, car désormais nous sommes tellement habitués aux *fake news* que nous en connaissons tous, même moi, le sens – pas comme *stakeholders*.

Voilà qui montre encore une fois à quel point Dostoïevski est actuel.

13.4 Le retour

Les Démons ont eu une conséquence immédiate dans la vie pratique de Dostoïevski.

Grâce aux avances du « Messager russe », qui publie le roman sous forme d'épisodes à partir de 1871, les Dostoïevski peuvent rentrer à Pétersbourg après quatre ans d'absence.

C'est là que, huit jours après leur arrivée, naît Fiodor, le troisième enfant de Dostoïevski.

Deux ans plus tard, en 1873, Anna Grigorievna s'occupe elle-même de la publication en volume de ce roman, première livraison d'une collection qui comprend toutes les œuvres de son mari, et l'opération est un succès.

Entre-temps Dostoïevski est engagé comme rédacteur de la revue d'orientation conservatrice *Grajdanine* (« Le Citoyen ») et se lie d'amitié avec Pobiedonostsev, précepteur du futur tsar Alexandre III et futur procureur général du saint-synode, l'homme qui, en 1901, excommunierait Tolstoï.

13.5 Les démons

Je regrette de dire ce que je m'apprête à dire, mais je crois qu'il est juste de le dire : pendant un certain temps, il y a quelques années, les années de l'université, *Les Démons* ont été, de tous les romans de Dostoïevski, mon préféré.

Je le sais, je suis un lecteur inconstant : *Crime et Châtiment*, *L'Idiot*, *Les Démons*, je les ai tous trois aimés et je les aime encore (moi, j'aime aussi bien papa que maman, je ne suis pas fiable).

C'est à mes yeux un roman, vous ne me croirez jamais, extraordinaire, qui débute sur un – extraordinaire – ton comique et dont le héros semble être, au début, Stépane Trofimovitch Verkhovenski, lequel, après avoir fait une petite chose à Pétersbourg, dans sa jeunesse, s'est retiré en province et s'est conduit en « homme déchu ». Mais, en continuant la lecture, on découvre que les héros du livre, les fameux démons, sont tous des représentants de la nouvelle génération, les enfants, à commencer par le fils de Stépane Trofimovitch, Piotr Stepanovitch dont le modèle, dit-on, serait Netchaiev, un enseignant, fils d'un peintre en bâtiment et d'une serve de la glèbe, qui se voue à la révolution et rédige avec Bakounine le *Catéchisme du révolutionnaire*; autre figure centrale, avec Piotr Stepanovitch, le fils de Varvara Petrovna (la protectrice de Stépane Trofimovitch), Nikolaï Stavroguine, dont le modèle serait Bakounine lui-même.

Si ces deux modèles ne sont pas avérés, celui de l'écrivain Karmazinov, un autre personnage, est sans aucun doute Tourgueniev. La lecture publique de son adieu aux lecteurs, *Merci**, est mémorable: Karmazinov y décrit des choses singulières qu'il a vues, comme le ciel d'une certaine nuance de violet que, naturellement, aucun mortel n'a jamais observé, ou plutôt que tout le monde a vu, mais que personne n'a su remarquer, alors que « moi, vlan, je l'ai vu et je le décris, espèces d'imbéciles, comme la chose la plus banale qui soit », dit Karmazinov; Dostoïevski en voulait beaucoup à Tourgueniev à cause de *Fumée*, comme nous l'avons vu; les deux hommes ne s'étaient pas quittés en bons termes, comme nous le savons; ici, dans *Les Démons*, Karmazinov montre une sorte de respect pour les révolutionnaires qui confine parfois à de la connivence, et je me demande si Tourgueniev la partageait.

Ce qui est sûr, c'est que Tourgueniev a déclaré après avoir lu *Les Démons*:

« Tout cela est fort bien ; mais il me semble qu'il aurait dû d'abord me rendre l'argent qu'il m'a emprunté, et ensuite, une fois délivré du fardeau de ses obligations, me cogner dessus. Mais, visiblement, ce fardeau ne lui pèse pas[3]. »

Tourgueniev parle des cinquante thalers qu'il avait prêtés à Dostoïevski en 1865, comme on l'aura compris, je crois.

Dostoïevski lui avait écrit à l'époque : « Je vous remercie, excellent Ivan Sergueïevitch, pour votre envoi de 50 thalers. Bien qu'ils ne m'aient pas été d'une aide décisive, ils m'ont tout de même bien secouru. J'espère vous les rendre bientôt[4]. »

En 1873, il ne les lui avait pas encore rendus.

Il les lui rendrait onze ans plus tard, en 1876.

13.6 Cercles réactionnaires proches de la cour

Dans le livre d'Evguenia Saroukhanian, « Dostoïevski à Pétersbourg » publié en 1979, on apprend qu'il y a dans *Les Démons* des pages dignes d'être lues, mais que, en général, ce roman est une pasquinade à l'égard du mouvement révolutionnaire et des activistes qui se battaient, en Russie, pour le progrès ; à cause de ce livre, ajoute Evguenia Saroukhanian, « des masses de lecteurs se détournèrent de Dostoïevski. L'écrivain se rapprocha encore davantage des nouveaux "amis" des milieux réactionnaires de la cour[5] ».

Je me rends compte qu'à Leningrad, en 1970, on pouvait penser qu'il en était allé ainsi, néanmoins je dois dire qu'à Casalecchio di Reno, fin 2020, il me semble qu'il en est allé tout autrement et que le rapprochement des cercles réactionnaires n'a pas éloigné les « masses de lecteurs » ; au contraire, il les a attirées : la sortie des *Démons* en volume, comme nous l'avons dit, a été un succès et Dostoïevski commence à tenir dans « Le Citoyen », organe conservateur, voix des « cercles réactionnaires proches de la cour », une rubrique intitulée « Journal d'un écrivain », qui publiera en tant que mensuel tous ses écrits de façon autonome à partir de 1876.

Dostoïevski est aussi le rédacteur en chef du « Citoyen ».

Ce rapprochement des cercles réactionnaires présuppose que Dostoïevski, qui avait été révolutionnaire dans sa jeunesse, en ait payé les conséquences, se soit – pardonnez-moi la banalisation – embourgeoisé, aspirant à une vie plus tranquille que celle qu'il menait avant sa condamnation à mort; cela lui réussit, peut-être, en partie, mais pas totalement. Comme le remarque Fausto Malcovati, « dans un article consacré à la visite d'une délégation kirghize à Pétersbourg, quelques paroles du tsar sont citées dans "Le Citoyen" sans l'autorisation du ministre de cour. Le rédacteur en chef est jugé responsable de cette action incorrecte : 25 roubles d'amende, 48 heures d'arrêt, que Dostoïevski occupe en lisant *Les Misérables* de Victor Hugo[6] ».

En 1874, Dostoïevski abandonne « Le Citoyen » et, après avoir écrit *L'Adolescent*, en 1876, transforme le « Journal d'un écrivain » en un mensuel autonome qui est, peut-être, la principale raison de son extraordinaire succès dans les dernières années de sa vie.

Dans ces pages, Dostoïevski réfléchit aux événements en Russie et ailleurs, raconte ce qu'il voit dans les rues de Pétersbourg, publie certaines de ses nouvelles, « Le Crocodile », « Bobok », « Le rêve d'un homme ridicule », « La Douce » et d'autres choses.

Par exemple, au cours de l'été 1873, il publie un article intitulé « Petits tableaux 2 » qui nous donne, me semble-t-il, une indication des milieux auxquels Dostoïevski s'adresse à cette période.

13.7 Les gens de la halle

Dans « Petits tableaux 2 », Dostoïevski dépeint un dimanche soir de l'été 1873, où, en se promenant à Pétersbourg, il se retrouve à côté d'une demi-douzaine d'ouvriers ivres, qui discutent dans la langue obscène des ivrognes, « un langage déjà trouvé et admis depuis un temps immémorial dans toute la Russie[7] ».

« Il consiste tout simplement à proférer un substantif ignoré des dictionnaires : de sorte que ce langage se compose d'un seul et unique mot, extrêmement commode à prononcer. »

Il entend d'abord un de ces ouvriers prononcer ce mot sur un ton âpre et énergique pour exprimer « la négation la plus méprisante ».

Un deuxième répond en répétant ce même substantif sur un autre ton et dans un sens complètement différent, comme s'il mettait en doute l'opinion négative du premier.

Le troisième, brusquement indigné par le premier, crie le même substantif « avec une valeur d'injure et de défi ».

Le deuxième, également indigné, mais par le troisième, lui lance : « Dis-donc, qu'est-ce qui te prend, on discute tranquillement et d'où sors-tu, toi, pour injurier… » Néanmoins, c'est ce qu'il laisse entendre « du même mot prohibé ».

Alors un quatrième, le plus jeune, lève la main et s'écrie, comme s'il avait résolu le problème : « Euréka ! », mais il ne crie pas « Euréka ! », il crie toujours le même substantif si facile à prononcer, toutefois « avec enthousiasme, glapi dans un élan de ravissement », de façon peut-être excessive, car le sixième, qui est peut-être le plus âgé, n'apprécie pas et le rabroue en lui répétant « de sa basse bourrue et à titre de rappel à l'ordre… oui, le même substantif imprononçable devant les dames, qui en l'occurrence signifie clairement et sans réplique : "Qu'as-tu à brailler, tu t'écorches le gosier !" ».

« Ainsi, sans avoir prononcé une seule parole, ils avaient proféré leur mot favori six fois de suite, l'un après l'autre », écrit

Dostoïevski qui, en dépit de tous les Nabokov de ce monde, était un écrivain magistral, vous en conviendrez.

Le mois suivant, Dostoïevski entame son journal en racontant qu'un journaliste moscovite a écrit dans la revue rivale (*Golos*, soit « La Voix ») que son article consacré à la langue du peuple russe a fait fureur sur les marchés moscovites, où le numéro de ce mois-là de la revue « Le Citoyen » a connu des ventes exceptionnelles.

Selon Dostoïevski, ce journaliste moscovite laisse ainsi entendre que les lecteurs de Dostoïevski sont des lecteurs humbles, ignares, des ouvriers qui ont acheté « Le Citoyen » uniquement parce qu'on y parlait de « ça », et Dostoïevski répond qu'il est ravi d'avoir des lecteurs sur les marchés, qu'il en voudrait même d'autres, car, contrairement au journaliste de Moscou, il a une excellente opinion des gens de la halle, il les aime beaucoup.

13.8 *L'Adolescent*

En 1874 naît le dernier enfant des Dostoïevski, Alexeï.

Toujours en 1874, Fiodor Dostoïevski signe un contrat pour *L'Adolescent*, qui sort l'année suivante.

Les biographes considèrent tous qu'il s'agit là d'une des périodes les plus sereines de la vie de Dostoïevski.

Pour cette raison peut-être – mais c'est personnel, hein ? – je n'ai jamais trouvé le moindre sens à *L'Adolescent*.

Dès le début, le roman est laborieux, il ne semble pas écrit par l'auteur du *Bourg de Stépantchinovo*, des *Carnets du sous-sol*, du *Joueur*, de *Crime et Châtiment*, de *L'Idiot* et des *Démons*, par le futur auteur des *Frères Karamazov* : il y a là trop de désordre, d'agitation ; moi, je n'ai rien compris à *L'Adolescent*, je l'admets, c'est ma faute, mais d'après moi c'est sa faute à lui, il était trop serein, et il n'est pas bon d'écrire quand on est serein.

Tu es serein ? Va faire un tour. Va te promener. Va au marché, va voir tes marchands de la halle ; pour écrire, il faut que tu ailles mal, quand tu vas bien tu écris certains trucs… oh, c'est ma faute, hein, mais je ne comprends rien à *L'Adolescent.*

C'est sans doute à cause de cette sérénité : quand il y a de la sérénité, il n'y a pas de littérature. Et puis, c'est peut-être ma faute, à moi, hein ?

Certes, il y a aussi de beaux passages, par exemple quand l'adolescent, au bout d'une centaine de pages, entre dans une taverne du quartier de Pétersbourg Grande Perspective, et dit : « il y avait beaucoup de monde dans la salle, ça sentait le graillon, les serviettes de taverne et le tabac. C'était moche[8] » ; ce genre de choses font toujours plaisir à l'office de tourisme de Pétersbourg, mais dans l'ensemble, oh, c'est sûrement ma faute, hein, et si l'on considère que des critiques des tavernes pétersbourgeoises de ce style sont plutôt rares dans *L'Adolescent*, bref, dans l'ensemble, *L'Adolescent* est, pour moi, un désastre.

13.9 Passage des Forgerons

En 1878, les Dostoïevski emménagent dans un appartement situé au numéro 5 du Kouznetchny Pereoulok (passage des Forgerons), où se trouve aujourd'hui le musée Dostoïevski.

Moi, j'aime beaucoup ce musée : dans ces pièces, entre les murs qui ont hébergé la famille Dostoïevski, on a l'impression de sentir la paix enfin arrivée pour bénir cette famille, même si le mérite en revient surtout à cette femme (extraordinaire) qui s'appelle Anna Griegorievna Dostoïevskaïa.

Dostoïevski est élu à l'Académie des sciences où siègent Tolstoï et Tourgueniev.

Mais, toujours en 1878, on lui diagnostique de l'emphysème pulmonaire.

Et, toujours en 1878, Alexeï, le benjamin, meurt des conséquences d'une crise d'épilepsie.

Dostoïevski écrit *Les Frères Karamazov*, qui sort au début de l'année 1879 et qui est totalement différent de *L'Adolescent.*

13.10 Le père

Le personnage le plus réussi, à mon avis, est le père des frères Karamazov, Fiodor, et il est impossible d'oublier le discours que Karamazov tient à son plus jeune fils, Aliocha, le Karamazov spirituel (Ivan, comme on sait, est l'intellectuel, Dmitri le physique, le charnel), quand Aliocha lui annonce qu'il a décidé d'entrer au couvent.

Le père lui répond :

« Alors, c'est chez les moines que tu veux ? Mais je te plains, Aliocha, en vérité, tu me croiras, que je t'aime… Remarque, ça tombe bien : tu vas prier pour nous, pécheurs, parce que à force d'être ici, quand même, nous autres, on aura trop péché. Je me demandais toujours : qu'est-ce qu'il y aura donc pour prier pour moi ? Est-ce que ça peut se trouver, un homme pareil ? Mon gentil petit garçon, moi, de ce point de vue, c'est affreux ce que je suis bête, tu ne me crois pas, peut-être ? Affreux. Tu vois : moi, si bête que je sois, ça, j'y pense, j'y pense tout le temps, de loin en loin, s'entend, mais quand même, bon. Parce que c'est impossible, je me dis, qu'ils oublient de me traîner chez eux avec tous leurs crochets, les diables, quand je serai mort. Bon, je me dis : les crochets ? Mais d'où est-ce qu'ils leur viennent ? Des crochets de quoi ? De fer ? Où est-ce qu'ils les forgent ? Une fabrique, ou quoi, qu'ils ont là-bas ? Parce que, là-bas, les moines, je parie, ils supposent qu'en enfer il y a, disons ça, un plafond. Moi, bon, l'enfer, je suis prêt à y croire, mais sans plafond ; ça fait comme plus délicat, plus cultivé, plus luthérien, je veux dire. Parce que, finalement, est-ce que ce n'est pas pareil : avec plafond ou sans plafond ? Toute la question, n'est-ce pas, maudite, voilà où elle se trouve ! Parce que s'il n'y a pas de plafond, alors, il n'y a pas de crochets, donc, tout le reste, par conséquent, c'est très invraisemblable : qui c'est, donc, qui me traînera par un crochet, si tant est qu'on me traîne, qu'est-ce qui se passera, à ce moment-là, où elle est, la vérité, en ce bas monde ? *Il faudrait les inventer**, ces crochets, exprès pour moi, juste pour moi tout seul, parce que, si tu savais, Aliocha, le crassou que je peux faire[9] !... »

13.11 Smerdiakov

Le valet des Karamazov, Smerdiakov, un orphelin élevé par les domestiques, Marfa Ignatievna et Grigori Vassiliévitch, et qui a grandi « sans la moindre gratitude » était « un petit gamin farouche et regardant le monde depuis son coin. Dans son enfance, il aimait beaucoup pendre les chats puis les enterrer solennellement. Pour cela il se couvrait d'un drap », qui lui tenait lieu probablement de vêtement sacerdotal.

Il avait une religion bien à lui, différente de celle que lui avait inculquée Grigori et qui ne l'avait pas convaincu.

« Grigori lui avait appris les lettres et, l'année de ses douze ans, s'était mis à lui apprendre l'histoire sainte. Mais cette affaire avait tout de suite tourné court. Un jour, dès la deuxième ou la troisième leçon, le gamin avait brusquement ricané.

« "Qu'est-ce qui t'arrive ? avait demandé Grigori, lui lançant un regard menaçant de derrière ses lunettes.

« – Rien, la lumière. Dieu l'a créée le premier jour, et, le soleil, la lune et les étoiles, le quatrième. Elle luisait d'où, alors, la lumière, le premier jour ?"

« Grigori en était resté abasourdi. »

Smerdiakov, dont le nom pourrait venir aussi bien de *smerd*, « paysan », que de *smerdet*, « puer », commet des actes singuliers dans ce roman, par exemple il jette à un chien dénommé Scarabée une boulette de pain contenant une épingle, soit une chose qui nous horrifie encore plus qu'un meurtre ; de même, dans *Crime et Châtiment*, la scène où Raskolnikov rêve d'une jument que son maître ivre fouette, bat puis tue avec un levier est plus cruelle, plus horrible, plus agressive que la scène du double meurtre.

13.12 Un certain Maximov

Dans la troisième partie des *Frères Karamazov*, au huitième livre, apparaît un personnage totalement marginal, un certain Maximov, qui a épousé une boiteuse. On lui en demande raison :

« "Alors, vous vous êtes marié avec une boiteuse ?

« – Une boiteuse. Pour ça, ils m'avaient un petit peu roulé dans la farine, ils me l'avaient caché. Je pensais qu'elle sautillait... qu'elle sautillait toujours, et moi, je pensais que c'était par gaieté de cœur...

« – Par gaieté de cœur, de vous épouser ? hurla Kalganov avec une espèce de voix enfantine.

« – Eh oui, n'est-ce pas, par gaieté. Et au total, c'était une raison qui n'avait rien à voir. Ensuite, quand on s'est mariés, après l'église, elle m'a tout avoué, le soir même, et m'a demandé pardon, d'une façon très émotionnante, une flaque, elle disait, dans son jeune temps, qu'elle avait voulu sauter, et elle s'était fait mal au pied, hi hi !" »

13.13 Deux Polonais

On trouve également deux personnages magnifiques – après, j'arrête –, deux Polonais, *pan* Mussalowicz et *pan* Wroblewski, dont le premier est fiancé à Grouchenka, et en général dans les romans de Dostoïevski les Polonais finissent mal ; eux aussi, et d'une façon très originale :

« ... *pan* Mussalowicz lui envoyait une lettre très longue et très alambiquée, comme à son habitude, dans laquelle il lui demandait de lui verser la somme de trois mille roubles. Cette lettre était accompagnée d'un reçu avec engagement de rembourser dans les trois mois ; le reçu était également signé de *pan* Wroblewski. Ces lettres, accompagnées des reçus du même genre, Grouchenka en avait déjà reçu pas mal de son "premier". Cela avait commencé dès la guérison de Grouchenka, deux semaines auparavant. Elle savait, pourtant, que, durant sa maladie, les deux *pans* étaient venus s'enquérir de sa santé. La première lettre reçue par Grouchenka était longue, une grande feuille de papier à lettres, cachetée par un grand cachet de famille, et elle était aussi obscure qu'alambiquée, au point que Grouchenka n'en avait lu que la moitié et avait laissé tomber, n'y comprenant rien du tout. Et puis, ces lettres étaient le dernier de ses soucis à ce moment-là. Cette lettre avait été suivie, le lendemain même, d'une autre, par laquelle *pan* Mussalowicz lui demandait de lui accorder le prêt d'une somme de deux mille roubles pour le délai le plus bref. Grouchenka avait laissé sans réponse également cette lettre-là. Il s'en était suivi toute une série de lettres, au rythme d'une lettre par jour, toujours aussi graves et aussi alambiquées, mais dans lesquelles la somme à emprunter, descendant progressivement, avait fini par atteindre cent roubles, puis vingt-cinq, puis dix roubles, et, au bout du compte, d'un coup, Grouchenka avait reçu une lettre dans laquelle les deux *pans* lui demandaient juste un seul rouble, et avaient ajouté un reçu, qu'ils signaient tous les deux. »

13.14 Un résumé

Hier, on m'a invité à présenter le dernier livre que j'ai écrit dans la bibliothèque de Cavriago, la bibliothèque où j'ai présenté pour la première fois le premier roman que j'ai publié, en 1999, il y a vingt et un ans.

On m'a interrogé, entre autres, sur les cours d'écriture que je donne depuis quinze ans, et j'ai répondu que ce sont des cours où j'ai l'impression d'apprendre un tas de choses.

L'année dernière, j'en ai tenu un qui avait pour objectif d'écrire un livre : il avait lieu à Bologne le lundi et à Milan le mardi, vingt-six personnes d'un côté, vingt-six de l'autre, et, durant les deux mois qu'a duré ce cours, chacun des cinquante-deux participants a lu au moins quatre romans russes, a noté les personnages extravagants qu'ils contenaient et les a décrits dans de petites nouvelles qui commençaient toutes par « Un homme » ou « Une femme ». Il en a résulté plus de huit cents qui ont composé un livre intitulé *Repertorio dei matti della letteratura russa*, soit « Répertoire des fous de la littérature russe », qui sera publié, je crois, en février 2021, et l'un de ces fous (selon Roberto Livi, originaire des Marches, précisément de Pesaro) est tiré des *Frères Karamazov* :

« Un homme organisait des soirées pour candidats au suicide dans la Russie du XIXe siècle.

« Il était né paysan, mais, depuis qu'il était devenu tavernier, il considérait les paysans comme des bêtes, des rustres et des ignares, uniquement bons pour travailler la terre. Cependant, quand un client muni de roubles et décidé à boire se présentait, le soir, le tavernier ne se créait pas de scrupules, il allait au village réveiller les paysannes et, les menaçant de révéler leurs dettes, les obligeait à danser toute la nuit pour amuser le client. Si la vie des paysannes était très dure dans les Marches du XXe siècle, ce n'était rien en comparaison de la vie des paysannes russes du XIXe. La faim toute l'année. Le froid, la toux et le mal de gorge qui commençaient en septembre et finissaient en juin. Le réveil tous les matins à 5 heures pour s'occuper des animaux. Puis laver le linge au lavoir, ravauder, cuisiner, jamais une minute de liberté, et tout cela avant d'aller se casser les reins dans les champs jusqu'au dernier rayon de soleil. Enfin, le repos. Mais voilà qu'un soir un lieutenant qui veut faire la fête se présente. Et comme ce lieutenant a la bourse pleine de roubles, le tavernier organise immédiatement une soirée à son intention. Il court réveiller les paysannes et les oblige à danser dans la taverne. Comme elles sont en Russie, les paysannes doivent danser des danses russes, ta ta-tatata, qui sont peut-être les danses les plus fatigantes du monde. Et tous ces efforts pour quoi ? Uniquement pour enrichir le tavernier, qui a déjà beaucoup d'argent, mais qui ne s'en satisfait jamais. Il en voudrait toujours plus ; à présent, il voudrait tout l'argent de son client, un homme qui compte gaspiller ses trois mille roubles volés avant de se tuer d'un coup de feu, de façon à châtier au plus profond de son cœur une belle usurière qu'il avait tenté de conquérir un mois plus tôt, toujours au moyen d'une fête à base de paysannes et de champagne. Maintenant que l'usurière a décidé d'aller en Pologne se marier avec un officier polonais, il ne reste plus à notre héros qu'à se tuer. Il le fera certainement à 5 heures. Mais, avant, il s'abrutira avec le jeu de hasard. Il défie donc aux cartes le Polonais et commence à miser de grosses sommes, à perdre de grosses sommes, de plus en plus grosses, car il entend montrer à son rival polonais de quelle manière les Russes savent perdre leurs roubles volés. Et tandis que, main après main, se consomme l'autodestruction du héros, voilà que réapparaît le tavernier, lequel, remarquant le jeu de cartes truquées et craignant de voir ses gains s'évanouir, démasque le tricheur polonais devant le monde entier et l'enferme dans un débarras. À cet instant précis, la belle usurière a sans doute pensé : les Polonais, quels sales gens ! Soudain elle comprend que son officier polonais, attendu pendant cinq longues années, n'était autre qu'un seau d'eau sale et que si Karamazov est un fainéant, un gaspilleur, un voleur et un assassin, il demeure un brave garçon.

Elle l'étreint, l'embrasse, lui promet son amour éternel. La justice finit par triompher. Qu'on débouche encore du champagne, que dansent les paysannes, et en avant, toute la nuit ! Par chance, la police survient pour interrompre la fête, juste à temps pour accorder aux paysannes une heure de sommeil, avant qu'elles retournent travailler aux champs. »

13.15 Une chute

Les personnages qui peuplent les romans de Dostoïevski ont souvent honte de ce qu'ils font, de ce qu'ils voient, de ce qu'ils disent, de ce qu'ils ressentent ; et parfois, les lecteurs des romans de Dostoïevski aussi éprouvent de la honte.

Moi, chaque fois que je termine la lecture des *Frères Karamazov*, et je crois l'avoir lu cinq fois, quand j'arrive à la fin, à l'enterrement d'Ilioucha – l'enfant qui est mort – et qu'Aliocha dit « Souvenons-nous de son visage, et de ses habits, de ses pauvres petits souliers, et de son petit cercueil, et de son père malheureux et pécheur, et du courage avec lequel il s'est révolté, lui tout seul, contre toute la classe, pour le défendre » ; que les enfants crient « Nous nous en souviendrons ! Nous nous en souviendrons ! Il était courageux, il était gentil ! » ; que l'un d'eux, Kolia, dit « Ah, comme je l'aimais » ; qu'Aliocha Karamazov dit « Ah, mes petits enfants, ah, mes chers amis, n'ayez pas peur de la vie ! Comme la vie est bien quand on fait quelque chose de bien et de juste ! » ; que les enfants crient « Oui, oui ! » ; et que l'un d'eux, probablement Kartachov, s'exclame « Karamazov, nous vous aimons ! » ; que Kolia lance « Vive Karamazov ! » ; qu'Aliocha s'écrie lui aussi « En mémoire éternelle au garçon mort ! » ; que les enfants répondent « Mémoire éternelle » ; que Kolia crie « Karamazov ! Est-ce que c'est vraiment vrai, ce qu'elle dit, la religion, que nous nous lèverons tous d'entre les morts, et nous ressusciterons, et nous nous reverrons, et nous tous, et Ilioutchetchka ! – Nous nous lèverons, absolument, absolument nous nous verrons, et nous nous raconterons, joyeux, heureux, tout ce qui se sera passé » ; que Kolia dit « Ah, ce que ça sera bien ! », moi, qui ne crois pas en la résurrection, je suis chaque fois bouleversé et j'ai honte chaque fois, et chaque fois j'aime être bouleversé, et chaque fois j'aime avoir honte.

13.16 Et autres récits

Je ne sais pas si vous vous êtes déjà demandé quel est le livre, parmi tous ceux que vous avez lus, qui possède le plus beau titre.

Moi, j'aime beaucoup *L'Idiot*, j'aime beaucoup *Carnets du sous-sol*, j'aime *Les Pauvres Gens*, j'aime *Un héros de notre temps*, j'aime *Guerre et Paix*, *Zoo ou Lettres qui ne parlent pas d'amour* est un titre magnifique, *Les Âmes mortes*, à bien y penser, est un grand titre, j'aime même *Le Don paisible* ; je n'aime pas que les titres russes, j'aime énormément le titre d'une série américaine que je n'ai jamais vue, *Desperate Housewives*, titre à mon avis exceptionnel, mais pas assez pour me convaincre de regarder la série, de toute évidence. J'aime *Cent ans de solitude*, j'aime *Les Illusions perdues* et *Splendeurs et misères des courtisanes* qui vont toujours ensemble, j'aime *La Chartreuse de Parme* parce qu'il n'a rien à voir avec l'histoire et un peu aussi, par chauvinisme. J'aime énormément les trois premiers livres de Cesare Zavattini, *Parliamo tanto di me*, *Les pauvres sont fous*, *Je suis le diable*, je trouve sublime *Improvvisi per macchina da scrivere* de Giorgio Manganelli. *What We Talk About When We Talk About Love*, magnifique. *Dis-moi la vérité sur l'amour*, grand titre. *Cette condition que nous appelons l'exil*, une merveille. Mais le plus beau titre, parmi tous ceux que j'ai lus, est celui d'un recueil de nouvelles d'un écrivain né au Honduras en 1921, Augusto Monterroso.

Œuvres complètes et autres contes.

Ce recueil contient une nouvelle qui s'intitule « Œuvres complètes », et donc le titre est parfaitement sensé.

Monterroso pourrait probablement citer ce passage de l'(extraordinaire) écrivain russe Daniil Harms qui dit :

« À la remarque : "Vous avez écrit avec une faute", réponds : "Ça ressemble toujours à ça quand je l'écris[10]." »

Mais cela n'a rien à voir avec Dostoïevski.

Ce qui a quelque chose à voir avec Dostoïevski, c'est le fait que Domenico Arenella, l'un des participants au cours qui a produit le *Repertorio dei matti della letteratura russa*, a décrit un fou issu d'une nouvelle de Monterroso :

« L'un d'eux était le héros de la nouvelle "Hommage à Masoch" d'Augusto Monterroso. C'était un homme qui, après son premier divorce, après une soirée passée dans un bar ou à une fête, où tous ses amis avaient ri de ses propos, regagnait son appartement dans la nuit, soulevait son fauteuil et le plaçait devant une petite table où reposaient une bouteille de rhum et un verre, puis mettait la *Troisième symphonie* de Brahms sur son tourne-disque et ouvrait son édition des *Frères Karamazov*.

« Il commençait toujours par lire le passage où l'on voit apparaître dans l'ordre : le cadavre du petit Ilioucha dans un cercueil bleu pâle ; le petit Kolia qui, ayant appris par Aliocha que son frère Mitia sera exécuté même s'il est innocent, s'exclame, tout ému, qu'il aimerait mourir pour l'humanité ; le père d'Ilioucha qui perd sans cesse la raison, s'évanouit puis se ressaisit ; enfin Aliocha qui, emporté par l'inspiration, s'adresse aux petits copains d'Ilioucha pour prononcer un discours rempli de mots d'espoir, au terme duquel les enfants s'exclament tous en chœur : "Vive Karamazov !"

« Ce personnage lisait ce passage à un rythme parfaitement calculé de façon que les “Vive Karmazov!” s’achèvent sur les trois derniers accords de la symphonie de Brahms.

« Puis, après avoir éteint le tourne-disque, il allait se coucher et, enfonçant la tête dans l’oreiller, sanglotait amèrement à la pensée d’Ilioucha, d’Aliocha, de Kolia et de Mitia. »

13.17 Pouchkine

Le 8 juin 1880, Dostoïevski est invité à Moscou pour la commémoration de Pouchkine organisée à l’occasion de l’inauguration de son monument, dans la rue Tverskaïa, au centre de la ville.

Dostoïevski lit un discours sur Pouchkine dans lequel il dit, entre autres, qu’*Eugène Onéguine*, le merveilleux roman en vers qui inaugure la littérature russe moderne, devrait plutôt s’intituler *Tatiana*, parce que le véritable héros du roman n’est pas Onéguine, mais Tatiana.

Et il finit en déclarant que le destin de l’Europe doit être aussi cher à un vrai Russe que le destin de la Russie même. Que les peuples européens ignorent combien les Russes les chérissent. Et que, à l’avenir, dit Dostoïevski…

« … nous comprendrons, – je veux dire, non pas nous bien sûr, mais les Russes à venir comprendront, tous jusqu’au dernier, ce que ce sera précisément que d’être un vrai Russe : s’efforcer d’apporter la conciliation, et définitivement, dans les contradictions européennes, montrer à la détresse européenne l’issue que lui offre l’âme russe, universellement humaine et unificatrice, y faire place en fraternelle charité à tous nos frères, et pour finir, peut-être, prononcer la parole définitive de la grande, de la totale harmonie, de l’accord fraternel irrévocable de toutes les races selon la loi évangélique du Christ[11] ! »

13.18 La dernière lecture

Anatoli Fiodorovitch Koni, qui assistait au discours sur Pouchkine de juin 1880, écrit :

« Depuis le début du discours, s'était établi entre lui et la foule des auditeurs cette sorte de lien spirituel intérieur, dont la conscience et la sensation donnent toujours à l'orateur le sentiment d'avoir des ailes, puis le forcent à les déployer. Dans la salle était née une émotion contenue qui ne cessait de croître, et quand Fiodor Mikhaïlovitch en eut fini, une minute de silence s'instaura, avant que déferlât, tel un torrent furieux, une vague d'enthousiasme inouïe, comme je n'avais vu de ma vie. Applaudissements, cris, bruits de chaises se fondaient en un tout et, comme on dit, firent trembler les murs de la salle. Beaucoup pleuraient, adressaient exclamations et saluts à leurs voisins inconnus ; beaucoup se précipitèrent vers la scène, et au bas de celle-ci un jeune homme perdit connaissance sous l'émotion qui s'était emparée de lui. Presque tous étaient dans un tel état qu'il semblait qu'ils eussent suivi l'orateur n'importe où à son premier appel… Ainsi, sans doute, autrefois, Savonarole parvenait-il à agir sur la foule rassemblée[12]. »

Un autre membre de l'assistance, Dmitri Nikolaïevitch Lioubimov, raconte :

« Je pense que jamais les murs de l'Assemblée de la noblesse, ni avant, ni après, ne résonnèrent d'une telle tempête d'enthousiasme. Tout le monde, littéralement, criait et applaudissait, aussi bien dans la salle que sur scène. Aksakov se précipita pour embrasser Dostoïevski, Tourgueniev, titubant comme un ours, marcha droit vers lui les bras ouverts. […] On conduisit Dostoïevski à la rotonde. Tourgueniev et Aksakov le soutenaient par les bras ; probablement se sentait-il un peu faible ; Grigoritch courait devant, en agitant on ne sait pourquoi un mouchoir. La salle était toujours en proie à l'émotion. [...]

« Grigoritch prit Dostoïevski sous le bras pour le ramener de la rotonde à la scène, en continuant d'agiter son mouchoir au-dessus de leurs têtes.

« Le président agitait désespérément sa sonnette en répétant que la séance n'était pas close et que la parole revenait à Ivan Sergueïevitch Aksakov. La salle se calme un peu, mais Aksakov lui-même est terriblement ému. Il court à la tribune et clame : "Messieurs, je ne veux ni d'ailleurs ne peux parler après Dostoïevski. Après lui, c'est impossible ! Le discours de Dostoïevski, c'est un événement ! [...] Tourgueniev est d'accord avec moi".[13] »

Dans une lettre à Anna Grigorievna datée du 8 juin 1880, Dostoïevski écrit :

« J'ai fait ce matin mon discours à la séance des "Amis". La salle était absolument comble. Non, Ania, non, jamais tu ne pourras te figurer et imaginer l'effet que cela a produit ! Que valent mes succès pétersbourgeois en comparaison. Rien, *zéro*. [...] quand j'eus terminé, je ne te dis pas le rugissement, le hurlement d'enthousiasme. Des gens qui ne se connaissaient pas pleuraient, sanglotaient, s'embrassaient et *se juraient de devenir meilleurs, de ne plus se haïr à l'avenir, mais de s'aimer*. Le déroulement de la session en fut interrompu : tout afflua vers moi sur l'estrade, grandes dames, étudiantes, secrétaires d'État, étudiants, tout cela m'étreignait, m'embrassait. Tous les membres de notre Société se trouvant sur l'estrade, m'étreignaient et m'embrassaient eux aussi, tous, littéralement, pleuraient d'enthousiasme. Les rappels durèrent une demi-heure, on agitait des mouchoirs, et soudain, par exemple, deux vieillards inconnus pour moi m'arrêtent : “Nous avons été ennemis pendant vingt ans, nous ne nous adressions plus la parole, mais maintenant nous nous sommes embrassés et nous avons fait la paix. C'est vous qui nous avez réconciliés. Vous êtes notre saint, vous êtes notre prophète !” “Prophète, Prophète !” criait-on dans la foule. Tourgueniev, à propos duquel j'avais glissé un mot aimable dans mon discours, s'est précipité pour m'embrasser en pleurant. Annenkov est accouru me serrer la main et m'embrasser à l'épaule. “Vous êtes un génie, plus qu'un génie !” me criaient-ils tous deux en chœur. Aksakov (Ivan) a foncé sur l'estrade et déclaré au public que mon discours n'était *pas seulement un discours, mais un événement historique* [14] ! »

13.19 Un étudiant en médecine

Un jour, après le discours de Moscou, l'écrivain Alexandre Vassilievitch Krouglov déambulait dans la perspective Nevski, à Pétersbourg, en compagnie d'un étudiant en médecine. Ils aperçoivent Dostoïevski qui vient vers eux. L'étudiant en médecine ôte son chapeau.

« Vous connaissez donc Fiodor Mikhaïlovitch ? lui demande Krouglov.

« – Je ne le connais pas personnellement, répond l'étudiant. Je ne l'ai pas salué, je me suis découvert devant lui, comme je le fais toujours quand, à Moscou, je passe devant la statue de Pouchkine[15]. »

13.20 Papa

Quelques mois après le discours moscovite, le 28 janvier 1881, à 8 h 36, Dostoïevski meurt d'une crise d'emphysème pulmonaire.

Si vous allez au musée Dostoïevski, dans le passage des Forgerons, à Pétersbourg, vous verrez une boîte à tabac de la société Laferm, sur laquelle il est écrit au crayon : « 28 janvier 1881 papa est mort. »

C'est l'écriture de sa fille, Lioubov, qui avait alors onze ans.

FIN

Note de l'auteur

Quand j'étais à l'université, je me rappelle avoir lu une étude d'Anna Akhmatova sur les exergues de Pouchkine, les phrases que Pouchkine plaçait au début de ses ouvrages, et qui étaient toutes erronées ; tantôt il le faisait exprès, probablement, il inventait, tantôt sa mémoire le trahissait, d'après Akhmatova, si mes souvenirs sont bons.

Ma mémoire aussi me trahit parfois, à mon échelle, et il se peut qu'il y ait dans ce livre des choses qui, peut-être, ne sont pas vraies.

Par exemple, j'ai l'impression d'avoir lu, dans *Le Bouton de Pouchkine* de Serena Vitale, qu'une dame s'étonnait de l'ignorance de ses connaissances et en était fascinée ; j'ai cherché cette citation et je ne l'ai pas retrouvée, mais j'aime tellement cette dame que je l'ai laissée dans le livre, même si je doute de son existence.

Alors, s'il vous semble distinguer dans ce livre des erreurs, ce n'est pas parce que mes écrits font toujours cette impression, comme le dit Harms, c'est différent : vous avez probablement raison.

Prenons aussi le vers d'Anna Akhmatova qui dit que le monde est horrible et merveilleux, j'ai des doutes, ou pour dire la vérité, je suis presque certain qu'il n'existe pas, et j'aime l'idée d'avoir des doutes et d'être presque certain qu'il n'existe pas.

J'ai achevé d'écrire ce roman à Casalecchio di Reno le 11 décembre 2020 à 1 h 48 du matin.

Puis je l'ai terminé quatre ou cinq fois supplémentaires, les révisions.

Achever un roman, surtout un roman qui parle des choses dont parle ce roman, est une expérience très singulière et parfois émouvante pour ceux qui, comme moi, sont des émotifs.

Pour cette raison, les remerciements sont compliqués à écrire : à ce moment-là, on a la tentation d'écrire des phrases mémorables et, quand on a cette tentation, l'expérience vous conseille qu'il convient de ne pas céder à la tentation.

Rien de mémorable.

Alors je dis que je veux remercier :

Antonio Pennacchi, qui m'a persuadé de me lancer dans l'écriture de ce livre ;

Carlo Carabba, qui l'a compris lorsque je le lui ai raconté et l'a pris ;

Agnese Incisa, qui nous a réunis ;

Alberto Rollo, avec qui j'ai commencé à discuter à Moscou, lui et moi à pied et seuls, dans la nuit moscovite, rien d'aussi beau ne m'arrivera jamais plus ;

Alessandra Mascaretti, qui m'évoque un artificier passionné d'explosions, maître dans l'art très ancien de la suppression ;

mes amis Albin Konetchny, Ksana Kumpan et Dima Aziatchev, pour les livres qu'ils ont écrits et ceux qu'ils m'ont fait lire ;

mon ami Simone Cireddu ;

Daniele Brolli, qui m'a demandé si Dostoïevski jouait pour écrire ou écrivait pour jouer ;

mes étudiantes de traduction du russe à l'IULM, Giada Bertoli, Francesca Giordano, Verdiana Neglia et Irene Verzeletti, avec qui je travaille depuis un an et demi à la traduction de la biographie de Dostoïevski par Pavel Fokine, *Dostoevskij bez gljanca*, qui sortira en novembre 2021 chez Utet sous le titre *Un certo Dostoevskij* (« Un certain Dostoïevski ») ;

le professeur Maria Candida Ghidini, qui m'a aidé à comprendre l'affaire de Strakhov ;

Domenico Arenella et Roberto Livi, qui m'ont permis de publier leurs nouvelles ;

mon ami et médecin Gabriele Spadacci, qui a eu la patience d'établir le diagnostic de mort de Dostoïesvki en se fondant sur les vagues informations que je lui transmettais ;

mon metteur en scène, Nicola Borghesi, qui m'a autorisé à placer ici l'une de nos conversations téléphoniques des plus intéressantes ;

Beatrice Renzi et Sara Olivieri, qui, lors d'une réunion au sujet d'un documentaire censé s'intituler *Ça saigne encore. L'incroyable vie de Fiodor Mikhaïlovitch Dostoïevski* et qui ne sera peut-être jamais réalisé, m'ont donné l'idée d'organiser le début de la fin du roman à travers des Jérusalem successives ;

les élèves du cours intitulé « Comment devenir superflu » et des écoles d'écriture sur Dostoïevski de ces dernières années, qui ont relu avec moi certains des romans dont parle ce roman ;

Valentina Alferj, qui a soulevé un doute sur le titre ;

les participants de l'école d'écriture « Tomber amoureux comme un télégraphiste », qui m'ont aidé à résoudre un doute sur le titre ;

Togliatti et la Bataille, « Jeunes filles qui marchent / avec les sabots de leurs yeux noirs / sur les fleurs de mon cœur ».

Casalecchio di Reno,
janvier 2021

Notes bibliographiques[a]

0. Ça saigne encore

1. *Les Carnets du sous-sol*, traduction d'André Markowicz, Actes Sud, Paris, 1992.
2. Fiodor Mikhaïlovitch Dostoïevski, lettre du 26 février (10 mars) 1 870 à Nikolaï Nikolaïevitch Strakhov, in *Correspondance*, traduction d'Anne Coldefy-Faucart, Bartillat, Paris, tome 2, 2000.
3. Wisława Szymborska, « Options », in *De la mort sans exagérer, poèmes 1957-2009*, traduction de Piotr Kaminski, Poésie/Gallimard, Paris, 2018.
4. *La Fortezza d'Alvernia*, Rizzoli, Milan, 1967.
5. Leonard Cohen, « Anthem », 1992.

1. Devenir Dostoïevski

1. *Lettres*, Moscou-Leningrad, tome 4, 1928-1959, p. 339, in Louis Allain, *Dostoïevski et l'Autre*, Presses universitaires de Lille, 1984.
2. *Pères et Fils*, traduction de Françoise Flamand, Gallimard, coll. « Bibliothèque de la Pléiade », Paris, 1982.
3. In *Literaturnoe Nasledtsvo* (« Héritage littéraire »), Académie des sciences d'URSS, Nauka, Moscou, tome 86, 1931-1971.

(a) Les titres russes d'ouvrages et de périodiques ont été reportés, dans ces notes bibliographiques, suivant le système de translittération scientifique.

4. Anna Grigorievna Dostoïevskaïa, *Dostoïevski. Mémoires d'une vie*, traduction d'André Beucler, Gallimard, Paris, 1930.
5. Fiodor Mikhaïlovitch Dostoïevski, *Journal d'un écrivain*, janvier 1877, traduction de Gustave Aucouturier, Gallimard, coll. « Bibliothèque de la Pléiade », Paris, 1972.
6. *La Fondazione*, Einaudi, Turin, 2008.
7. *Correspondance*, tome 2, *op. cit.*
8. Serena Vitale, *Le Bouton de Pouchkine. Enquête sur la mort d'un poète*, traduction de Jacques Michaut-Paternò, Plon, Paris, 1998.
9. Lettre de juin-juillet 1844, in *Correspondance*, traduction d'Anne Coldefy-Faucart, Bartillat, Paris, tome 1, 1998.
10. « Rasskaz o OPOJAze » (« Une histoire à propos de l'OPOIAZ ») in *O Teorii prozy* (« De la théorie de la prose »), Sovetskij pisatel' (L'écrivain soviétique), Moscou, 1983.
11. Dimitri Vassilievitch Grigorovitch, *Literaturnye vospominanija* (« Souvenirs littéraires »), in *Polnoe Sobranie sočinenij v 12-ti tomah* (« Œuvres complètes en 12 volumes »), Saint-Pétersbourg, tome 12, 1896.
12. Deuxième quinzaine de janvier 1844, in *Correspondance*, tome 1, *op. cit.*
13. Dimitri Vassilievitch Grigorovitch, *Literaturnye vospominanija* (« Souvenirs littéraires »), *op. cit.*
14. *Ibid.*
15. *Journal d'un écrivain*, *op. cit.*
16. *Journal d'un écrivain*, *op. cit.*
17. *Journal d'un écrivain*, *op. cit.*
18. *Journal d'un écrivain*, *op. cit.*
19. *Ibid.*
20. Vissarion Grigorievitch Bielinski, « Pétersbourg et Moscou », Saint-Pétersbourg, 1845, in Evguenia Polovna Saroukhanian, *Dostoevskij v Peterburge* (« Dostoïevski à Pétersbourg »), Leninzdat, Leningrad, 1970.
21. *Les Pauvres Gens*, traduction d'André Markowicz, Actes Sud, 2001 *(pour tous les extraits suivants).*
22. *Journal d'un écrivain*, *op. cit.*

23. *Dostoïevski. Mémoires d'une vie*, *op. cit.*
24. Lettre du 21-22 mars (2-3 avril) 1868, in *Correspondance*, tome 2, *op. cit.*
25. *Dostoïevski. Mémoires d'une vie*, *op. cit.*
26. *Correspondance*, tome 2, *op. cit.*
27. Anna Grigorievna Dostoïevskaïa, *Dostoïevski. Mémoires d'une vie*, *op. cit.*
28. Pavel Fokine, *Dostoevskij bez gljanca* (« Dostoïevski sans clinquant »), Amfora, Saint-Pétersbourg, 2008.
29. Stepan Dmitrievitch Ianovski, « Souvenir sur Dostoïevski », in *Rousskii Vestnik* (« Le Messager russe »), n° 176, avril 1885.
30. *L'Œil de vieux. Bref essai sur l'avant-dernière histoire d'amour vécue par la femme à laquelle je désirerais m'unir par un lien affectif durable*, traduction de Guillaume Chpaltine, Christian Bourgois, Paris, 2000.
31. Khristina Danilovna Altchevskaïa, *Peredumannoe i perežitoe: dnevniki, pis'ma, vospominanija* (« Choses pensées et vécues : journaux, lettres, souvenirs »), Tipografija Sytina, Moscou, 1912.
32. « Souvenirs littéraires de P. M. Kovalevski et D. V. Grigorovitch », *op. cit.*
33. *Correspondance*, tome 1, *op. cit.*

2. Intermède

1. *Icône*, traduction de Bernard Cohen, Albin Michel, Paris, 1997.

3. Une vie difficile

1. *Correspondance*, tome 1, *op. cit.*
2. Vladimir Alexandrovitch Sollogoub, *Vospominanija grafa Vladimira Aleksandroviča Solloguba* (« Mémoires du comte Vladimir Alexandrovitch Sollogoub »), Izdatel'stvo A. S. Suvorina (Éditions A. S. Souvorine), Saint-Pétersbourg, 1887.
3. Avdotia Iaklovlevna Panaïeva, *Vospominania* (« Mémoires »), Academia, Leningrad, 1927.

4. Pouchkine

1. In Pouchkine, Griboïédov, Lermontov, *Œuvres*, traduction d'André Gide et de Jacques Schiffrin, Gallimard, coll. « Bibliothèque de la Pléiade », Paris, 1973.
2. Mikhaïl Afanassievitch Boulgakov, *Le Maître et Marguerite*, traduction d'André Markowicz et Françoise Morvan, Éditions Inculte/ Dernière Marge, Paris, 2020.
3. Alexandre Sergueïevitch Pouchkine, *Eugène Onéguine*, traduction d'André Markowicz, Actes Sud, Paris, 2005.
4. Article inachevé, paru au sein d'un article de Pavel Vassilievitch Annenkov, « Pouchkine à l'époque d'Alexandre », in *Vestnik Evropy* (« Le Messager de l'Europe »), Saint-Pétersbourg, février 1874.
5. Dmitri Petrovitch Gortchakov, *Sočinenija knjazja Dmitrija Petroviča Gorčakova* (« Œuvres du prince Dmitri Petrovitch Gortchakov »), « Lettre au prince S. N. Dorlgoroukov », Tipo-litografja, I. Kušnerev, Moscou, 1811.
6. Traduction d'André Markowicz, Actes Sud, Paris, 1995.
7. Ivan Sergueïevitch Tourgueniev, « Discours d'I. S. Tourgueniev, prononcé lors de l'assemblée publique de la Société des amis de la littérature russe à l'occasion de l'inauguration du monument à A. S. Pouchkine à Moscou », in *Vestnik Evropy* (« Le Messager de l'Europe »), 1880, n° 7 (section « 26 mai 1880 »).
8. Vélimir Khlebnikov, « Ô *dostoïevskimo* de la nuée qui s'enfuit », in A. Kroutchenykh et V. Khlebnikov, *Mirskónca*, Izdatel'stvo G. L. Kouzmnine i S. D. Dolinski (Éditions G. L. Kouzmine et S. D. Dolinski), Moscou, 1912.
9. Alexandre Blok, *De la destination du poète*, discours prononcé à la maison des gens de lettres lors de l'assemblée solennelle réunie pour le 84e anniversaire de la mort de Pouchkine, in *Œuvres en 8 volumes*, Gosudarstvennoe izdatel'stvo hudožestvennoj literatury (Éditions d'État de littérature et de création), Moscou-Leningrad, tome 6, 1962.
10. Abram Tertz, *Promenades avec Pouchkine*, traduction de Louis Martinez, Seuil, Paris, 1976. Ici traduit par Paul Lequesne.

11. Iouri Mikhaïlovitch Lotman, *Pouchkine : Biografija pisatelja ; Stat'i zametki, 1969-1990* (« Pouchkine : Biographie de l'écrivain ; notes et articles, 1960-1990 »), Iskusstvo-SPB, Saint-Pétersbourg, 1995.
12. Traduction de Michel Pétris, éditions Champs libre, Paris, 1973.
13. Ernesto Ragazzoni, *Buchi nella sabbia e pagine invisibili*, Einaudi, Turin, 2000.
14. Victor Borissovitch Chklovski, *Sur la théorie de la prose*, traduction de Guy Verret, L'Âge d'Homme, Lausanne, 1973. Ici traduit par Paul Lequesne.

5. Ça devient très compliqué

1. Note de Fiodor Dostoïevski dans l'album de la fille d'Alexandre Milioukov, le 24 mai 1860, in Pavel Fokine, *Dostoevskij bez gljanca* (« Dostoïevski sans clinquant »), *op. cit.*
2. Ivan Sergueïevitch Tourgueniev, « Souvenirs sur Bielinski », in *Vestnik Evropy* (« Le Messager de l'Europe »), n° 4, Saint-Pétersbourg, 1869.
3. Leonid Grossman, *Dostoïevski*, traduction de Michèle Kahn, L'Aventurine/Parangon, coll. « Biographies », 2003.
4. Fiodor Mikhaïlovitch Dostoïevski, *Dvojnik. Priključenija gospodina Goljadkina* (« Le Double. Les Aventures du sieur Goliadkine »), version (longue) parue en 1848 dans le deuxième numéro de la revue *Oteščestvennye Zapis'ki* (« Les Annales de la Patrie »), in « Œuvres littéraires en 18 tomes », Nauka, Moscou-Leningrad, tome 1, 1972.
5. *Les Carnets du sous-sol, op. cit.*
6. Lettre de janvier-février 1847, *Correspondance*, tome 1, *op. cit.*
7. Vissarion Grigorievitch Bielinski, « Regard sur la littérature russe de l'année 1847 », in *Sovremennik* (« Le Contemporain »), Saint-Pétersbourg, 1848.
8. Nicolas Vassilievitch Gogol, « La Perspective Nevski », in *Œuvres complètes*, traduction de Gustave Aucouturier, Gallimard, coll. « Bibliothèque de la Pléiade », Paris, 1966.

9. Déposition de Dostoïevski devant la commission d'enquête, in « Œuvres complètes en 30 volumes », Académie des sciences d'URSS, Nauka, Leningrad, 1972-1990, tome 18, p. 138.
10. Iouri Iourevitch Kondoufor et Victor Nikiforovitch Kotov, *Istoria SSSR. Postupajuščim v vuzy. Posobie* (« Histoire de l'URSS. Pour les étudiants entrant dans l'éducation supérieure »), Vichtcha Chkola, Kiev, 1977.
11. Nicolas Vassilievitch Gogol, « Le Portrait », in *Œuvres complètes*, *op. cit.*
12. *Op. cit.*
13. *Karmannyj slovar' inostrannyh slov, vošedših v sostav russkogo jazyka*, édité par Nikolaï Kirillov, imprimerie de la Direction du gouvernement, Saint-Pétersbourg, 1845-1846.
14. *Ibid.*
15. Alexandre Ivanovitch Herzen, *Passé et méditation*, traduction de Daria Olivier, L'Âge d'Homme, Lausanne, 1974. Traduit ici par Paul Lequesne.
16. « Dostoïevski à Pétersbourg », *op. cit.*
17. Apollon Nikolaïevitch Maïkov, récit oral d'A. N. Maïkov sur F. M. Dostoïevski et les Petrachevskistes, consigné par A. A. Golenichtchev-Koutouzov. Manuscrit conservé aux Archives d'État de littérature et d'art, fonds 143, inventaire 1, dossier 158, feuillets 17-23, publié pour la première fois dans la revue *Istoričeskij Arhiv* (« Archives historiques »), 1956, n° 3.
18. Leonid Grossman, *Dostoïevski*, *op.cit.*
19. *Ibid.*
20. Evguenia Pavlovna Saroukhanian, « Dostoïevski à Saint-Pétersbourg », *op. cit.*
21. Leonid Grossman, *Dostoïevski*, *op. cit.*
22. Daniil Harms, « À propos de Pouchkine », in *Le Tombement*, traduction de Jean-Philippe Jaccard, L'Engouletemps, 2005.
23. Daniil Harms, « Pouchkine et Gogol » (1934), in *Incidents*, traduction d'Henri Abril, Circé, Belval, 2006.
24. In Eugène-Melchior de Vogüe, *Le Roman russe*, Plon, Paris, 1886.

25. Evgueni Zamiatine, « J'ai peur », in *Dom Iskusstv* (« La Maison des Arts »), n° 1, 1921.
26. Nicolas Vassilievitch Gogol, « Le Nez », traduction d'Henri Mongault, in Œuvres complètes, *op. cit.*
27. *Id.*, « Le Manteau », traduction d'Henri Mongault, in *ibid.*
28. *Id.*, *Les Âmes mortes*, traduction d'Henri Mongault, in *ibid.*
29. Nicolas Vassilievitch Gogol, « Le Journal d'un fou », traduction de Sylvie Luneau, in *Œuvres complètes*, *op. cit.*
30. Vladimir Nabokov, *Nicolas Gogol*, traduction de Bernard Géniès, Rivages, Paris, 1988.
31. Angelo Maria Ripellino, « Gogoliana », in *L'Arte della fuga*, Guida, Naples, 1987.
32. Nicolas Vassilievitch Gogol, *Passages choisis de ma correspondance avec mes amis*, traduction de José Johannet, in *Œuvres complètes*, *op. cit.*
33. Nicolaï Semionovitch Leskov, *Bœuf musqué*, traduction de Sylvie Luneau, L'Âge d'Homme, Lausanne, 1969.
34. Walter Benjamin, « Le Narrateur », traduction de Maurice de Gandillac, in *Poésie et Révolution*, Les Lettres nouvelles/Denoël, Paris, 1971.
35. *Passages choisis de ma correspondance avec mes amis*, *op. cit.*
36. Vladimir Nabokov, *Nicolas Gogol*, *op. cit.*
37. Lettre de Vissarion Grigorievitch Bielinski à Nikolaï Vassilievitch Gogol, Salzbourg, 3 juillet (15 juillet) 1847, publiée pour la première fois en 1855 dans *Poljarnaja Zvezda* (« L'Étoile polaire »).
38. *Literaturnye vospominanija Sočinenija I. S. Turgeneva* (« Souvenirs littéraires »), Bratja Salaevy, Moscou, tome 1, 1869.

6. La condamnation

1. *Correspondance*, tome 1, *op. cit.*
2. Lettre du 23 juillet 1837, *ibid.*
3. Fiodor Mikhaïlovitch Dostoïevski, *Le Petit Héros*, traduction d'André Markowicz, Actes Sud, Paris, 2000.
4. Alexandre Sergueïevitch Pouchkine, *Eugène Onéguine*, *op. cit.*

5. Dmitri Dmitrievitch Akhcharoumov, *Zapiski petraševsca – Iz moih vospominaiij (1849-1851)* (« Carnets d'un petrachevskiste – Extraits de mes Mémoires (1849-1851) »), Tovariščestvo « Obščestvennaja pol'za » (Association « Utilité publique »), Saint-Pétersbourg, 1905.
6. *Correspondance*, tome 1, *op. cit.*
7. Joseph Alexandrovitch Brodsky, « A Guide to a Renamed City » in *Less Than One: Selected Essays*, Farrar, Straus and Giroux, New York, 1986.
8. *L'Idiot*, traduction d'André Markowicz, Actes Sud, Paris, 1993.
9. Extrait de l'acte de condamnation de Fiodor Dostoïevski dans l'affaire du cercle de Petrachevski, 25 septembre 1849, in Fiodor Mikhaïlovich Dostoïevski, « Œuvres complètes », Nauka, Leningrad, tome 18, 1972-1990.

7. L'exil

1. Fiodor Mikhaïlovich Dostoïevski, « À l'occasion du 1er juillet 1855 », *Literaturnoe Nasledstvo* (« Héritage littéraire »), Académie des sciences d'URSS, Nauka, Moscou, tomes 22-24, 1931-1971.
2. Lettre du 13 janvier 1956 à Mikhaïl Dostoïevski, *Correspondance*, tome 1, *op. cit.*
3. Jan Brokken, *Le Jardin des cosaques*, traduction de Mireille Cohendy, Librairie Vuibert, Paris, 2018.
4. Lettre à Maïkov du 18 janvier 1956, *Correspondance*, tome 1, *op. cit.*
5. *Eugène Onéguine*, *op. cit.*, chapitre 1, LVIII.
6. Lettre du 13 janvier 1956 à Mikhaïl Dostoïevski, *Correspondance*, tome 1, *op. cit.*
7. Lettre du 23 mars 1856 à Alexandre Wrangel, *ibid.*
8. Lettre du 9 novembre 1856, *ibid.*
9. Lettre du 9 novembre 1856 à Mikhaïl Dostoïevski, *ibid.*
10. Lettre du 9 mars 1957, *ibid.*
11. Lettre du 31 mars 1865, *Correspondance*, tome 2, *op. cit.*
12. Lev Nikolaïevitch Tolstoï et Nikolaï Nikolaïevitch Strakhov, *Polnoe sobranie perepiski* (« Correspondance complète »), tome 2,

Slavic Research Group at the University of Ottawa et Musée d'État L. N. Tolstoï, 2003.

13. Lev Nikolaïevitch Tolstoï, lettre à Nikolaï Nikolaïevitch Strakhov, 5-10 février 1881, Isnaïa Poliana, d'après l'autographe conservé au fonds ancien des Archives Centrales. Publiée pour la première fois dans le journal *Rous'* (« Russie »), n° 16 du 28 février 1881.
14. Nikolaï Nikolaïevitch Strakhov, *Vospominanija o Fedore Mihajloviče Dostoevskom* (« Souvenirs sur Fiodor Mikhaïlovitch Dostoïevski »), in *Œuvres complètes de F. M. Dostoïevski*, tome 1, *Biografia pis'ma i zametki iz zapisnoj kniži* (« Biographie, lettres et journal intime »), A. S. Souvorine, Saint-Pétersbourg, 1883.
15. Lev Nikolaïevitch Tolstoï et Nikolaï Nikolaïevitch Strakhov, *Correspondance complète*, tome 2, *op. cit.*
16. In *Literaturnoe Nasledstvo* (« Héritage littéraire »), tome 83 : *Neizdannyj Dostoevskij. Zapisnye knižki i tetradi 1860-1881* (« Dostoïevski inédit. Carnets de notes et cahiers, 1860-1881 »), Nauka, Moscou, 1971.
17. In Leonid Grossman, *Dostoïevski*, *op. cit.*
18. Lev Nikolaïevitch Tolstoï et Nikolaï Nikolaïevitch Strakhov, « Correspondance complète », tome 2, *op. cit.*
19. Nikolaï Nikolaïevitch Strakhov à Lev Nikolaïevitch Tolstoï, 24 août 1892, Saint-Pétersbourg, *ibid.*
20. Lev Nikolaïevitch Tolstoï à Nikolaï Nikolaïevitch Strakhov, 3 septembre 1892, Iasnaïa Poliana, *ibid.*

8. Les nouveaux romans

1. Vélimir Khlebnikov, « Jeunes filles qui marchent » (1921), in *Œuvres, 1919-1922*, traduction d'Yvan Mignot, Verdier, Paris, 2017.
2. Vassili Rozanov, « En quoi Dostoïevski nous est cher ? (À l'occasion du 30e anniversaire de sa mort) », *Novoe Vremja* (« Temps nouveau »), 6 août 1911.
3. *Correspondance*, tome 1, *op. cit.*

4. André Gide, « Dostoïevski d'après sa correspondance, 1908 », in *Dostoïevski, articles et causeries*, Gallimard, Paris, 1923.
5. André Gide, « Conférences du Vieux-Colombier », in *ibid.*
6. *Journal d'un écrivain, op. cit.*
7. *Le cose non sono le cose*, Derive Approdi, Bologne, 1999.
8. Sergueï Donatovic Dovlatov, *Brodsky et les autres*, traduction de Christine Zeytounian-Beloüs, Les Éditions du Rocher, Monaco, 2003.
9. Vélimir Khlebnikov, *Créations I*, traduction de Claude Frioux, L'Harmattan, coll. « Poètes des cinq continents », Paris, 2003.
10. Leonardo Sciascia, *Candido*, traduction de Nino Frank, Les Lettres nouvelles/Maurice Nadeau, Paris, 1978.
11. Lettre du 9 mai 1859, *Correspondance*, tome 1, *op. cit.*
12. Fiodor Mikhaïlovitch Dostoïevski, *Le Bourg de Stépantchikovo et sa population*, traduction d'André Markowicz, Actes Sud, Paris, 2001.
13. *Op. cit.*
14. *Le Bourg de Stépantchikovo et sa population, op. cit.*

9. Tolstoï et Dostoïevski

1. Pierre Bayard, *L'Énigme Tolstoïevski*, Les Éditions de Minuit, Paris, 2017.
2. Dimitri Sergueïevitch Merejkovski, *Tolstoï et Dostoïevski : la personne et l'œuvre*, traduction de Serge Persky, Perrin et Cie, Paris, 1903. Les extraits cités ici sont traduits par Paul Lequesne.
3. *Ibid.*
4. Victor Borissovitch Chklovski, *Energuia Zabloujdenia* (« L'Énergie de l'erreur : le livre de sujet »), Sovetskij pisatel', Moscou, 1981.
5. *Ibid.*

10. Écrire pour vivre

1. Evguenia Saroukhanian, *Dostoevskij v Peterburge* (« Dostoïevski à Pétersbourg »), *op. cit.*

2. « Stornelli d'esilio », chanson de l'anarchiste Pietro Gori (1895).
3. George Lakoff, *« Don't Think of an Elephant! », Know Your Values and Frame the Debate*, Chelsea Green Publishing, White River Junction, 2004.
4. *Notes d'hiver sur impressions d'été*, *op. cit.*
5. Alexandre Ivanovitch Herzen, Pis'mo k N. N Ogarevu ot 5(17) ijulja 1862 (« Lettre à N. P. Ogariov, 5 (17) juillet 1862 », in *Sobranie sočinenij* (« Œuvres complètes »), AN SSSR, Institut mirovoj lietratury imeni A. M. Gor'kogo (Académie des sciences d'URSS, Institut de littérature mondiale A. M. Gorki), Moscou, 1954-1964, tome XXVII, livre 1, p. 247.
6. Lioubov Fiodorovna Dostoïevskaïa, *Dostoejewski geschildert von seine Tochter* (« Dostoïevski raconté par sa fille »), Eugen Rentsch, Erlenbach-Zürich, 1920.
7. Mikhaïl Mikhaïlovitch Dostoïevski, « Lettres à F. M. Dostoïevski », in *Literaturny arhiv. F. M. Dostoïevski* (« Archives littéraires. F. M. Dostoïevski »), Izdatel'stvo Akademii nauk SSSR (Éditions de l'Académie des sciences d'URSS), Leningrad, 1935.
8. Fiodor Mikhaïlovitch Dostoïevski, *Correspondance*, tome 1, chronologie, *op. cit.*
9. Ivan Sergueïevitch Tourgueniev, *Pères et Fils*, *op. cit.*
10. Sofia Vassilievna Kovalevskaïa, *Vospominanija, povesti* (« Souvenirs, récits »), Nauka, Moscou, 1974.
11. *Ibid.*, et tous les passages suivants.
12. *Les Carnets du sous-sol*, *op. cit.*
13. Piotr Alekseïevitch Sergueïenko, « Notes », 5 juillet 1900, Iasnaïa Poliana. « Lev Nikolaïevitch Tolstoï », Académie des sciences d'URSS, Institut de littérature russe, Moscou, 1938, L. II, p. 539-565 (*Literaturnoe Nasledstvo* – « Héritage littéraire » –, *op. cit.*, tome 37/38).
14. Iouri Tynianov, *Le Disgracié*, traduction de Lily Denis, Gallimard, 2001. Ici, traduction de Paul Lequesne.
15. Mikhaïl Bakhtine, *Esthétique et théorie du roman*, traduction de Daria Olivier, Gallimard, Paris, 1978.
16. *Les Carnets du sous-sol*, *op. cit.*

17. Nikolaï Alexandrovitch Dobrolioubov, in « Oblomov, un roman de I. A. Gontcharov », *Oteščestvennye Zapis'ki* (« Les Annales de la Patrie »), n° I-VI, Saint-Pétersbourg, 1859.
18. *Ibid.*
19. Valentin Gitermann, *Geschichte Russlands* (« Histoire de la Russie »), Büchergilde Gutenberg, Zurich, 1945.
20. *Ibid.* Traduction d'Henriette Rey.
21. Ivan Aleksandrovitch Gontcharov, *Oblomov*, traduction de Luba Jurgenson, L'Âge d'Homme, Lausanne, 1988.
22. *Ibid.*
23. Serena Vitale, *Viktor Šklovskij, Testimone di un'epoca. Conversazioni con Serena Vitale*, Editori riuniti, Rome, 1979.

11. *Crime et Châtiment*

1. *Les Carnets du sous-sol, op. cit.*
2. Mikhaïl Mikhaïlovitch Dostoïevski, lettre à son père du 28 novembre 1838, in Mikhaïl Vassilievitch Volotskoï, *Hronika roda Dostoevskogo* (« Chronique de la famille Dostoïevski »), Sever, Moscou, 1933.
3. Lettre du 29 juillet 1864, *Correspondance*, tome 1, *op. cit.*
4. Sigmund Freud, « Dostoïevski et le parricide », traduction de J.-B. Pontalis, in *Résultats, idées, problèmes. II*, PUF, Paris, 1985.
5. Andreï Mikhaïlovitch Dostoïevski, *Vospominania* (« Mémoires »), Izdatel'stvo Leningradskih Pisatelej (Éditions des Écrivains à Leningrad), Leningrad, 1930.
6. *Correspondance*, tome 2, *op. cit.*
7. *Ibid.*
8. Revue italienne de géopolitique.
9. Anna Grigorievna Dostoïevskaïa, « Journal de 1881 », in *F. M. Dostoevskij. V zabytyh i neizvestnyh vospominanijah sovremennikov* (« F. M. Dostoïevski. Dans les souvenirs oubliés ou méconnus de ses contemporains »), Andreïev i synovia (« Andreï et fils »), Saint-Pétersbourg, 1993.
10. « Dostoïevski à Pétersbourg », *op. cit.*

11. Anna Grigorievna Dostoïevskaïa, *Dostoïevski. Mémoires d'une vie*, *op. cit.*
12. *Ibid.*
13. *Le Joueur*, traduction d'André Markowicz, Actes Sud, Paris, 1991.
14. Fiodor Mikhaïlovitch Dostoïevski, *Crime et Châtiment*, traduction d'André Markowicz, Actes Sud, Paris, 1996.
15. *Les Carnets du sous-sol*, *op. cit.*
16. *Le Joueur*, *op. cit.*
17. Vénédict Erofeiev, *Moscou-sur-Vodka*, traduction d'Annie Sabatier et Antoine Pingaud, Albin Michel, Paris, 1976.
18. *Che dispiacere. Un'indagine su Bernardo Barigazzi*, Salani, Florence, 2020.
19. Nicolas Vassilievitch Gogol, « Le Journal d'un fou », *op. cit.*
20. *Crime et Châtiment*, *op. cit.*

12. *L'Idiot*

1. Victor Borissovitch Chklovski, « Pour défendre la méthode sociologique », in *Gamburskij Sčet* (« Tournoi de Hambourg »), Izdatel'stvo Leningradskih Pisatelej – Éditions des Écrivains à Leningrad, Leningrad, 1928.
2. Truman Capote, *Prières exaucées*, traduction de Marie-Odile Fortier-Masek, Grasset, Paris, 1988.
3. *Correspondance*, tome 1, *op. cit.*
4. Anna Grigorievna Dostoïevskaïa, *Dostoïevski. Mémoires d'une vie*, *op. cit.*
5. *Correspondance*, tome 2, *op. cit.*
6. *Correspondance*, tome 2, *op. cit.*
7. In Leonid Grossman, *Dostoïevski*, *op. cit.*
8. *Ibid.*
9. *Ibid.*
10. Anna Grigorievna Dostoïevskaïa, *Dnevnik 1867 goda* (« Journal »), mardi 30 (18) juillet 1867, Novaïa Moskva, Moscou, 1923.

11. Fiodor Mikhaïlovitch Dostoïevski, *Les Carnets de Crime et Châtiment*, traduction de Boris de Schlœzer, in *Crime et Châtiment*, Gallimard, coll. « Bibliothèque de la Pléiade », Paris, 1950.
12. *Correspondance*, tome 2, *op. cit.*
13. Ivan Sergueïevitch Tourgueniev, lettre à Iakov Petrovitch Polonski, 24 avril (6 mai) 1871, Londres, in I. S. Tourgueniev, *Polnoe sobranie sočinenij i pisem v tridcati tomah. Pis'ma v vosemnadcati tomah* (« Œuvres et correspondance complètes en 30 volumes. Correspondance en 18 volumes »), tome 11, deuxième édition revue et complétée, Nauka, Moscou, 1999.

13. Jérusalem

1. Izraïl Moïsseïevitch Metter, *Piaty Ougol* (« Le Cinquième angle »), Tekst, Moscou, 2009.
2. Fiodor Mikhaïlovitch Dostoïevski, *Les Démons*, traduction d'André Markowicz, Actes Sud, Paris, 1995.
3. Ivan Sergueïevitch Tourgueniev, lettre à Pavel Vassilievitch Annenkov, 19 novembre (1er décembre) 1871, Paris, in I. S. Tourgueniev, « Œuvres et correspondance complètes en 30 volumes », *op. cit.*
4. *Correspondance*, tome 2, *op. cit.*
5. *Dostoïevski à Pétersbourg*, *op. cit.*
6. Fausto Malcovati, *Introduzione a Dostoevskij*, Laterza, Rome-Bari, 1992.
7. *Journal d'un écrivain*, *op. cit.*
8. Fiodor Mikhaïlovitch Dostoïevski, *L'Adolescent*, traduction d'André Markowicz, Actes Sud, Paris, 1998.
9. Fiodor Mikhaïlovitch Dostoïevski, *Les Frères Karamazov*, traduction d'André Markowicz, Actes Sud, Paris, 2002.
10. Daniil Ivanovitch Harms, *Dnevnikovye zapisi* (« Carnets de notes »), 22 novembre 1937, in *Gorlo bredit britvoju* (« La gorge est folle du rasoir »), Glagol, Moscou, 1991.
11. Fiodor Mikhaïlovitch Dostoïevski, « Pouchkine », in *Journal d'un écrivain*, 1880, *op. cit.*

12. Anatoli Fiodorovitch Koni, « F. M. Dostoïevski », in *Vestnik Evropy* (« Le Messager de l'Europe »), n° 5, Saint-Pétersbourg, 1908.
13. Dmitri Nikolaïevitch Lioubimov, « Extrait de mes souvenirs (discours de F. M. Dostoïevski lors des fêtes pouchkiniennes à Moscou, en 1880) », *Voprosy Literatury* (« Questions de littérature »), n° 7, Moscou, 1961. Publié pour la première fois dans *Illioustrirovannaïa Rossia* (« La Russie illustrée »), numéro pouchkinien, 1837-1937, n° 7 (613), Paris, 6 février 1937.
14. Fiodor Mikhaïlovitch Dostoïevski, *Correspondance*, traduction d'Anne Coldefy-Faucard, Bartillat, tome 3, Paris, 2003.
15. Alexandre Vassilievitch Krouglov, in Vladimir Lobas, *Dostoïevski*, AST, Moscou, 2000. Première publication : *Rousskoïé Tchtenié* (« Lecture russe »), n° 90, 1901.

Table

Mise en pages :
Anne Offredo, Valravillon

Cet ouvrage a été achevé d'imprimer
en décembre 2023 dans les ateliers de
Normandie Roto Impression s.a.s.
61250 Lonrai

N° d'imprimeur : 2304583
Dépôt légal : janvier 2024
ISBN : 978-2-38482-060-3
Imprimé en France